跨界想像
1980 年代香港文學的建構

陳筱筠　著

目次

序一
如此一九八〇年代
——序陳筱筠《跨界想像：1980年代香港文學的建構》

熊志琴

一九八〇年代的香港和香港文學，處處風景。筱筠書中擷取的五份香港期刊——《八方》（一九七九—一九九〇）、《香港文學》（一九八五—）、《大拇指》（一九七五—一九八七）與《素葉文學》（一九八〇—二〇〇〇）、《博益月刊》（一九八七—一九八九），正是其中亮眼所在。而筱筠不只著眼於這五份期刊的內容，還由此去審視一九八〇年代香港文學的建構，牽涉文學史面向的探討，理想與野心可謂不小。

期刊的出現、生成，講究天時、地利、人和。書中率先登場的是《八方》。《八方》出刊共十二輯，組織了卞之琳、沈從文、九葉詩人等中國現代作家專輯，也刊登了楊牧〈悲歌為林義雄作〉、陳映真的〈永恆的大地〉、〈某一個日午〉。兩岸三地之中，當時相信只有香港能容納這些專輯和作品出現，可見香港不只在地域上而更在文化上，擔當起中介角色。經歷火紅年代之後，一九八〇年代的香港社會漸趨穩定，九七回歸的議題固然為社會帶來沖擊，而「繁榮安定」正是中英談判中經常出現的關鍵詞。「適逢」中國大陸文化大革命結束，推行開放改革政策。台灣實施超過三十年的戒嚴令，解除在即。各方面似乎形勢大好，但這些穩定、開放、鬆弛在當時恐怕還只是目標，要邁向這些目標，還得一步一步投石問路。《八方》同人把握時機創辦文藝期刊，文藝期刊也成為文化人探索前路、拓墾未來的門徑。

一九七九年第一輯《八方》的編委和顧問包括：黃繼持、鄭臻、林年同、金炳興、梁濃剛、古蒼梧、聶華苓、葉維廉、鄭愁予、劉大任、張北海、羅安達、李黎、胡菊人、戴天，盡是知名作家、學者、文化人——但背景各異，例如有些與「綠背文化」、台灣文化界關係密切，有些在火紅年代中擁抱時代而左傾。在風起雲湧的時代，彼此道路不同，但文化認同與民族情懷本就同出一轍，於是運動落潮反倒成為他們重新會合的契機。編委和顧問名單在刊物刊行十一年間有所更迭，唯始終以戴天、鄭臻、黃繼持、古蒼梧等香港文化人為核心。尤其值得記取的是，從《八方》中國現代文學專題的組織、兩岸三地以至東歐作品的刊登、各種文藝問題的深刻探討，可見刊物同人有意識地利用此時此地的條件展開超越一時一地的探索，這種自覺意識具體表現了香港文化人的思考行跡。《八方》無疑是一九八〇年代香港文學的重要收穫，從期刊研究角度觀之，收穫更大。

進一步言，在期刊的世界裡，天時、地利、人和指涉的是當下，也是未來。西西初刊於一九七五年的《我城》以「告別」作開始，告別過去，同時也象徵著迎接新的希望。書中人物各司其職，工作或許卑微，生活中種種困難也未容漠視，但始終不改其樂，帶著對未來的期許，踏實生活。我常以為這是《大拇指》同人的寫照。

《大拇指》及《素葉文學》主要編輯許迪鏘在一九九五年〈在流行與不流行之間抉擇——由《大拇指》到素葉〉中說：

> 如果說《大拇指》是同人刊物，我敢說，它是近二十年來最多人參與的同人刊物，總數至少在五十人以上，也跟許多人想當然的不一樣，他們不盡是文學和文化工作者，而更多的是文員、技工、工程師、護理人員，他們作出了異乎常人的選擇，參與毫無名利回報的工作。〔……〕由我們來做（出版期刊），也不是抱著甚麼宏大的理想，我們只是喜愛文學，就自己力所能及，做自己愛做的事。〔……〕我們也自得其樂，從未抱怨。我們有充分的自知，我們的作品不會流行，從某一方面說，也抗拒流行。[1]

1 許迪鏘：〈在流行與不流行之間抉擇——由《大拇指》到素葉〉，《素葉文學》一九九五年七—九月，第五十九期，頁一〇八—一〇九。

《大拇指》和《素葉文學》刊登大量香港本地作品，以各種手法寫出生活中的各種觀察與感受、反省與質疑。作家對生活細嚼慢嚥，刊物同人何嘗不然？《大拇指》一九七五年創刊時為周刊，一九七七年改為半月刊，一九八四年改為月刊，至一九八七年停刊。《素葉文學》一九八〇年創刊，一九八四年休刊，一九九一年復刊，至二〇〇〇年停刊。步履乍行乍止，可見道路艱難，但刊物同人始終想方設法謀求生存，期許未來並非出於天真。許迪鏘在同一篇文章中借西西寫於一九八六年的〈肥土鎮灰闌記〉說：「我們冀求自決自主，這個願望，如今是否已變得渺茫？可這並不應窒礙我們提出理想。」

是的，提出理想。筱筠書中聚焦的香港文藝期刊，除了《八方》、《大拇指》、《素葉文學》，還有《香港文學》、《博益月刊》。前者原擬命名《華文文學》，封面「香港文學」四字乃臺靜農墨寶；後者由商業機構出資，而由來自文化界的黃子程、李國威主編。刊物設想的作用呼之欲出。或善用香港中介位置溝通兩岸三地，或以文學作品再現生活現實，或與香港以外的華文文學連結，或探索流行文化與城市生活，何嘗不是在提出理想？文藝期刊的前瞻意義乃在於此。一九八〇年代香港文學的多元路徑如此一步一步走出來，追跡原心，既涉事理，更關人情。因此期刊研究有利進入文學歷史的細節，但也因此最難駕馭，考驗的是研究者對資料的掌握和判斷，一不小心，那些海量零散的材料也就只是一地雞毛。一九八〇年代於今已成歷史，但立足當下而同時帶著期望形塑未來的香港和香港文學，不應只令人懷念，更應讓人期待。

筱筠此書給我如此當頭棒喝。

二〇二四年九月二十八日

序二 跨界號上的斷想

陳智德

報刊研究向來是香港文學研究當中的重要方向，現代文學本就與報刊文化生態密不可分，加以文化刊物在香港，面對商業社會、通俗訴求和文藝自主生存空間的夾縫壓力，使問題更形複雜。香港報刊的生存空間、性格及與其所載作品之關係，歷來已衍生許多不同討論；進而言之，不同年代的編輯、作者以至讀者，都無可避免地遊走在商業、通俗與文藝的各種縫隙之間，深知當中局限，卻仍勉力探索各種可能，造就文化刊物的獨特個性，那種夾縫間的文化韌性以及隨之催生的新想像，是文化刊物之所以凸顯香港性位置的關鍵所在。

在此文化刊物的生存夾縫中，香港的文藝刊物尤其別樹一幟，不論是純文藝刊物中的《文藝新潮》、《人人文學》、《當代文藝》、《香港文藝》、《八方》、《素葉文學》、《香港文學》、《詩風》、《羅盤》、《新穗》、《秋螢》，或是青年文化刊物中的《中國學生周報》、《大拇指》、《時代青年》、《年青人週報》，又或時論為主而兼包文藝的《盤古》、《明報月刊》、《南北極》、《九十年代》，以至綜合文化刊物《突破》、《象牙塔外》、《博益月刊》、《越界》，當中有些出版了二三十年，有些僅數年而止，回看它們面對的文化環境，在眾聲紛雜的香港文化生態當中，總是懷著熱誠而帶點苦澀地，勉力維繫本身的刊物性格以至最基本的生存空間，同時渴求自主、鮮活的藝文視野，它們的一頁一圖、一行一語，盡如跌宕人生中的生命汁液，點點滴滴皆得之不易。

刊物在基本上，原是提供作品發表的園地，但不同時代的文化人編輯，基於參與香港文學建構的熱誠意志，因而各自延伸出多元藝術的議題、涉事入世的關注點，回頭豐富了香港文學的內核；由是，我們探討香港文學，是無法不談論文藝刊物之起跌得失。

陳筱筠的香港文學研究專書《跨界想像：1980 年代香港文學的建構》，從文藝刊物的意念為焦點，思考不同刊物在「建構香港文學」的發展進程中，提供怎樣的一種參與方式、思維和路徑。陳筱筠特別提出「跨界」的面向：「跨界的路徑主要開展出三個面向：歷史經驗的交錯與參照、關係的思考，以及不同媒介與文類的跨越」。由此「跨界的路徑」切入，陳筱筠不只留意刊物的興辦意圖，更包括它們在參與建構香港文學的過程中，自覺或不自覺地、本不單純地以「香港文學」的在地性或本土讀者為單一對象，而是更具有「跨界」的觀念和意圖。

這觀察十分重要，陳筱筠在本書透過研究《八方文藝叢刊》、《香港文學》、《大拇指》、《素葉文學》、《博益月刊》這五份刊物，標示它們各自的文化性格：「當時不論是嘗試打造理想文化中國的《八方》；以香港為中介，連結各地華文文學的《香港文學》；提供香港本地作家發表園地並重思本土意義與現實的《大拇指》與《素葉文學》；或是並置嚴肅與通俗文學，形塑香港城市與視聽文化想像的《博益月刊》，他們都以不同的方式建構香港文學」，再一一分析它們的不同面向。

要具體了解以上五份刊物的文化性格，各自對應什麼問題、回應怎樣的時代呼聲，需要把它們放回歷史現場，若能進而探究當中的文化位置與文學建構策略，有助於思考香港文學的建構，而這，正是陳筱筠這本香港文學研究專書《跨界想像：1980年代香港文學的建構》的另一焦點，她提出「重返一九八〇年代的香港」，貫串於五份刊物的分析，準確地說不是重返一九八〇年代的香港本身，而是重返一九八〇年代的建構香港文學的歷史現場，重點在於五份刊物的不同性格，藉以提出「建構香港文學」的多重省思，從而突破既有論述的各自內容。

由此跨界的報刊研究角度下的香港文學討論，以至「重返一九八〇年代的香港」的觀點，使我不單作為一個受邀寫序的香港文學研究者，更被陳筱筠的筆鋒和視野所吸引，書中各篇章貫串其間的「跨界」、「重返」都教我神往，我很願意，搭乘陳筱筠所駕駛的「跨界號」急行列車，沿途經過第三章談論的《八方文藝叢刊》、第四章談論的《香港文學》、第五章談論的《大拇指》與《素葉文學》、以及第六章談論的《博益月刊》這四個月台，我懷著希冀與懷想，一行一行地、一頁一頁地，重返一九八〇年代香港的文學現場；在這途上，我將一邊細讀陳筱筠的論點，一邊懷想與我的成長路連結的五份刊物，看看我能夠拾取什麼。

在陳筱筠集中觀察的五份刊物當中，《八方文藝叢刊》是最厚重的一本，每期都超過三百頁，實際上是以「bookazine」的形質出版，故稱《八方文藝叢刊》而不是《八方》雜誌，它的開度和頁數，接近於臺灣的《思想》、海外的《今天》。陳筱筠指出《八方文藝叢刊》的中介位置，以至更核心的有關「文化中國與理想的追尋」，她的觀察很敏銳，事實上一九七九年創刊的《八方文藝叢刊》正值中國「改革開放」之年，幾位滿懷文化抱負的香港以至臺灣和海外的知識份子：參與創辦或擔任編輯委員的鄭樹森、戴天、古蒼梧、黃繼持、林年同、盧瑋鑾、金炳興、文樓、鍾玲、李黎，應有感於當時中國和臺灣仍分別存有許多知識界的「禁區」，《八方文藝叢刊》的編輯們渴求自由、對話、開放的新現代，希望藉由一向具備文化窗口位置的香港，促進兩岸三地的文化交流對話，達致藝文觀念的自由流動，這心念在七十年代末、八十年代初的華人社會間，迴盪著一種近乎時代呼喚的和應。

具體內容上，《八方文藝叢刊》以專題方式引介西方理論作為參照、借鏡，又回顧三四十年代現代文學，包括九葉詩人專輯、鷗外鷗專輯、沈從文專輯，在文藝創作的刊登方面，強調臺、港文藝的對話，同時不忘香港青年作家作品的推介。由此多元求新同時具歷史視野的編輯策略，成功營造一種交流對話的氣氛，呼應其時整體文化環境，例如一九八一年江蘇人民出版社出版了《九葉集》、一九八四年香港三聯書店出版其續編《八葉集》，引發「九葉詩人」的討論熱潮，而在這之前，一九八〇年九月出版的《八方文藝叢刊》第三輯，已率先推出「九葉專輯」，為日後的討論作準備。一九八八年沈從文逝世，《八方文藝叢刊》在同年九月的第十輯與一九八九年二月的第十一輯連續兩期推出「紀念沈從文」專輯，刊出巴金、汪曾祺等人的專文，而在此之前，一九八二年香港三聯書店已出版了十二卷本的《沈從文文集》，香港文化界早就熱心於沈從文作品的推介閱讀，《八方文藝叢刊》的沈從文專輯不只是出於一位作家的離世，更藉著紀念在一九四九年之後的中國長期被忽視以至噤聲的沈從文，標示自由、對話、開放的訴求。我捧著連續兩期刊載「紀念沈從文」專輯的《八方文藝叢刊》，仍能感到藉由《八方》編者傳遞過來的熾熱呼聲、仍可憶起當年初次閱讀時難言的觸動。

臺、港文藝對話方面，除了好幾期刊登過王禎和的小說和劇本、陳若曦的幾篇小說，以及第三輯刊出楊牧當時無法在臺灣刊出的詩作〈悲歌為林義雄作〉，還有一九八七年的第七輯刊出陳映真來港演說的講稿〈四十年來的臺灣文藝思潮〉以及第八輯刊出古蒼梧、黃繼持、陳清僑對陳映真來港演說的回應，而在這之前，一九七二年小草出版社已出版了劉紹銘編的《陳映真選集》和《臺灣本地作家短篇小說選》二書，可見，《八方》所追求的自由、對話、開放的新現代，並不孤立或自創，而是在七、八〇年代的香港文化氣氛中，回應進一步整體呼喚的渴求。

我還記一九八七至八八年間，在旺角的二樓書店買到新出版的《八方文藝叢刊》第五輯，剛好遇上它的復刊時期，好像一種隱秘的發現，該期的「重讀鷗外鷗」專輯，正好與我書架上的一九八五年廣州花城版《鷗外鷗之詩》互相引證，其後每期的《八方文藝叢刊》我都懷著敬意地買回家，直至一九九〇年出版的最後一期即第十二輯。其後也在那幾年間，我分別在不同的舊書店，找到復刊以前的，一九七九年的第一輯至八一年出版的第四輯，如此把整套十二輯都集齊了，許多年後，更得到若干「複本」，在一再搬遷的命途，平添一些不成段落的故事。

《香港文學》的封面「香港文學」四字，由臺灣大學中文系教授、小說家、書法家臺靜農書寫題字，但沒有在版權頁上標示，許多年後劉以鬯指出，原因是臺靜農提供書法後，再來信說，考慮到有人告訴他《香港文學》的中資背景，以及當時（《香港文學》創刊號一九八五年面世之前）臺灣的局面，題字可用但請勿標示他的名字。由此事例可略見，禁忌和憂慮的真實存在。

陳筱筠留意到《香港文學》的中資背景，再從每期內容細看，我相信劉以鬯的編輯過程中，仍是得到很大自主，起碼在八〇年代大部分時期都是，當然九〇年代以後是有所不同了。

陳筱筠分析《香港文學》與中國現代文學的關係，以第二期的「戴望舒逝世三十五週年紀念特輯」為例，事實上那是當時很重要的專輯，包括刊登了從未發表過的〈林泉居日記〉，是由施蟄存保存多年，一九八四年特意掇錄好幾個片段，從上海寄給劉以鬯讓《香港文學》發表。該專輯並刊載幾篇較少人注意到的戴望舒有關蘇聯、西班牙和法國文學的觀察評介：〈《蘇聯文學史話》譯者附記〉、〈跋西班牙抗戰謠曲選〉、〈巴巴羅特的屋子〉等文。陳筱筠意識到這專輯的重要性，提出「從這些作品的再現過程中，我們亦可發現當時香港嘗試以更多面向的方式重新探討中國現代文學」，這論點亦顯出陳筱筠對香港文學有廣闊的觀察眼光。她又提到，「很特別的是特輯並未選錄他的詩」，我想，原因應是八〇年代的香港讀者，很容易在書店找到戴望舒的詩，例如香港文學研究社一九八二年出版的《中國現代文選叢書．戴望舒選集》、一九七七年痖弦編的洪範書店版《戴望舒卷》，都常見於書店，又如戴望舒的詩集《望舒草》以至《災難的歲月》都有若干重印、翻印本流通於二手書肆，是以《香港文學》該專輯不必再重刊戴望舒的詩。

不論如何，陳筱筠留意到《香港文學》連結香港文學與中國文學以至華文文學的用心，在討論《香港文學》這一章的第三節「境遇性的想像與可能」，提供一種「匯聚文化中國的場域」的分析視角，以及由追本溯源的「產物」，轉換成身分內涵的「生產者」，這特別重要的一環。

她借用史書美在思考華語語系文學時所運用的「境遇性」說法，以論析一九八〇年代香港文藝雜誌如何與臺灣和東南亞各地華文文學進行對話、建構連結，進而提出自己的「在流動的跨國經驗中，透過尋找參照與對話，進行反思的生產與傳播場域」論點，由此，她回頭思考臺灣文學的不同路徑，是否有一種本土視角以外的更闊想像。我想，陳筱筠應該是想藉此提出可供臺灣文學參考的角度，特別有關華語語系文學或華文文學的討論上，當中可見她的文化關懷，書中諸種論述，絕不止於一種學術操作。

列車來到《大拇指》與《素葉文學》這月台，我聽到青澀而鮮活的歌聲，略略分散地，錯落在站裡站外。《大拇指》屬於側重文藝的綜合性青年刊物，讀者以中學生為主，卻一點不淺白、保守、狹隘，其文藝視野開闊，內容涵蘊蓋文藝、翻譯、書介、電影、音樂、時事，重視臺灣文學，介紹過黃春明、七等生、王禎和、林海音、琦君和李雙澤等人的作品，以至組織中學生撰寫臺灣文學書評。七〇年代中期創辦後至八〇年代初，《大拇指》編輯群經過更迭，仍見整體編輯眼界自主鮮活，某程度上承續《中國學生周報》的理想風格。

從一九七五年創辦至一九八七年停刊，《大拇指》對那時代的中學生影響深遠，我最初是中學一年級時在學校圖書館讀到，後來自己到街邊的報攤購買，一份一份的珍藏起來，如今僅餘三數份在此宿舍書架，無異青澀時代的遺物。在八〇年代初的香港，《大拇指》有如一份文藝青年初階入門手冊，為青澀的少年引路。我在《大拇指》讀到的西西、也斯、何福仁、迅清、洛楓、羅貴祥、俞風、陳德錦、鍾曉陽、黃燦然等作家名字，也陸續在我不久就發現的《詩風》、《新穗》、《香港文藝》、《文藝雜誌季刊》等刊物上出現，彷彿一整列香港文藝時代的共同名字。

在我開始尋索文藝刊物的初中之年，《素葉文學》一九八四年出刊兩期後停刊了，我未及讀到，直至我大學時代的一九九一年，大一寒假回港驚見復刊的《素葉文學》在書店出現，封面淡雅、樸實，信是有意重現刊物本色的初衷，那種淡雅看似平白，於我是一份驚豔。《素葉文學》表面平淡，這是由於它拒絕浮耀誇飾，實際上，《素葉文學》是八〇年代前期裡，香港文藝界具重要核心內容的刊物。

陳筱筠特別留意到多位《大拇指》作者的臺灣遊記書寫，《素葉文學》則有許多涉及中國見聞的描述。關於前者，我相信與七〇年代中後期至八〇年代初，香港學生赴臺留學的風氣逐漸達致高峰、扣結出更多臺港文化連繫有關，後者肇因於中國的「文革」結束至「改革開放」後，香港青年熱衷於到中國大陸旅行，他們在七〇年代末至八〇年代前期已留下許多這方面的作品，除了《大拇指》，亦見於其他八〇年代文藝刊物，相關作品，部分曾以創作專書問世，例如黃國彬的散文集《華山夏水》。

陳筱筠結合《大拇指》的臺灣遊記書寫、《素葉文學》的中國見聞的描述，以及兩份刊物對西方文學及思潮的譯介，一再提出本土意義以外的世界性，她在第五章小結引述王家琪的論點，指出「《素葉文學》的中國遊記散文，其所透露出的中港關係、對於中國文化的歷史記憶以及中國性，亦讓《素葉文學》的本土性保持了更加多元、開放的意義」，加以對《大拇指》的臺灣遊記書寫、介紹臺灣作家和譯介外國文學的觀察，由此而呼應全書在論述香港文學建構過程中，強調在本土性以外需要著重的角度。

第六章討論的《博益月刊》，在香港刊物史中屬於商業機構出版的綜合性文化刊物，但有別於偏重時論的《明報月刊》、《南北極》、《百姓》、《九十年代》等等，《博益月刊》的文藝性較強但不屬於《香港文學》、《八方》或《素葉文學》的純文學層次；《博益月刊》的編輯策略，以突出城市文化品味來吸引讀者為主。陳筱筠亦留意到《博益月刊》編者曾將《八方》與《博益月刊》比較，指出它「補充了一九八〇年代香港作為一個全球城市這個定位在文化意義上所折射出來的面貌」，即是一種反映香港都市化進程的城市文化品味，透過文學的方式來重新展現，強調入世、易解而具時尚品位的風格，這與《博益月刊》的出版者：「博益出版集團」的整體經營策略有關。

八〇年代中至九〇年代初，香港興起「袋裝書」（即小開本叢書／文庫）出版熱潮，多家出版社參與在內，博益出版集團在這當中是較大規模的出版社，它所出版的「袋裝書」具不同系列：「漫畫古典寶庫」有臺灣漫畫家蔡志忠的《漫畫莊子》、《漫畫列子》；「新生活系列」有曾主編《好望角》、與臺灣創世紀詩社密切交流的李英豪所著的《詩經與現代愛情》；「城市筆記系列」有陳冠中的小說《太陽膏的夢》、黃碧雲的散文集《揚眉女子》，胡冠文（丘世文）的奇書《愛恨香港》，日後都成了香港文學市場上難以一睹的絕版書，當中由「袋裝書」文化與《博益月刊》共同催生的、尤其是當中的「城市筆記系列」，正是《博益月刊》所強調的城市文化品味的另一種呼應。

陳筱筠以「再現城市」為焦點來觀察這刊物，可見她掌握了刊物的特性，故而從城市短篇、城市小品、城市攝影這三個層面，加以《博益月刊》「城中文化」欄目中有關電臺和電視的相關討論，探討《博益月刊》如何再現城市、以至觀看香港的方法，她提出，「將《博益月刊》放在當時的香港社會發展框架下來看，亦可見其補充了一九八〇年代香港作為一個全球城市這個定位在文化意義上所折射出來的面貌」，正道出《博益月刊》參與香港都市文學建構的要點，當中的「全球城市」與上文前述的「城市文化品味」即《博益月刊》編輯策略的關係，很值得後來者再作進一步探研。

搭乘陳筱筠駕駛的「跨界號」急行列車，乘客不多，沒有車務人員販售便當，或者驗票，註釋替代了廣播，更突顯車體振動以至窗外風聲呼嘯的感應，歷史時流彷彿變得更真實地觸手可及，教我思緒湧流。當列車停靠在標示著自由、對話、開放的《八方》站，我下車與我最懷念的林年同先生握手，夢寐以求地和他交換搜集三、四〇年代舊書的情報。列車來到尋求跨界連結的《香港文學》站時，我看見劉以鬯先生在雜誌社埋頭寫信，向一位住在印尼雅加達的華文作家邀稿。列車到達淡雅樸實而多元的《大拇指》與《素葉文學》站，我下車往站邊的報攤，從白色的校服褲袋裡，掏出三枚鑄有英女皇伊利莎白二世側面肖像的壹圓硬幣，買了一份新出版的《大拇指》。列車駛至追求城市文化品味的《博益月刊》站，我看到香港的核心城區，中環歷山大廈、置地廣場一帶馬路上擦肩急行的都市男女，一個一個特立獨行的「揚眉女子」、偶發奇想一刻「太陽膏的夢」的男子，他們的臉容大多缺乏表情地木訥，你如果沒有讀過《博益月刊》，就永遠無法明白，他們每人都深藏一顆激盪忐忑、猶如股市急升急跌的「愛恨香港」的心。

從「跨界」發端，經歷四個月臺，最後，「跨界號」到達的終點，叫做「重返」站。這是一趟魔幻之旅，以「重返」作終結，再現香港文學某程度上的弔詭本質，一個一個編輯、作者、讀者共同構建出香港文學的刊物文化，又似從未發生，它的終結處，儼如一個零點。

慢著，我聽到列車廣播，陳筱筠駕列車駛向「重返」站，是要帶讀者思考跨區域批判的重要性，她指出：「這本書嘗試回到文獻史料和歷史脈絡本身，重返一九八〇年代香港文學的建構過程」，透過五本刊物不同面向的性格，標示香港文學的建構如何包含本土性與跨區域想像，最後她提出對臺灣知識界的喊話：「回到我的研究來看，這也回應了香港研究之於臺灣的意義。」

因此「重返」的意義也在於藉著回溯刊物歷史，透現另一種面對當今時代的視角。如果以跨界、建構、重返，作為本書的三個關鍵詞，從「跨界」發端的研究，經過五份刊物如何建構香港文學的觀察，細述其本土性與跨區域想像的「境遇性」路徑，陳筱筠最後提出的「重返」，可說是另一層次的跨界：藉由香港刊物的個案，向臺灣知識界喊話。

倘若真正回到《八方文藝叢刊》、《香港文學》、《大拇指》、《素葉文學》、《博益月刊》這五份刊物的歷史現場，對於八〇年代以至九〇年代的香港讀者來說，更宏觀地看，五份刊物的存在，在那「九七回歸」前的日子，實在是一種嘗試越過單向的家國民族想像的、帶有抗衡性的時代文化產物，而當中的抗衡意義，不止於香港一地的。《八方文藝叢刊》持守自主、對話、交流，相信西方文化思潮的參照作用，重視曾被噤聲的、或者當下仍作為異質的文學聲音，最終地，如同刊名「八方」所標示的，兩岸三地文化交流對話的潛在意念，是超越政治意識形態藩籬的對等共存文化圈的實現。《香港文學》除了本土文學及中國大陸和臺灣作家作品，幾乎每期地、大容量地刊載馬來西亞、新加坡、泰國、菲律賓、印尼、美國、加拿大等地的華文文學，遠遠地超越「香港文學」這刊名予人的疆界印象。《大拇指》既是青年刊物又超越青年的程度，編輯以鮮活和跨界文學意念，啟發中學生讀者掙脫正規教育建制所灌輸的淺白語文和單向文化觀念，導向真正文藝的多元跨界自主視野，也就是真正香港文學的精神。《素葉文學》為香港作家提供一個平實的空間，同時透過刊物編輯，標示一種遠離浮誇的素淡美學，某程度上導引香港文學的內核美學風格。《博益月刊》以基於接近商業社會生存之道的經營策略，與八〇年代香港加速國際城市化的進程合流，締結城市文化品味作為香港文學一種更入世的路徑。

這五份刊物所對應的時代呼聲及其抗衡意義，不止於香港一地，我想，若有後來者能與同時期即一九八〇年代臺灣的《人間》、《當代》、《文星》、《聯合文學》、《島嶼邊緣》、《影響》等等同樣有份量的文化刊物一併閱讀比較，相信是饒有意義的課題，並由此間陳筱筠所期許的跨界視野，呼應「重返」的意義：不止於回溯刊物歷史，而是經過回溯之後所抵達的「重返」終點，實際上帶著更多思維返回今天。

二〇二四年十月二日序於清大宿舍

導論

如何理解香港文學

一、文學的邊界與對話關係

一九九七年第一所在大學教育體制內設立的臺灣文學系，在淡水工商管理學院誕生，當時校方表示，臺灣文學系未來將有五大發展方向，分別是「以臺灣文化傳統作為臺灣文學發展的基礎」、「重視原住民的歷史文化」、「研究鄉土文學的內涵」、「加強現代文學的知識」，以及「培養文學鑑賞與批評能力」（林積萍，一九九八：一九六）。如今邁入臺灣文學體制化二十多年，臺灣文學除了已經累積不少相關的研究成果之外，隨著各式新興議題與理論概念的開展，臺灣文學的研究趨向與未來發展也隨之產生更多挑戰與討論方式。在這二十多年來臺灣文學作為一門新興的人文學科，出現多次關於這個學門在方法學、定位和發展方向的檢討以及回顧與展望。不管是文藝雜誌中的專題、研討會或論壇，雖然討論的內容不盡相同，但是探討的核心之一皆是圍繞在有關於臺灣文學學科／知識邊界的再思考。臺灣文學研究在史料的不斷出土、新興研究範疇的拓展、新的研究方法論與詮釋框架的調整之下，黃美娥認為臺灣文學史的邊界也在持續擴大，在這樣的趨勢與發展過程中，她強調我們必須思索臺灣與世界的關係性，以及臺灣文學與東亞、全球化研究的對話（黃美娥，二〇一一：四）。同樣主張將臺灣放在世界中看待的，還有史書美提出以臺灣作為世界的能動者，凸顯其在歷史中的形成是世界上不同歷史動力互動的結果。史書美以加勒比海思想家 Édouard Glissant 所提出的複雜性（complexity）起先發生於小國與群島，然後在大陸及大國產生共鳴這個想法為例，指出臺灣其實可以作為一個複雜性的模式，以其不斷變化的文化過程，進而思索其與世界的關連與影響（史書美，二〇一一：七）。

臺灣文學史的邊界擴大，除了臺灣與世界性的對話之外，臺灣文學的比較視野、跨領域與跨區域的橫向連結，亦是落實這門學科與知識邊界拓展的重要路徑。在這樣的思考基礎下，香港與臺灣之間的連結，是一個值得留意的切入視角。臺灣文學在發展的過程中，經歷了各種不同文化的碰撞與對話，其中，香港之於臺灣文學的發展，也帶來了豐富的文學參照。

一九八〇年代，不管是解嚴後的臺灣抑或九七回歸之前的香港，同樣都迎接並開啟了新的歷史時代，正是因為處於這樣的歷史轉折點上，臺港兩地的文學發展在迎接全球化與自身內部政治、社會環境的改變下，都發展出對於歷史新的想像。當然，臺灣和香港所面臨的處境不盡相同，兩地的歷史與文學發展亦有其各自生成的語境與脈絡，但不可否認的是，自一九八〇年代以來，臺港兩地的政治、文化轉型，皆促使歷史想像與文學建構走向多元。一九八〇年代隨著香港主權即將回歸中國的事實確定，香港文學研究在臺灣有了一個比較初步的探討與介紹。[1]近年，不管是面對政治經濟層面上的中國崛起，社會變遷過程中臺灣和香港所出現的類似經驗，抑或是在學界領域有關華文文學、跨區域批判、東亞想像等議題的開展，皆促使臺灣對於香港的探討需要有更進一步的討論與關注。

伴隨著一九七〇年代末期中國的改革開放，中國學界逐步展開對於臺灣與香港文學的研究，在這樣的語境下，從一九八〇年代以來有關臺港文學、臺港澳文學相關論述的興起，以及後續海外華文文學以及世界華文文學等名稱的陸續出現，這個過程再現了一種全球中國（global China）的想像，亦即中國召喚在海外各地離散的社群。這樣的召喚與中國鼓勵海外華人資本進軍大陸市場，形成世界華人經濟體的商業形態又有實質的內在連結，中國借之與資本主義的運轉模式接軌，從而轉化內部的經濟體質與文化成分，同時也向外擴大了其文化影響力的想像基礎（王智明，二〇〇五：一二〇）。這個過程也意味著在全球化時代下，中國崛起所扮演的關鍵角色，跨國中國（transnational China）或全球中國都表達了中國企圖超越地理疆界，將各地華文文學整合進一個中國想像的大論述底下（Chiu, 2008: 595）。

一九九一年杜維明在一篇刊登於 *Daedalus* 上的文章〈文化中國：邊緣作為中心〉（"Cultural China: The Periphery as the Center"），試圖以文化的概念取代地緣政治上的中國中心主義，文中指出，文化中國是一個新的、被建構的文化空間，它包含並且超越了種族、疆界、語言以及宗教的限制（Tu, 1991: 3），此處所謂的文化中國，是用來抵抗地理疆界中國所帶來的霸權。從一個新穎的觀點上來說，杜維明打破了過往典型傳統定義下的中國（比方生在中國、屬於漢族、說北京話等），文化中國

1 臺港自一九五〇年代因為冷戰的因素，兩地便有許多的交流來往，當時的政治環境使得兩地文壇在文化生產機制上具有類似的特質，比方美援資金的介入以及從中國來的大批文人。一九五〇年代中期，香港亞洲出版機構舉辦的大型徵文吸引了大批臺灣來稿，之後陸續出版的小說選集收錄了來自亞洲各地的得獎小說；香港的《文藝新潮》和臺灣的《現代詩》曾相互介紹兩地的詩人作品，進而帶動臺港現代主義詩學的傳播與流動。一九八〇年代香港主權確定將於一九九七年回歸中國，此事件讓臺灣再度關注起香港。一九八五年《文訊》開闢香港文學特輯，相較於之前臺港兩地相互引介詩或小說等個別文類，這個特輯開啟了一個比較全面的方式討論香港文學（李瑞騰，二〇一二：四一；應鳳凰，二〇一二：四四—四六）。

的概念確實提升且擴大了中國性（Chineseness）的全球象徵，藉由灌輸這個符碼一些創新與現代化的意義以便提升它的重要性。然而，中國性在杜維明的定義之下雖然呈現了流動並且富彈性的樣貌，但在挑戰中國性此一層面上仍有諸多可待發展的空間。洪美恩（Ien Ang）認為文化中國的概念雖然表面上看似以一種邊緣的姿態迎戰中心，但實際上卻是以文化上的中心主義取代了地緣政治上的中心主義（Ang, 1998: 228-230）。換言之，文化中國在根本上並沒有削弱反而可能是增強了中國性。從地理疆界的中心轉移至文化中心，也許是另一個中國霸權的產生，看似開放的表面，實際上卻可能同質化了不同人在不同地方所擁有的在地經驗與認同。在這樣的認知與警惕之下，洪美恩除了嘗試打破中國中心之外，她也認為我們不該只去質疑，在不同的地方脈絡下會產生不同意義的中國性，更要去質疑中國性作為一種認同的複雜象徵與正當性，而這其實正帶出一個關鍵的問題，那即是我們難道只能以中國性來取代所有認同感嗎？除了中國性之外我們是否還有別的選擇？

以往當我們談到香港的時候，經常聽到的兩種說法是，香港由一個小漁村逐漸轉變成一個大城市；或者香港是一個中西混雜的地方。這樣的描述看似沒有什麼問題，但實際上前者預設了殖民主義所帶來的進步與文明，後者則二元化了香港的特殊性。[2]這些說法不僅很容易把香港本身簡化，亦抹除了各種不同政治、文化的力量如何在香港這個地方產生對話與影響。過去一些學者在討論香港的文學與文化時，曾針對這樣的問題進行探討。周蕾（Rey Chow）提出一個超越尋根與混雜的方式，試圖為香港建構一個另類想像的可能。她認為香港不會以延續的純民族文化為傲，亦不應忘卻批判英國的殖民主義，亦即周蕾嘗試為香港的文化與文學空間提出一個新的框架，在此框架下，香港應該超越民族及本土主義的界限與範圍，但又不會像後現代混種模式，忘卻殖民歷史的事實（周蕾，一九九五：九一——一一七）；也斯則提到，香港並非只是簡單地意味著中西混雜的二元綜合體，傳統與現代、東方與西方，並置並不就是等於香港，必須注視其中的矛盾，種種矛盾的素質並不是融匯無間地存在，它們之間的關係，也絕對受制於政治權力與文化偏見（也斯，一九九六：一三四）。在這些思考中，他們皆試圖將香港本身問題化，而將香港問題化所直接涉及的，便是有關於我們如何理解香港的方式。

九七回歸前後，中國在短時間內陸續出版了多部香港文學史，文學史作為一個學科的建立以及一個國家或地方的文學建構皆有著重要的影響，因為它涉及了歷史詮釋權的爭奪與主體位置的設定擺放。但香港文學在九七之前，是否只有被中國論述吸納、收編的命運？抑或在回歸之前香港文學自身有其發展與建構的脈絡與軌跡？尋找在中國論述框架之外香港文學的建構，並非意味著要刻意切斷、抹除中港之間的聯繫，亦非急切替香港主體性找到一個可安置的位置，或是指認出哪一位作家或哪一

2　有關於這兩種說法，常見於介紹香港今昔變化或香港歷史與社會發展的書籍，比方《昨日的家園》一書中的出版說明和序言中的文字敘述：「作為一個亞洲的濱海城市，她既有中國的傳統文化和社會結構，又滲透著許多西方的文明和意識。」、「現在，香港已從十九世紀中葉的一座小漁村被改造成為世界金融中心」（方國榮、陳迹，二〇一二）。另外其他相關書籍，如高添強編著的《香港今昔》（一九九五）、徐振邦，陳志華編著的《圖解香港手冊》（二〇一〇）、蕭國健的《簡明香港近代史》（二〇一三），以及鄭寶鴻編著的《港島街道百年》（二〇一二）等書中的序言和簡介處，亦可見到類似的描述。

些作品才能代表香港主體性，此研究更希望探討的是，香港文學在回歸前除了被放進中國論述底下談論之外，香港文學的建構還可能是以什麼方式形成？從一九八四年香港主權確定將於一九九七年回歸中國這段時間，橫跨了一九八〇年代與一九九〇年代，這兩個時期雖然皆屬於香港的過渡期，但在這兩個時期香港文學的建構卻有不同的發展狀況。相較於一九九〇年代，一九八〇年代對香港來說象徵著一個重新面對自己與世界的開端，香港在此時期重新調整自身位置的脈絡，除了經濟層面上，自一九八〇年代以來亞太地區在經濟全球化下走向區域經濟的日趨整合，跨國公司與東亞各國合作，區間跨國流動的蓬勃發展（Yeung, 2000: 12），以及香港在這其中成為了東亞重要的金融貿易節點，由一個殖民城市轉變為全球城市（黃宗儀，二〇〇八：三）；政治上經歷了一九八四年與一九八九年的歷史事件之外，我們也須留意當時香港文學的建構與發展如何回應、形塑此時期的香港位置。每個歷史階段皆是一個過程，經由各種事件的累積與論述的形成，過程便會產生意義，如果我們想重新理解香港，我們應該注重每個歷史階段的複雜性以及不同力量的交錯。

建基於上述的研究動機，我在此書中提出兩個問題意識。首先，一九八〇年代香港文學逐漸開始被注目的時候，它在香港文學場域如何被建構？以及，在這個過渡期階段，香港如何參照、連結其他地域的文學與文化，並且展開跨界的想像？一九八〇年代除了象徵著香港重新思考自己的位置之外，當時作為一個匯聚華文文學重鎮的香港，在嘗試與臺灣和東南亞華文文學進行連結時，如何將文化差異與文學的境遇性（situatedness）作為一種資源，重新想像各地華文文學的對話關係，也是我們值得關注的焦點。

二、幾種思考香港文學的方法

過去討論到一九八〇年代的香港文學時，大致有幾種主要的探討方式：一、借來的時空感，二、消逝的政治，三、香港意識的展現，四、城市文學，五、強調香港文學的多面性，凸顯香港在此時期所具備的中介位置。以下，針對過去這五種論述方式進行說明。

（一）借來的時空感

以「借來的地方，借來的時間」（borrowed place, borrowed time）這個概念來描述香港，最初是 Richard Hughes 在一九六八年出版的《香港：借來的地方，借來的時間》（*Hong Kong: Borrowed Place, Borrowed Time*）一書中對殖民地香港的一個詮釋，[3]但後來這個說法也漸漸被拿來用在描述居住在香港的華人對於自身處境的狀態。[4]對殖民者來說，香港因為是殖民地，因此產生借來的時空

3 這本書後來在一九七六年的版本中，書名更改為 *Borrowed Place, Borrowed Time: Hong Kong and Its Many Faces*。

4 所謂的借還對香港的殖民者英國而言有其明確的借還對象，但對居住在香港的華人而言，借還的邏輯卻似乎顯得有點奇怪，因為如果對本地華人來說香港是借來的，向誰借？什麼時候還？實情是英國人還了香港後，可以回英倫三島的老家，香港人卻既「無權借」，更「還不起」，「借來論」與其說是一種移情作用，倒不如說是但求安身的心理（敖焙理，二〇〇九）。

感，而對長期居住或生長在香港的華人來說，亦因其結束被殖民統治之後，並非如同一般殖民地走向獨立，而是回歸中國，因此亦產生了一種借來的時空感。這個借來的時空感相較於英國殖民者而言，更添加了一份恐懼與害怕失去原有生活狀態的感受。趙稀方在談論到一九八〇年代的香港文學時，便曾以西西的短篇小說〈浮城誌異〉為例，指出小說中的浮城即是對香港的隱喻，那些浮在天空中的人，他們的形象怵目驚心地比喻了港人在歷史之中的尷尬處境。英國占領了香港，中國卻沒有真正的放棄主權，香港於是既不屬於英國也不屬於中國，成了一塊尷尬的借來的時空（趙稀方，二〇〇三：一四二—一四三）。

（二）消逝的政治

阿巴斯（Ackbar Abbas）在《香港：文化與消失的政治》（*Hong Kong: Culture and Politics of Disappearance*）一書中，曾透過討論電影、建築與殖民空間、攝影與文學書寫，探討香港在九七之前各種文化形式之間的關係。在書中的首章，阿巴斯主要透過消逝的政治（the politics of disappearance）與逆向幻覺（reverse hallucination）這兩個概念，說明香港在回歸之前這個過渡階段所身處的文化空間，並且進一步指出在這樣的脈絡下，香港有可能透過一些新的文化策略，產生出新的香港後殖民主體，而他所謂新的文化策略，即出現他在本書首章之後開展的幾個篇章，包括香港電影、再現城市空間的書寫以及其他相關的香港論述。其中和香港文學較為相關的討論，出現在此書的第六章〈書寫香港〉（"Writing Hong Kong"）。

阿巴斯在文中所討論的重點並非在定義香港文學，而是想透過書寫香港的文字探討香港在這個消逝的空間如何被再現。相較於以借來的時空感隱喻香港的位置及其後伴隨而來的失城恐懼，阿巴斯同樣試圖捕捉香港在面對九七回歸之前所產生的恐懼，但他更進一步提出，香港主體的文化自創是在一種消逝與逆向幻覺的空間中形成，並以消逝的政治作為思考理論框架。他曾提到香港到了一九七〇年代晚期才意識到香港其實是有文化的，從原本的文化沙漠到指認香港文化的存在，這個概念的轉變阿巴斯認為主要來自於兩個事件的發生，第一個是來自於一九八四年中英聯合聲明條約確定香港主權將於一九九七年歸還中國，第二個則是一九八九年中國的天安門事件，這兩個事件的發生讓香港人民強烈感受到，他們生活中複雜的民主與殖民狀態即將消逝，正是這種消逝認知對於香港文化造成了一定的張力（Abbas, 1997: 6-7）。他更進一步提出，消逝雖然有可能抹除了後殖民主體的存在，但卻也可能在消逝的過程中發展出新的主體。在此立場下，阿巴斯將香港的特殊性定位在其消逝的空間與消逝的文化，並試圖在這個消逝的框架下尋找香港的主體存在與發展（Abbas, 1997: 11）。值得留意的是，即便阿巴斯的這套論點最初並非是為了拿來專門討論文學，但是後來這個概念卻經常被放在思考香港文學的脈絡裡，比方王德威在〈香港：一座城市的故事〉便以阿巴斯消逝的政治，帶出張愛玲的〈傾城之戀〉和西西的《我城》、〈浮城誌異〉及《飛氈》等文本的討論。

（三）香港意識的展現

香港意識的討論與浮現，在不同時期皆有其獨特的意義，以本書所要聚焦的一九八〇年代而言，香港意識的加速發展，與前面兩種觀看一九八〇年代香港文學的方式有關，亦即在面臨一九八四年中英簽署聯合聲明條約與一九八九年的天安門事件這兩個事件下，所興起的一種身分意識與危機感。香港意識雖然並非始自於一九八〇年代，但其在一九八〇年代的發展卻是許多論者在討論這個時期的香港文學會描述到的一個重點。一九六七年在香港發生暴動事件之後，《中國學生周報》「香港風情」專輯中所透露出對香港本土的認同，可視為是香港意識的浮現；一九七〇年代麥理浩在推出了社會福利制度與教育改革等政策之下，促使香港人對香港這個地方產生了歸屬感，此外當時電視中的粵語節目亦形塑著香港意識的形成。而在文學方面，此時期的香港意識則展現在西西《我城》中「天佑我城」以及「你原來是一個只有城籍的人」這些文字背後所負載的意義；到了一九八〇年代，隨著大陸改革開放的環境下，中國移民或偷渡客一方面造成香港人的恐慌與壓力，另一方面亦激發香港人對於身分的意識，此外，一九八〇年代香港前途問題出現，香港人口的族裔身分和市民身分呈現前所未見的矛盾和張力。港英政府所主導的「香港市民」意識亦進一步轉化為更鮮明的「香港人」意識。由於中英談判當中，一直懸著一個究竟中英之外有沒有一個「香港代表」問題，香港人在政治談判桌上的缺席，反而更使香港人在其他各種文化政治的渠道爭取現身（羅永生，二〇〇七：六〇）。

在這樣的背景之下，觀看一九八〇年代香港文學的其中一個重點，便是討論文藝創作中有關於香港意識的浮現。討論的方式比方有透過懷舊，重新召喚香港歷史的記憶，並在此過程中找到一種對於香港的認同感（藤井省三，二〇〇〇：八一—九八；陳智德，二〇〇九：二五五—二六二）；透過小說中描寫香港人與大陸移民之間的對比，凸顯香港對於身分意識的自覺（梅子，一九九八）；或是強調因為九七問題而使一九八〇年代的香港文學，從原本以移民文學為主體的創作過渡到以香港性為主體的當代香港文學（施建偉，二〇〇〇：二四）。以香港意識探討一九八〇年代香港文學雖然也是其中一個切入方法，但仍存在著許多曖昧空間。比方，香港意識、香港性和本土性這三者是否可以完全劃上等號？誰又能代表香港意識？

（四）城市文學

相較於中國，香港在經濟貿易發展上所扮演的位置，促使香港經常是以一座城市的面貌被再現，在文學領域的討論中，城市文學亦變成是一個被拿來置換香港文學的詞彙（劉登翰，一九九九：二四）。一九七〇年代香港文學的發展伴隨著香港教育的普及，一批在香港文化教育背景下成長的作家逐漸成為文壇的中堅，他們與香港都市社會一起成長的過程改變了香港文壇的視野，從老一輩作家較多凝視大陸生活，轉向面對香港都市社會形態的現實人生，從而開拓了香港文學的都市文化空間。進入一九八〇年代，香港本土意識隨著一九六〇、一九七〇年代的發展逐漸增強，左右兩派作家的政治立場開始淡化，本土意識亦進一步促使作家對香港這座城市的體驗與認識，走向更進一步的探索與挖掘（劉登翰，一九九九：一九六，三九九，四〇八）。自一九八〇年代以來，後殖民成為香港文學研究的首要語境，促使許多研究探討香港的主體性，並多與城市此課題相互連結。都市空間被賦予反民族主義和解殖等想像，如西西、也斯、董啟章和黃碧雲等作家，在一九八〇、一九九〇年代的作品，皆是以城市文學思考香港後殖民處境（王家琪，二〇二〇：八一）。城市文學除了是一種切入探討一九八〇年代香港文學的方法之外，其被強調的面向更經常以「我城—浮城—失城」這樣的發展路徑來概述香港文學的特殊性（王德威，一九九八；朱耀偉，二〇〇二；蔡益懷，二〇〇五）。[5]

（五）強調香港文學的多面性，凸顯香港在此時期所具備的中介位置

在回顧一九八〇年代香港文學的特性時，除了上述幾種討論方式之外，亦有以香港在此時期所具備的中介位置作為思考基礎，進而說明一九八〇年代香港文學的發展與特點。這一類的論述大致又可以區分為兩種論述走向，一種主要是強調一九八〇年代香港作為連結各地華文文學的重要位置，或是香港文學長期以來所具備的跨地域特質；另一種則是在強調香港的獨特性之後，將香港放回中國的歷史脈絡中。前者的例子包括鄭樹森、樊善標、陳國球、王宏志和陳智德等人。鄭樹森自一九八〇年代以來的香港論述，持續挖掘香港文學生產與各地華文文學之間如何產生對話，探討香港在不同時期如何扮演一個重要的文化中介位置（鄭樹森，二〇〇七；二〇一三）；樊善標透過提出「本土性、本土認同是否是研究香港文學唯一的路徑」這樣一個問題，除了質疑本土這個概念的純粹性之外，也強調

香港文學所具備的跨地域性特質（樊善標，二〇〇九）；陳國球從抵抗遺忘的文學史、回望香港的文化空間，以及香港的抒情論串接起香港的抒情史（陳國球，二〇一六）；王宏志和陳智德也分別從香港本土這個面向出發，藉由重新想像本土的方式，帶出香港文學的跨地域想像（王宏志，一九九七；陳智德，二〇一九）。

第二類的論述包括劉登翰提出香港文學的本土性、民族性和世界性，施建偉提出香港文學的香港性、中國性與世界性。他們皆同樣試圖說明香港文學因為其特殊的歷史發展過程與位置，而使得香港文學有其多面性的內涵。在談論到一九八〇年代的香港時，劉登翰曾以《八方》為例，指出香港文學如何參照並參與各地的文學與思潮，並依此反觀香港自身（劉登翰，二〇〇〇：六）。施建偉則提出此時期香港文學從過去左右二元對立的框架過渡到多元並存的文學生態環境，且文學的觀念亦在此時產生更新與轉型（施建偉，二〇〇〇：二七）。相較於其他以失城恐懼的論述框架談論一九八〇年代的香港文學而言，這樣的觀察開啟了我們對於一九八〇年代香港文學發展的另一種想像與可能。但是礙於篇幅之故，這些想法在他們的論述中僅是以簡要的方式描述，此外這些想法未能真正開展的原因，或許更與他們選擇將香港擺放的位置相關。比方劉登翰強調香港在當時發揮了特殊的地域優勢，把大陸、臺灣和香港都納入一個單一的中國文學架構之中（劉登翰，二〇〇〇：五）；施建偉則從地

5 針對以「我城—浮城—失城」的論述路徑思考香港的城市文學，也有論者提出不同的思考，比如陳潔儀曾指出，這樣的論述方式有時很容易會變成一種以「香港消失」為中心的文學建構路線（陳潔儀，二〇〇九：九五—九六）。

域文學和母體文學的關係思考，強調一九八〇年代以來，香港文學和中國文學經歷了由分流到整合的過渡（施建偉，二〇〇〇：一七）。換言之，雖然指出了香港在當時所具備的特殊性，但其認知框架仍舊是將香港文學放在中國文學的脈絡之下來談論香港文學，亦即是討論「在中國文學的整體架構中香港文學的特殊性問題」。他們的論述雖然看似提出了香港文學在此時期的積極主動，但其論述脈絡仍傾向於凸顯中國文學如何與香港文學有了重新匯流的契機。這種談論一九八〇年代香港文學的方式可和一些香港文學史中論述香港文學的發展相呼應，亦即在強調香港特殊性的同時，亦強調此時期香港與中國文學文化的匯流。相較於此，若我們改變框架，將香港文學作為主體出發，或許可以發現香港文學的發展本身應該有更加複雜且多元的意義。

這五種探討方式皆與香港文學的建構相關，在建構香港文學時也皆有其重要的意義存在與各自想強調的面向。我在本書除了適度參照前面四種討論模式之外，將主要著重於第五種方式，以跨界想像的角度切入一九八〇年代香港文學的探討，強調香港文學在當時如何和其他地域的文學文化進行交流、繼承、挪用與介入等各種力量的交錯。透過跨界想像重繪一九八〇年代香港文學的認知地圖，將有助於我們找到另一條觀看一九八〇年代香港文學發展與建構的路徑。在這樣的思考之下，我們才有可能強調當時各種力量的共存與角力，而非單向的取代或置換，一旦當我們觀察到一九八〇年代香港文學實則存在著各個地方文學資產的匯流，而香港文學自身亦在此時期透過繼承、轉化的文學建構時，討論香港的方式與視線便不再只侷限於中英之間的夾縫，或是過度急切找尋香港主體性的存在。跳脫中英夾縫論，並非意味著我們在討論一九八〇年代香港文學時，刻意迴避回歸問題，只是我們若能不僅只停留在由此所造成的焦慮情感，如此一來當我們在討論香港文學時才可能跳脫受傷者邏輯，[6]不單只從香港主權即將回歸中國的失城恐懼這個面向來討論香港，亦可小心避免落入只是單純地將焦點大量放在有關身分認同的討論上，而是強調這個時期歷史的複雜性與交錯過程。

三、跨界想像的思考

司徒薇（Mirana May Szeto）在《華語語系研究：批判讀本》（*Sinophone Studies: A Critical Reader*）此書的收錄文章中，曾提出在地內部（intra-local）與在地彼此之間（inter-local）這兩個概念，探討香港作家西西與黃碧雲的小說。司徒薇認為，西西小說中所涵蓋各式跨階級、種族與文化的描繪，讓日常生活的再現充滿了在地內部的多樣性，比方《飛氈》這本小說的內容，便觸及了在香港這個內部空間當中，存在著土耳其、波斯、德國、英國和中國的文化。相較於西西，黃碧雲則擅於書寫在地彼此之間的口傳歷史，比方她在小說中將粵語女性勞動階級與吉普賽人、古巴的反抗者、游牧的客家女性，以及遷徙的離散中國人相互連結。在《媚行者》當中，我們可以看到黃碧雲並置了香港底層女性的粵語、客家歌謠、歐洲吉普賽文化、佛朗明哥舞的節奏，以及西班牙語的句法等文化元素，

6　以受傷者邏輯的方式談論香港文學可參考我在〈觀看香港的方法：論西西《飛氈》的地方意識與敘事策略〉一文中的討論（陳筱筠，二〇一〇：一三〇—一三二）。

在書中這些不同的聲音，彼此形成了一種互為主體的關係（Szeto, 2013: 191-206）。

「在地內部」與「在地彼此之間」在司徒薇的文章，雖然主要是用來分析西西與黃碧雲的小說文本，但是這兩個概念所強調有關於嘗試跳脫單向的思考，並且轉向地方之間的連繫，一方面有助於我們反思一九八〇年代香港文學場域內部本身所具備的多樣性，另一方面也讓我們得以重新想像，當時香港如何和其他華語地區或不同語系的文學進行跨界連結。在地內部與在地彼此之間，強調的是一種跳脫我們習以為常的思考，比方不將香港與殖民文化傳統或大都會中心進行直接的連結，而是更多面向地看待香港在同一個歷史階段與社會發展過程中，和其他多樣異文化或跨地域的複雜比較與影響關係。

（一）跨界想像的重要性

本書以跨界想像作為重返一九八〇年代香港文學的方法，換言之，我試圖透過跨界想像的角度切入，重新認知這個時期的香港文學。一九八〇年代香港作為一個重要的中介位置，其文藝刊物除了廣納各地文學作品與文化思想之外，在面對不同的地域時，亦產生不同的挪用與重建策略，進而形成跨界的想像。一九八〇年代香港在面對九七即將回歸中國的脈絡底下，它本身即是處於一個邊界的游移狀態，一種時空上的邊界區域。透過重新探討一九八〇年代香港文學，本書所要提供的並非只是替現有的香港文學論述增加一個討論的類別與範疇，而是希望在這個重新思考的過程中帶出以下幾個重要的面向：

1. 夾縫之外：尋找新的詮釋框架探討香港文學

過去談論到一九八〇年代香港文學時，最直接聯想到的便是由九七回歸所帶來的失城恐懼或身分轉換等議題，但實際上這個時期的香港文學並非僅存在這個面向，它亦存在著吸收、轉化各地文學與文化思潮的能量。正如司徒薇曾指出，一九八〇與一九九〇年代在討論香港文學與文化的時候，許多論述經常會把焦點聚焦在九七因素和香港處在中英兩國之間的夾縫位置，這樣的思考方式，除了穩固了一種主流觀點之外，也忽略了其他多樣性的解讀可能（Szeto, 2013: 191）。重新認知一九八〇年代香港文學的建構，除了表示我們將探討一九八〇年代香港文學在發展與建構過程中的複雜性之外，也意味著我們必須找出一個新的思考框架。本書以跨界想像作為研究方法，並納入文學場域的概念，探討一九八〇年代處在不同位置的香港文藝刊物如何建構香港文學。透過跨界想像重新思考這個時期的香港文學，有助於我們探討當時香港與其他地域之間的關係，以及在這個跨界的過程中，香港文學如何進而調整、定位、建構自身位置。當時香港文藝刊物所開展的跨界路徑至少包括了參與中國現當代文學的建構、討論各地華文文學的發展狀況、和臺灣、中國、東南亞各國進行對話、參照西方理論思潮，以及嘗試結合大眾流行文化建構香港。

2. 理解一九八〇年代香港文學場域的形成

一九八四年中英聯合聲明條約的簽訂，確立了香港主權將於一九九七年七月一日移交中國，一九八〇年代中期香港陸續湧現的九七問題，包括前途爭議、移民潮、港英政府推動代議政制改革，以及中國政府開展《基本法》草擬工作等，在這樣的社會與政治脈絡底下，香港開始積極思考自身的歷史和個人的身分問題，在九七回歸前的過渡時期裡，有關於重寫香港歷史或是重構香港人的文化身分，成為當時香港文化和文學上的重要議題（洛楓，二〇〇八：三二；馬嶽，二〇一二）。透過本書所探討的幾份文藝刊物，我們可以看見一九八〇年代香港文學場域的形成至少包括找尋理想的文化中國、匯聚華文文學、本土建構與翻譯世界，以及流行文化的音像再現，這幾種不同力量的浮現與並存。

3. 重新思考華文文學

隨著中國近年的經濟起飛，一個大一統的「中華文化」再度被討論，中、港、臺和海外華人文化的整合，在經濟和政治大論述下成為理所當然（史書美，二〇〇七：一四；彭麗君，二〇一八：二三）。然而，這樣的論述實際上遮蔽了認同的多元發展、華文世界的複雜意義以及在地經驗的境遇性。要避免這樣單一化的想像，我們應該採取的並非是選擇一條完全和中國對立的思考路徑，反而我們更應該將中國問題納入思考，仔細探究華文書寫所代表的複雜意義。一九八〇年代香港文學在取得文學正當性的過程時曾經浮現了兩個特性，一方面它無法與文化中國切割，很多時候仍與中國現代文學有所對話；另一方面在這個建構的過程中，我們卻也可以同時看到在地意義的流動性與非單一霸權的文化想像。在這樣的思考基礎下，我認為如果我們重返一九八〇年代的香港文學場域，思索香港華文文學如何被建構的過程，除了有助於我們理解香港文學的發展之外，亦提供我們另一個面向，回過頭來思考目前臺灣在全球華文市場之下的論述所可能產生的問題。

4. 臺灣文學與香港文學相互參照的可能

香港不管是在社會經驗、東亞的位置或者與中國的互動關係，都是臺灣十分值得作為參照的地方。香港除了在社會、經濟與政治發展等層面提供臺灣在經驗上的參考以外，香港文學與文化空間的開展，在今日臺港交流越趨頻繁的情況下亦是我們需要有更多了解的時刻。臺灣與香港雖然在殖民經驗與社會發展等層面有各自的發展脈絡，但同樣是生產、傳播與孕育華文創作的重要來源，兩地在共享華文創作的這個基礎上，皆為我們帶來有別於中國的經驗與記憶。透過重返一九八〇年代，除了是本書企圖重新詮釋香港文學的建構，尋找新的思考框架之外，經由這樣的研究歷程，對於現有的香港文學研究可能開啟的視野與重要性，也展現在它與臺灣文學場域之間更多議題的開發。

（二）跨界想像的方法與應用

本書以跨界想像重探一九八〇年代香港文學場域，並以《八方文藝叢刊》、《香港文學》與《素葉文學》、《大拇指》和《博益月刊》這五份刊物作為探討對象。雖然這幾份文藝刊物在編輯理念、刊物的風格與走向皆有其各自注重的面向，但在以跨界想像作為方法的框架下，我所聚焦與關注的議題至少包括以下三點。

1. 歷史經驗的交錯與參照

從一九八四年香港主權回歸中國的事實確立，到一九八九年六四天安門事件的發生所產生的幾波移民潮，讓一九八〇年代的香港產生許多地理邊界上的移動和文化邊界上的想像。與此同時，香港也正在面對著中國改革開放以來，中港臺三地之間文學互動日趨頻繁的交流。香港一方面在此時建構自身文學的發展，另一方面也積極向外尋找參照，在這個尋找參照的過程中，香港文學在和臺灣、中國以及東南亞各國的華文文學進行對話與連結的同時，亦開展出它的跨界路徑。這其中包括參與中國現當代文學的重建；透過引介當代臺灣文壇的思潮論爭和東南亞各國的華文文學，以反思香港文學自身的發展與建構；積極在文藝思潮上走向跨亞的視野。從這些文學事件的發生、文學現象與思潮的浮現，以及相關論述的形成，我們可以發現，雖然香港文學的被提出或是香港文學論述的大量興起，這些事件的背後與香港前途問題密切相關，但形塑一九八〇年代香港文學的力量並非只單純來自於一九八四年與一九八九年所造成的九七問題與歷史創傷，構成這個時期的文學能量亦來自於一九八〇年代香港積極調整自我位置，透過介入、挪用、引介各地文學與文化的跨界想像，以及企圖有系統性地建構並省思香港文學的意義。這些文化或文學的跨界想像豐富並且深化了一九八〇年代香港文學的內涵，更重要的是，這些具體的文學實踐替我們開啟了一條走出僵滯於中英夾縫的路線，一條有別於受傷者邏輯下，觀看香港文學的方法。

2. 關係的思考

本書以跨界想像作為重新思考一九八〇年代香港文學的方法，探討一九八〇年代香港文藝刊物在當時如何參與中國現代文學的重建並參照西方理論思潮、與各地華文文學進行連結，以及以在地、城市的概念建構香港文學。從跨界想像這個概念切入思考，有助於我們探討，一九八〇年代香港文藝刊物在當時如何透過積極與各地華文文學進行連結，企圖擴大華文文學的對話對象，建構香港華文文學的邊界，以及香港作為一個主體，如何再現它與其所存在的外在世界形成一種關係的想像。這個重新認知的方法，除了幫助我們挖掘出一九八〇年代香港文學在發展與建構過程中的複雜性之外，亦提供我們一個新的思考框架去掌握一九八〇年代香港的位置以及作家與論述者的書寫經驗。在這個重新認知的過程中，會涉及到當時參與建構的人或機構，他們不同的位置和身分所生產出來的香港文學內涵有何異同之處？是否曾經共同挪用了某些特定的論述抑或各自開展出不同的文學想像？而在這些建構的過程中又是否排除或納入了什麼？

關係的擴大與對話，皆涉及了邊界的游移與想像，邊界對於香港而言，一直以來都具備著重要的意義，但邊界的意義並非始終固定不變，而是在不同時間底下，會因為不同的歷史、政治、經濟與文化論述等各層面的轉變而產生不同的意涵。Remigio Ratti 曾經替邊界做出一個簡要的定義，他認為邊界可以區分成兩個層次，首先，邊界作為一種區隔的線，具備分離與區隔的功能；第二，邊界作為一個接觸區域（contact zone），具備的是交換、交流與合作的功能（Ratti, 1997: 27-28）。若我們將 Ratti 對於邊界的定義放在香港的脈絡底下來觀看，可以發現邊界所擁有的這兩個層次在香港的歷史脈絡中，時而分離時而交疊，並且在一九七〇年代末期至一九八〇年代開始，這兩重邊界的意義在中港關係之間產生了極大的張力。[7]一九七六年中國結束十年文革，一九七八年走向改革開放的道路，中港的邊界有了重要性的轉變。在走向經濟革新與開放門戶的政策底下，中港的邊界逐漸朝向接觸區域的方向發展（Shen and Yeung, 2002），而除了中國開放門戶之外，為求資本累積，香港全球城市也必須開放邊界，不僅強調流動，更必須連結與合作（黃宗儀，二〇〇八：一六）。然而，在經濟邊界的鬆綁之外，卻也同時衍生出其他邊界的產生。這裡所謂的其他邊界，不只包括香港在當時面對來自中國的大量移民與偷渡客時所形成的恐懼與排斥，亦包括中國在一九八〇年代開放探親的政策之下，中港兩地親人的探訪往來過程中，邊界所形成的另一種中港關係的想像。形塑彼此邊界的概念與來源，除了來自於國家或政治經濟之外，種族、文化性或語言社群也是形成邊界的可能性。邊界固然具有維持國家政權的功能，但由邊界所衍生出來的意義已漸漸無法只侷限在這些外部的既定疆域，而是擴散到四處，產生各種文化或身分上的溝通、衝突與協商（Balibar, 2004: 1）。

3. 媒介與文類的跨越

相較於《八方》、《香港文學》與《素葉文學》在跨界的實踐中，帶領我們朝向的路徑是偏向歷史經驗的交錯與參照，以及關係的思考，《大拇指》和《博益月刊》則開展了另一種跨界想像。跨界除了涉及文化邊界與地理疆界的跨越與參照，《大拇指》和《博益月刊》這兩份綜合性刊物更加關注，一九八〇年代香港文學如何嘗試透過不同媒介與文類的跨越帶動文藝的發展與思考。作為一份希望辦好屬於年青人刊物的《大拇指》（《大拇指》編輯，一九七七），從其規劃的版面，包括文藝、書話、電影電視、藝叢、音樂、專題、時事、生活、校緣等，可見其嘗試跨越純文藝的範疇，以及將文藝連結生活的編輯走向。其中，對於小說此文類的推廣與思考，我們可以透過其結合攝影、評論、徵文與編選等刊載與呈現方式，看到《大拇指》對於現實的再現進行了不同層次的回應。如果說，我們在《大拇指》可以接觸到文學之外，其他有關藝術與生活範疇的議題，那麼《博益月刊》在以並置嚴肅與通

7　過去中港邊界的意義也曾同時象徵著分隔與接觸，但我認為一九八〇年代因為中國本身的改革開放與香港即將面臨回歸、制定人口管理條例、強調與珠三角經濟整合等等因素，這些社會與歷史情境的轉變與發生，促使邊界在一九八〇年代有其更為複雜的意義存在。

俗為出刊基調的宗旨之下，我們更可以從這份刊物看見，當時香港文學場域試圖進行的跨界想像。依循著發刊詞強調志在文藝與文化並行的理念，《博益月刊》所刊載的文藝創作、文藝評論與介紹、視覺藝術，以及文化評介與推廣這四大類別，便是藉由文學書寫、城市攝影、漫畫、電影、戲劇、舞蹈、音樂、電臺、繪畫、雕塑與建築等跨越不同媒介與文類的方式，再現一九八〇年代的香港城市。

四、本書章節安排

導論〈如何理解香港文學〉首先說明在臺灣文學場域談論香港文學的意義，整理歷來幾種思考香港文學的方法，讓讀者對於香港文學研究有一個概括的理解，並提出以跨界想像重返一九八〇年代香港文學的重要性。書中主要以一九八〇年代的香港文藝刊物作為探討的對象，藉此反思當時建構香港文學幾種不同的路徑。

在進入文藝刊物的探討之前，第一章〈一九八〇年代香港文學場域〉和第二章〈香港文學的建構〉分別先對香港文學場域和九七前香港與其他地方如何建構香港文學進行說明。第一章〈一九八〇年代香港文學場域〉介紹關於一九八〇年代香港文學場域的概況，帶進歷史脈絡與社會面向的縱深，並指出一九八〇年代的香港文學場域除了有偏向純文學的創作與探討之外，在當時的文藝刊物上實則也出現許多有關大眾流行文化的討論。

九七回歸之前曾經掀起的香港研究熱潮，無論是來自臺灣、中國和海外的注目，或是香港對於自身文學文化的討論與關懷，這些都涉及到香港文學的建構，以及觀看香港的方式。在討論香港文學建構的同時，我們必須先釐清香港文學在當時如何被討論？以及在被提出的背後又回應了什麼現象？這些問題除了皆與當時香港所處的位置、所要面對的問題息息相關之外，也與各地如何想像香港有關。在第二章〈香港文學的建構〉的討論裡，我思考九七回歸前，臺灣、中國和海外如何將香港文學帶進文學場域與學術視野，其中的方式又有何異同？而香港文學的建構除了一部分是來自於香港以外的文學場域，我們也須要回到當時的香港文學場域來觀看，相較於回歸前各地興起的香港文藝研究熱潮，香港本身也透過各式媒介建構香港文學。透過重新檢視回歸前各地所浮現的香港研究熱潮，一方面除了得以帶出歷史定位與詮釋權、文學史史觀與國家想像，以及文化生產與修辭論述等問題，另一方面也更能凸顯出一九八〇年代以來，香港研究論述背後存在著各種不同權力的交鋒。

除了透過梳理各地以及香港本身如何討論香港文學之外，必須留意的是，一九八〇年代香港文學的建構，並非只是單純地在討論香港文學本身，當我們回顧這些文獻史料的過程中，可以發現當時香港文學場域也十分積極嘗試與中國文學與文化進行對話。透過參與中國現代文學的重建與反思，一方面替中國現代文學尋找新的參照系，另一方面重新思考自身與中國現代文學的關係。中國現代文學在一九八〇年代香港文學場域的被討論，揭示了香港作為一九四九年後持續多年可以公開閱讀研究中國現代和古典文學，以及大陸、臺灣和海外文學作品的地方，香港沒有經過文革的斷層，對傳統和現代的文學有一個繼承的作用，而它的繼承亦有所更新（梁秉鈞，二〇一二：五〇）。第三章〈文化中國與理想的追尋：《八方文藝叢刊》〉以《八方》為例，首先從「修補文化斷層」這一個具體的路徑出發，探討當時香港在建構香港文學的過程中，如何重新思索中國現代文學，並在參照中國現代文學之外，也同時與臺灣的文學發展和報刊媒介進行連結。

第四章〈華文文學的連結與匯聚：《香港文學》〉透過探討一九八〇年代《香港文學》在香港文學場域所生產、連結、形成的各地華文文學樣貌，我們看到的是一個有別於當時中國對各地華文文學嘗試進行大一統的收編歷程。此外，當時的《香港文學》也嘗試透過凸顯香港經驗的重要性，思考香港與中國現代文學發展之間的關係。一九八〇年代中國開始積極發展對於臺灣與香港的文學研究，並且試圖將各地華文文學整合至中國文學的框架。當時的香港扮演的是一個匯聚各地華文文學的重要位置，透過觀察香港文學場域中所發展出有關各地華文文學的論述，我們得以看見另一種文學想像的形成。當時除了香港之外，我們可以看到，臺灣以及東南亞各國在一九八〇年代皆對於自己的文學有一個亟欲了解過去的欲望，以及如何和在地文化產生對話的期許，這些欲望與期許所帶出的是一股強調境遇性（situatedness）的文學特徵。

一九八〇年代香港文學場域的形成，除了浮現對於理想文化中國的追尋、匯聚各地華文文學之外，本地文學的保存與建構也是其中一個重要的組成來源。第五章〈本地文學的培植：《大拇指》與《素葉文學》〉探討這兩份文藝刊物如何實踐香港文學的本土性與世界性。一九八〇年六月《素葉文學》創刊，素葉是由一群文學愛好者自行集資組織而成的同人出版社，他們以出版香港作者的文學創作和評論為宗旨，這份刊物除了注重香港本地文學的發展與保存之外，有關於中國文化與外國文學的譯介也十分重視，這些不同的關懷面向對於香港文學的本土性帶來了更多元的發展與想像。在《素葉文學》之前，素葉同人有部分也參與了香港另一份綜合性刊物《大拇指》，《大拇指》同樣作為培植本地文學、推動香港文學創作的刊物，它在一九七〇年代中後期至一九八〇年代的發行過程及其所拓展出來的文學空間，以及致力探討香港小說再現現實的方法也值得我們留意。

相較於《八方》、《香港文學》、《大拇指》和《素葉文學》，《博益月刊》在一九八〇年代香港文學場域的位置有其獨特性。第六章〈嚴肅與通俗之間：《博益月刊》〉探討這份由香港博益出版集團創辦、李國威和黃子程擔任編輯的刊物如何遊走在嚴肅與通俗之間，他們的編輯除了朝向文藝創作和文化評論這兩個方向之外，更廣納攝影、電視與廣播等視聽文化類別。此章討論《博益月刊》如何透過不同媒介的跨界並置嚴肅和通俗，而這樣的編輯路線與位置又替一九八〇年代的香港文學建構帶來怎麼樣的想像與發展可能。一九八七年九月創刊的《博益月刊》，作為一份綜合性文藝刊物，在其一共二十三期的發刊過程中，除了強調文藝的創作與保存，更加注重城市文化各種面向的開展，包括開闢各種與城市相關的專輯討論、以城市攝影呈現香港的視覺文化，以及帶出電臺與電視這兩種與大眾視聽媒介相關的日常流行文化。這些文化形式提供我們另一種理解香港作為一個城市的各種可能與路徑，跳脫一九八〇年代香港作為一個全球城市只能與經濟進行連結的單一思考，以及其所能被再現的城市形象或觸發的議題，往往多半圍繞在經濟結構上的改變或是強調跨區域經濟合作的面向。本書最後一章結語〈重返的意義〉總結歸納本書的研究視野和學術貢獻，亦透過掌握、更新與回應現今學術社群對於反思香港的路徑與方法，讓讀者對於香港文學的建構有一個更具時空軸線與脈絡的理解。

引用書目

Abbas, Ackbar. 1997. *Hong Kong: Culture and the Politics of Disappearance*. Minneapolis: University of Minnesota Press.

Ang, Ien. 1998. "Can One Say No to Chineseness? Pushing the Limits of the Diasporic Paradigm." *Boundary 2* 25.3: 223-242.

Balibar, Étienne. 2004. *We, the People of Europe: Reflections on Transnational Citizenship*. Trans. James Swenson. Princeton: Princeton University Press.

Chiu, Kuei-fen. 2008. "Empire of the Chinese Sign: The Question of Chinese Diasporic Imagination in Transnational Literary Production." *The Journal of Asian Studies* 67.2: 593-620.

Ratti, Remigio. 1997. "Different Levels of Transborder Cooperation." *Croatian International Relations Review* 3.6/7: 27-33.

Shen, Jianfa, and Yue-man Yeung. 2002. "Free Trade Zones in China: Review and Prospect." *Occasional Paper* 122. Hong Kong: Hong Kong Institute of Asia-Pacific Studies, The Chinese University of Hong Kong. 1-36.

Szeto, Mirana May. 2013. "Intra-Local and Inter-Local Sinophone: Rhizomatic Politics of Hong Kong Writers

Saisai and Wong Bik-wan." *Sinophone Studies: A Critical Reader*. Ed. Shu-mei Shih, Chien-hsin Tsai, and Brian Bernards. New York: Columbia University Press. 191-206.

Tu, Wei-ming. 1991. "Cultural China: The Periphery as the Center." *Daedalus* 120.2: 1-32.

Yeung, Yue-man. 2000. *Globalization and Networked Societies: Urban-Regional Change in Pacific Asia*. Honolulu: University of Hawaii Press.

大拇指編輯。一九七七。〈大拇指的話〉。《大拇指》六五。第一版。

也斯。一九九六。〈從八十年代香港小說與電影看傳統與現代、中國與西方等論題〉。《香港文化空間與文學》。香港：青文書屋。一三四—一三七。

王宏志、李小良、陳清僑。一九九七。《否想香港：歷史・文化・未來》。臺北：麥田。

王家琪。二〇二〇。〈香港文學的都市論述及其邊界〉。《中國現代文學》三八。七三—九二。

王智明。二〇〇五。〈「美」「華」之間：《千山外水長流》裏的文化跨越與間際想像〉。《中外文學》三四・四。一一一—一四一。

王德威。一九九八。〈香港：一座城市的故事〉。《如何現代，怎樣文學？》。臺北：麥田。二七九—三〇五。

方國榮、陳迹。二〇一二。《昨日的家園》。香港：三聯書店。

史書美。二〇〇七。〈華語語系研究芻議，或，《弱勢族群的跨國主義》，翻譯專輯小引〉。《中外文學》三六・二。一三—一七。

史書美。二〇一一。〈為比較文學的臺灣文學：代序〉。《跨國的殖民記憶與冷戰經驗：臺灣文學的比較文學研究》。吳桂枝譯。陳建忠編。新竹：國立清華大學臺灣文學研究所。五—一二。

朱耀偉。二〇〇二。〈小城大說：後殖民敘事與香港城市〉。《香港文學@文化研究》。張美君、朱耀偉編。香港：牛津大學出版社。二五三—二七〇。

李瑞騰。二〇一二。〈香港文學在臺灣：一個歷史的考察〉。《文學評論》二一。三八—四三。

周蕾。一九九五。〈殖民者與殖民者之間：九十年代香港的後殖民自創〉。《寫在家國以外》。香港：牛津大學出版社。九一—一一七。

林積萍。一九九八。〈特寫十件文學事：淡水工商管理學院成立第一所「臺灣文學系」〉。《一九九七年臺灣文學年鑑》。李瑞騰編。臺北：行政院文化建設委員會。一九六—一九七。

施建偉。二〇〇〇。〈香港文學的中國性、世界性和香港性〉。《活潑紛繁的香港文學：一九九九年香港文學國際研討會論文集》（上）。黃維樑編。香港：香港中文大學。一七—二七。

洛楓。二〇〇八。《請勿超越黃線：香港文學的時代記認》。香港：文化工房。

馬嶽編著。二〇一二。《香港八十年代民主運動口述歷史》。香港：香港城市大學。

敖焙理。二〇〇九。〈香港現代性的缺失〉。《星島日報》十月十九日。

梁秉鈞。二〇一二。〈香港文學與文化：本土、中國、世界〉。《人文香港：香港發展經驗的全新總結》。洪清田編。香港：中華書局。四三—六二。

梅子編。一九九八。《香港短篇小說選：八十年代》。香港：天地圖書。

陳國球。二〇一六。《香港的抒情史》。香港：香港中文大學。
陳智德。二〇〇九。《解體我城：香港文學一九五〇—二〇〇五》。香港：花千樹。
陳智德。二〇一九。《根著我城：戰後至二〇〇〇年代的香港文學》。新北：聯經。
陳筱筠。二〇一〇。〈觀看香港的方法：論西西《飛氈》的地方意識與敘事策略〉。《中外文學》三九．三。一二五—一四九。
陳潔儀。二〇〇九。〈九十年代香港文學的建構方式：兼論余非小說〉。《中國文哲研究通訊》一九．一。八一—一一五。
彭麗君。二〇一八。〈陳果電影的香港主體〉。《黃昏未晚：後九七香港電影》。香港：香港中文大學。二一—四二。
黃宗儀。二〇〇八。〈序論：全球化與東亞大都會的文化身分想像〉。《面對巨變中的東亞景觀：大都會的自我身分書寫》。臺北：群學。一—一七。
黃美娥。二〇一一。〈序〉。《第八屆全國臺灣文學研究生學術研討會論文集》。臺南：國立臺灣文學館。三—五。
趙稀方。二〇〇三。《小說香港》。北京：生活．讀書．新知三聯書店。
劉登翰編。一九九九。《香港文學史》。北京：人民文學出版社。
劉登翰。二〇〇〇。〈香港文學的文化身分：試論香港文學的「本土性」、民族性和世界性〉。《活潑紛繁的香港文學：一九九九年香港文學國際研討會論文集》（上）。黃維樑編。香港：香港中文大學。三—一六。
樊善標。二〇〇九。〈跨地域想像之必要〉。臺南成功大學：臺港文學交流工作坊。十一月十四日。
蔡益懷。二〇〇五。《想像香港的方法：香港小說（一九四五—二〇〇〇）論集》。北京：中國社會科學出版社。
鄭樹森。二〇〇七。《從諾貝爾到張愛玲》。臺北：印刻。
鄭樹森。二〇一三。《結緣兩地：臺港文壇瑣憶》。熊志琴訪問整理。臺北：洪範。
羅永生。二〇〇七。〈（晚）殖民城市政治想像〉。《殖民無間道》。香港：牛津大學出版社。四五—六八。
應鳳凰。二〇一二。〈香港文學傳播臺灣三種模式：以冷戰年代為中心〉。《文學評論》二一。四四—五四。
藤井省三。二〇〇〇。〈小說為何與如何讓人「記憶」香港：李碧華《胭脂扣》與香港意識〉。《文學香港與李碧華》。陳國球編。臺北：麥田。八一—九八。

第一章

一九八〇年代香港文學場域

一、香港文學浮現的脈絡

自一九七九年以來，由於政治、經濟等等因素，香港變得十分矚目，香港人忽然回頭來看看這個身處而又一直沒加注意的環境，中國人也驚覺要好好研究一下這個行將我屬的城市，於是，「香港熱」遂成為潮流。文學，自然也同時排在受注視的行列中。（盧瑋鑾，一九八八：九）

「香港文學」過去大概有點像南中國的一個無名島，島民或漁或耕，帝力於我何有哉？自從上世紀八〇年代開始，「香港文學」才漸漸成為文化人和學界的議題。這當然和中英就香港前途問題進行談判，以至一九八四年簽訂中英聯合聲明，讓香港進入一個漫長的過渡期有關。（陳國球，二〇一四：一七）

一九八〇年代隨著香港主權即將移交中國，有關於香港的歷史、身分與認同等議題也藉由許多文化形式而被再現。當時在文學的表現上，有西西、也斯、劉以鬯、辛其氏、吳煦斌和顏純鈎等人書寫偏向純文學的小說；鍾曉陽、李碧華、亦舒、陳韻文、林燕妮和倪匡等人遊走在雅俗之間或偏向通俗大眾的創作；在報章上考慮到市場需求，以實用和消費性質為主的專欄雜文；在一九八〇年代創辦或由一九七〇年代延續至一九八〇年代繼續發行的文藝刊物，包括《大拇指》、《八方》、《香港文學》、

《素葉文學》、《九分壹》、《破土》、《新穗》、《詩風》、《文藝季刊》、《香港文藝》和《博益月刊》等等。

在文化藝術的呈現上，有偏向流行文化或電影藝術評論的《號外》、《年青人周報》、《突破》、《文化焦點》、《助聽器》、《外邊》和《電影雙週刊》等（陳智德，二〇〇九：二一三—二一四）；由徐克、方育平、許鞍華、譚家明和嚴浩等人引領的香港電影新浪潮，也有《傾城之戀》或《胭脂扣》這些因回歸而引起充滿懷舊風潮的電影；羅卡、陸離、石琪、吳昊和李焯桃等人對香港文化或電影的評論；邵國華、林木、莊百川、章嘉雯（呂大樂）、游真和張月愛等人在《信報》開闢的《文化失言》專欄，探討文化潮流，評析香港文化現象的文化雜文（黃子程，二〇〇〇：二八八—二九〇）；以及達明一派在流行樂曲中對香港政治處境的嘲諷。這些文學與文化現象各自座落在香港純文學、通俗文學或大眾流行文化所構成的光譜上，他們皆在不同的層面上折射出對於香港一九八〇年代這個時代的回應。

值得留意的是，在香港主流文化占據著重要位置的，並非是嚴肅或高雅的文學與藝術傳統，而是通俗、商業和大眾的文化潮流（洛楓，一九九五：一二六），但在當時香港文學場域所進行的香港文學建構過程中，則主要是先以嚴肅文學作為討論範疇。這或許與香港在一九七〇年代末期到一九八〇年代中期，香港學院文化的轉變，包括大批在英美受訓練的文學教授來港任教、比較文學的興起、現代文學的學科位置確立、香港文學進入學界視野，以及學術和文學活動的相互刺激有關（陳國球，二〇〇〇：一六）。

以「香港文學」作為一個具體的言說概念，為它定義、描畫，以至追源溯流，還是晚近發生的事。從流傳下來的資料中，我們偶然也會見到「香港文學」一詞在一九六〇年代以前的文學活動中出現。例如在香港大學中文系任教的羅香林，就曾在一九五二年十一月以「近百年來之香港文學」為題進行演講，但這主要是以香港所見的中國文學活動為談論對象（陳國球，二〇一六：三七—三八）。到了一九七〇年代，隨著人們對於香港歸屬感的發展，才開啟了較多偏向以香港作為主體，進而討論香港文學的活動。一九七二年《中國學生周報》曾發起過香港文學問題討論，當時一位名叫偉男的讀者來信表示對於香港文藝的消逝感到憂心，之後報刊陸續刊載了多篇回應偉男的提問。在當時的討論裡，問題主要圍繞在文學的普遍性問題、文學貴族化、文學的功效，以及世代的銜接等層面。一九七〇年代中後期，香港開始試圖對文學進行較有系統的整理，一九七五年香港大學文社主辦「香港四十年文學史學習班」，並編印了《香港四十年文學史學習班資料彙編》，可惜這一份資料裡頭有許多不完整且錯誤的資訊，但我們可以看到，香港文學開始慢慢的受到關注。比方自一九七九年到整個一九八〇年代以來，香港大學文社和香港中文大學文社，陸續主辦有關香港文學的講座、報紙與文藝雜誌召開的筆談會或座談會、香港市政局圖書館主辦的中文文學週以香港文學為主題，或是為了向大眾推廣香港文學的認知，由中西區文化藝術協會和香港大學校外課程部合辦的香港文學講座等等。[8]

一九七九年三月香港總督麥理浩至北京與鄧小平商討香港在一九九七年，即新界租借條約期限屆

8 有關這些活動的細部討論可參考盧瑋鑾〈香港文學研究的幾個問題〉（一九八八）一文。

滿後的前途問題。麥理浩是一九四九年中共建政以來首位到訪的港督，此行在政治意義上可謂是揭開中英談判香港問題的序幕，[9]同年九月收錄於《八方》的「香港有沒有文學」的筆談會，即是在這樣的背景下所產生。香港九七回歸中國雖然要到一九八四年中英聯合聲明條約的簽訂之後才真正確立，但一九七九年麥理浩的訪北京行程實際上已讓回歸的問題浮現，這場筆談會雖然是在討論香港有沒有文學，但這個問題的拋出卻也透露了，香港在意識到自身即將可能走向另一個重大轉變的歷史階段下，對於自身定位的重新找尋與確認。一九七九年香港前途問題的浮現刺激香港文學對於自身文學與定位的反省，到了一九八〇年代，一九八二年英國首相柴契爾夫人與鄧小平的會談，以及一九八四年的回歸確立，[10]皆再度加速香港論述的形成與建構。香港文學的被提出，這個意義並非只是在討論「何謂香港文學」？或是尋找「香港文學的存在與否」，從一九七九年以來到整個一九八〇年代，香港文學的被提出與被討論，更為重要的意義還在於，將香港文學以一種更具學術視角的方式建構，摸索香港在此時期的特殊位置。

在這樣的脈絡底下我們可以看到，一九七九年刊載於《八方》創刊號中「香港有沒有文學」的筆談會，以及一九八五年《香港文學》創刊號中對於香港文學未來走向的討論文章，其思索的主軸是沿著思考香港文學的定位與方向逐步開展，並且強調香港文學在未來面臨轉型的過程中，如何更有系統地建立香港文學。一九七九年《八方》的筆談會已觸及了「香港文學的被提出」、「香港文學的建構」以及「香港文學的跨界想像」等重要議題。《八方》和《香港文學》在創刊號的討論開啟了香港文學的建構，在後續的發行中積極加強香港的文學評論、整理香港文學史料，以及開闢香港作家專輯等方式，在各個層面持續建構香港文學。

一九八四年由香港青年作者協會推出的《香港文藝》，在第五期推出的「一九九七與香港文藝專輯」將創作與現實的連結與關聯性，放在九七香港主權移交中國的框架下進行反思。專輯中除了刊載學者與作家們對於九七的看法，也特別開闢香港青年作者如何看待九七的相關討論，並製作一份九七問卷調查，顯現了這個組織對於香港藝文界參與九七事務的嘗試。相較於以論述或學術性的方式探討香港文學，或是推出香港文學特輯，《博益月刊》則是採取並置純文學與通俗文學、結合大眾流行文化進行香港的城市想像。《大拇指》、《素葉文學》和《新穗詩刊》經由大量香港本地作家的文學創作建構香港文學，這些創作除了豐富香港文學的累積成果之外，也同時揭露了當時想像香港的幾種方法。值得留意的是，香港文學這個概念在一九八〇年代的討論與浮現中，主要還是朝向香港華文文學

9 有關於香港主權回歸中國的問題，其實在之前也曾浮現。一九六七年香港受到中國文革的影響而激發六七暴動，在這場鬥爭中香港左派群眾意圖要求北京收回香港，結束殖民統治，但北京仍維持既有政策，亦即利用香港相對自由的位置，因此不急於接納香港回歸。直到一九八〇年初鄧小平路線取代毛澤東路線，中國全面向西方開放，收回香港才成為消除中國國家恥辱的大事，並決意乘新界租約屆滿，在一九九七年收回香港（羅永生，二〇〇七：七八—七九）。相關論述另外可參考羅永生在《思想》第十九期的文章〈一九六〇—一九七〇年代香港的回歸論述〉（二〇一一）。

10 一九八二年九月鄧小平在與柴契爾夫人的會談中，代表中國政府正式提出將於一九九七年七月一日收回香港主權，並在香港實施一國兩制，以保持香港長期的穩定和繁榮。經過兩年多的談判，一九八四年十二月十九日雙方簽署了中英聯合聲明條約，並於一九八五年五月二十七日正式換文生效，香港便開始進入為期十二年的回歸過渡期（劉登翰，一九九九：四〇一）。

的建構為主。以華文作為主要的文學建構語言，除了因為香港文藝本有其以華文書寫的傳統之外，我們也必須要留意到，華文在香港一九八〇年代這個特定的歷史時刻與文學建構過程中，占據了什麼樣的位置，以及香港文學在這個時刻透過什麼方式取得它在文學場域中的正當性。

香港華文文學在香港文學的建構過程中，相較於香港英語文學和粵語文學，它的位置是特別被凸顯出來的，這除了與當時香港文學正當性的取得相關之外，另一個值得留意的部分，是有關於位在特定位置，具備改變與維持文學場域權力的作家、出版者或評論家。他們在各自的品味基礎上，會依據他們各自的策略和軌道，在場域中占據著不同的位置（Bourdieu, 1993: 30）。我們在討論一九八〇年代香港文學場域的過程中，布赫迪厄（Pierre Bourdieu）的場域理論提供了一個可以切入的探討視角。布赫迪厄曾經強調，依據場域進行思考即是一種關係性的探問，場域是以關係性的理論推論模式為基礎的概念建構。場域這個概念來自一九六〇年代晚期布赫迪厄對藝術社會學的研究，以及對於韋伯宗教社會學的解讀。布赫迪厄最初把這個概念運用在法國的藝術界與知識界的時候，是將它作為一種工具，以喚起人們對於支配這些文化世界的特定利益的關注。作為布赫迪厄社會學中一個關鍵的空間隱喻，場域界定了社會的背景結構，它可以被視為是一個結構的空間，而這個空間的組成，是透過圍繞著特定資本或各種不同資本結合而形成的，它提供了一個讓商品、服務、知識或社會地位以及競爭性位置，生產、流通與挪用的領域（Bourdieu and Wacquant, 1992; Swartz, 1997）。

在這個場域中，每個擁有不同權力資本的人，以不同的方式相互競逐，而每個位置都擁有保存或改變的力量去進行占位（position-taking）。布赫迪厄曾經提到，占位並非只是一種象徵行動，它其實也是一種產物，這個提醒帶出了占位本身有其形成與建構的過程，也連帶地為我們指出，占位過程中知識生產所具備的文學詮釋權、作品的選擇以及意義的再生產。透過參照布赫迪厄對於文學場域的論述，有助於我們在思考香港文學這個概念的浮現脈絡中，有一個更為具體的建構過程。這個過程涉及的層面至少包括了文學語言的位階關係、香港文學在當時所要取得的文學正當性，以及文藝刊物的編輯分別運用什麼方式進行香港文學的建構。

二、不同語言的文學位置

香港是一個多語社會，英語、粵語和國語／普通話是幾種在香港主要常見的語言，這些語言的呈現，不僅會出現在一般日常的口語溝通，它們也同時會以書面的方式被再現。這些語言在香港隨著不同的歷史時代，其語言位置也有所位移改變，而不管是哪一種語言，它們都牽涉到了排除、納入和文化認同等複雜的面向。語言的使用與交換，建基在編碼與解碼、符碼的實行和生產的能力，在這個過程中傳遞者和接收者之間除了形成一種溝通的關係之外，也建立了某種象徵權力。簡言之，語言不只是一種溝通工具，它往往也是權力的媒介，透過語言的使用，個體得以追求利益並且展示他們的實踐能力（Bourdieu, 1991）。

英語在香港除了成為官方語言與教育實施的重點，英語在香港的使用更具備了讓香港進入一個跨國商業中心的位置（Bauer, 1988: 256）。自一八四二年香港正式成為英國的殖民地時，英語開始透過學校教育而被散播，這些學校在香港作為英國殖民地的語言歷史上扮演著重要的位置，而這也和十九世紀晚期現代性的提倡有關。但早期這些學校系統的建立，並非意味著忽略華語的學習，很多學校其實對於南中國的語言有著東方主義式的好奇與興趣，特別是粵語、客語和潮州話。因此，中文語言和文學在某些學校仍舊會在英語課程之外傳授，而這也進而創造了一種 Anglo-Chinese 學校的存在（Bolton, 2000: 267）。在文學創作上，一九五〇年代以前，已經有用英語的書寫方式想像香港，比方 W. Somerset Maugham 的 *On a Chinese Screen*（1922）和 *The Painted Veil*（1925），或是 W. H. Auden 的“Hong Kong”（1938）都是重要的例子。而除了外來旅者的作品，也有一些詩是居住於此地的人而寫的，比方在香港大學任教三十年（一九二〇—一九五一）的英語系教授 R.K.M. Simpson。一直要到一九五〇年代，我們才開始看到較多作品是有意識地想去呈現香港作為地方的不同面向，香港開始作為一個再現的客體而浮現（Ho, 2003: 6）。這其中至少包括了 Edmund Blunden、Wong Man 和 Richard Mason 等人的作品。

Blunden 在一九五一—一九六一年任職於香港大學英語系系主任，他的英語詩作曾收錄在 *A Hong Kong House: Poems 1951-1961*（1962）一書中。在他的作品裡我們可以看到一種對於不同文化的尊重；Wong 的詩集 *Between Two Worlds*（1956）以中英雙語出版，顯現了文化翻譯的自覺意識和實踐；Mason 的小說 *The World of Suzie Wong*（1957）暢銷國際，並翻拍成電影，這本小說也開啟了香港英語文學和流行文化之間的對話，並且挑戰了香港英語文學的命名問題（Ho, 2003: 7-18）。香港英語文學在香港有一個比較明顯的進展，是在一九八〇年代與一九九〇年代以後，這個時期香港英語文學在詩方面，形式和描寫更多元化，並且出現更多香港在地的聲音，比方 Ho Hon Leung、Jim Wong-Chu、Alex Kuo 和 Louise Ho 等人，在他們的詩中所呈現的跨文化空間是由香港人作為主體，而非殖民建物（Ingham, 2003: 9）。一九九〇年代香港英語文學呈現了一種旅行跨國性，比方在 Louise Ho 和也斯的作品皆可見到這個特質，他們在詩中書寫香港人移民澳洲或加拿大的主題，以及彈性公民身分的形塑過程和跨國文化屬性。一九八〇至一九九〇年代的移動現象創造了一種新的網絡，連結了香港與其他地方，這個時期的移動與移民在香港文學中所呈現的並非一般的移民敘述或逃難故事，而是帶有複雜的跨國認同（Lim, 2002: 53-66）。

除了詩之外，小說這個文類在香港英語文學也有許多重要的作品。長期生活於海外的許素細（Xu Xi），香港卻經常出現在她的作品裡。*Chinese Walls*（1994）記錄了她一九六〇年代成長於尖沙咀的記憶，*Hong Kong Rose*（1997）和 *The Unwalled City*（2001）涉及了香港歷史與九七回歸。許素細在香港英語文學的重要性，不只顯現在她書寫許多關於香港記憶的英語小說，除了創作，她也致力於與其他人共同編選了香港英語文學的選集。二〇〇三年許素細和 Mike Ingham 共同編選了 *City Voices: Hong Kong Writing in English, 1945 to the Present* 這本書，這本香港英語文學的選集裡頭，包括了詩、散文、小說節錄、回憶錄和短篇故事等文類，收錄一九五〇年代至二〇〇三年共七十多位作家的作品。這些作家不一定居住在香港，但都和這個城市有緊密的關聯，熟悉香港英語文學的讀者在此書中除了會讀到熟悉的作家作品之外，也會看到一些新興的聲音（Moloughney, 2003: 166-169）。

然而，雖然英語書寫有其語言優位、階級和教育等意義，但其實香港英語文學相較於香港的華語書寫並未有太多的對話和互動。比方早期未有豐富的英語文學社群，以英語寫成的文學作品在數量上也無法形成相應的評論。香港英語文學一方面在學界不受重視，大部分的香港文學研究只處理華語書寫，另外，若檢視英語語系作品的出版紀錄，便可發現香港英語文學的匱乏，這也和香港當地人口大部分並非是以英語為母語的人有關（Payne, 2010: 46, 50）。[11]

除了香港英語文學之外，香港粵語文學雖然長期以來也不受學界與出版業重視，但它卻曾經流行於大眾之間。[12]粵語雖然在香港民間是主要的使用語言，但是在一般正式的書面文字上，仍是以英語和現代漢語為基礎的白話文書面語呈現。粵語文學長期以來未受關注，許多用粵語入文的書寫散佚在各個小報，在沒有進行整理與集結的狀況下，圖書館與學術機構亦不重視。[13]

有關於粵語文學，過去日本學者吉川雅之探討香港粵語時曾作出定義，意指採用口語一致的措詞和語法，即以「口語入文」文體所寫出的一些文學作品，包括小說、隨筆、報紙專欄、劇本和對話錄等所有文學體裁。長期關注香港粵語書寫的學者黃仲鳴認為，這個界定過於模糊，因為我們無法判定，究竟要口語入文到什麼程度才能算是粵語文學。因此他提出，我們不應只從一篇文章所用的粵語成分有多少來決定，而應該從語法、語句、語境，甚至作品風格來決定。而依照這個界定，粵語文學的文體大致可以包含以下幾種，分別是：

一、純粵語

二、粵語＋白話文

三、粵語＋文言
四、粵語＋白話文＋文言（三及第）
五、粵語＋外來語
六、粵語＋文言＋外來語
七、粵語＋白話文＋外來語
八、粵語＋白話文＋外來語＋文言
（黃仲鳴，二〇〇八：一一四）

在香港最早印行的三及第小說，是黃言情的《老婆奴續篇》，一九二六年由香港大中華國民公司

11 香港書店的英語文學作品大部分是紐約時報選出的近年暢銷書，或是經典作品如狄更斯、葉慈、普魯斯特、歌德和海明威等等，很少是香港英語文學的書籍（Payne, 2010: 47）。

12 一九四〇年代後期到一九五〇年代初期，湖南人金聖嘆在香港的茶樓餐室內曾目睹一奇景，人人在捧讀《新生晚報》一個署名經紀拉的《經紀日記》連載專欄。除了經紀拉之外，和他同一時期的還有多位粵港作家也以三及第為文，作品風靡程度不輸給經紀拉，比方筆名周白蘋的任護花，他的《中國殺人王》和《牛精良》系列故事已是深入民間（黃仲鳴，二〇一〇）。

13 黃仲鳴曾提到，有些學者對於這類作品帶有歧視眼光，甚至指為不規範、不利於祖國文學語言的健康發展（黃仲鳴，二〇〇八：一一九）。

出版，[14]但在這之前，香港的報紙上已出現許多粵語書寫。一九〇五年，香港報界鄭貫公在他創辦的《唯一趣報有所謂》，即以三及第文體來鼓吹革命。[15]一九三〇至一九四〇年代，任護花的《中國殺人王》或襯叔的《鬼才倫文敘》皆流行於香港民間，當時在香港的一些辦報人或相關文人比方鄧羽公、林瀋、我是山人等也曾以粵語書寫小說、政論和雜文。一九四〇年代後期，中國留港的左翼文藝工作者，為了響應華北大眾文藝活動和配合國內解放戰爭而發起的方言文學，力主以粵語書寫，深入基層以爭取民眾支持（黃仲鳴，二〇〇七；二〇一〇）。一九四〇年代後期至戰後，值得留意的是高雄與陳霞子。高雄原名高德熊，另有筆名三蘇、經紀拉和史得等。高雄在《新生晚報》時期，曾以經紀拉為筆名，撰寫《經紀日記》，以三蘇撰寫《怪論》。《經紀日記》和《怪論》皆以三及第文體書寫，是《新生晚報》當時最吃香的專欄（黃仲鳴，二〇〇八：一一七）。[16]另一位陳霞子則曾被人譽為三及第大師，他的弟子鄭心墀曾說，陳霞子教授他們「三及第心法」，指導他們如何書寫三及第作品，可見陳霞子對於以粵語入文的態度（黃仲鳴，二〇〇七）。從一九五〇年代以來，除了上述提到的三及第文體之外，我們在一些香港文學作品中也可以看到夾雜一些口語化的粵語詞彙，比方舒巷城、董啟章、黃碧雲和李維怡等人的小說，或是崑南、飲江、蔡炎培和也斯等人的詩。

一九一一年香港大學的創立雖然增強了英語媒介教育的要求，但在一九二〇至一九三〇年代，也陸續出現了許多以華文媒介為主的學校（So, 1992: 72）。一九六三年香港中文大學創立，一九六七年香港暴動之後，有關中文的活動與認可也逐步增強，一九七四年，中文首次被肯認為官方的共同語言，一九七四至一九七八年教育改革也發生在初等與中等教育，普及教育的年代開始被建立（Bolton,

2000: 267-268）。一九七四年以前，在港英政府的管制下，英語普遍使用在政府和法律的官方語言、教育、工業、商業貿易、財政以及溝通傳播，而自一九七四年起，中文與英文開始並列為共同官方語言。而當一九八〇年代中國與英國開始討論香港未來的時候，中文的位置透過《基本法》的發布，進而更增強了它所代表的語言和文化位置。[17]

---

14 黃言情的《老婆奴》和《老婆奴續篇》先在《香江晚報》連載，之後才有單行本出版。《老婆奴》於一九二四年由上海新小說共進社出版，《續篇》由香港大中華國民公司於一九二六年印行，這是目前所見香港最早的三及第小說（黃仲鳴，二〇〇八：一一五—一一六）。

15 黃仲鳴曾提到，李家園在《香港報業雜談》曾說，香港報紙常有粵語夾雜其間，而且後來更有所謂三及第文字，亦即把文言、語體和粵語夾雜一起。以粵語入報刊文字者，均以鄭貫公為首（黃仲鳴，二〇一〇）。

16 《經紀日記》自一九四七年四月二十日起開始在《新生晚報》連載，至一九五八年二月十九日結束，共長達十一年的時間。期間曾更改名為《拉哥日記》與《午茶經》。連載過程中曾改編成電影《經紀拉》、《經紀拉與飛天南》和《擺錯迷魂陣》（熊志琴，二〇一一：一三）。

17 香港自一八四二年成為英國的殖民地之後，除了日本占領香港的三年零八個月外，香港政府均以英文為法定語言。一九六〇年代至一九七〇年代初期，香港社會爭取中文成為法定語文的呼聲日高，一九六八年至一九七一年間的「爭取中文成為法定語文運動」，呼籲殖民地政府改革法例和教育，改善社會貶低中文的地位，運動期間陸續展開的一系列活動，包括公開論壇、發表聲明、告全港市民書、簽名運動和杯葛市政局選舉等。這場運動對香港本土社會的發展、華人地位的提升、中文教育的促進，以及日後香港學生運動和社會運動的勃興都有重要影響（陳智德，二〇一四；羅永生，二〇一五）。一九七四年二月，香港政府承認中文和英文享有同樣的法定地位，中文可以作為政府和民間文書往來的應用語言，奠定政府服務配合本地需要和中文社會地位的基石。另外，一九九〇年正式頒布的《基本法》第九條中也曾提到，香港特別行政

三、香港文學的正當性

香港自十九世紀以來雖然由英人管轄，但在文化發展方面，特別是文學的部分，仍與中國文藝十分密切。一九二〇年代，香港與上海的交通貿易十分密切，很容易受到這個新文藝重鎮的文藝風氣影響。這股風氣傳入之後，對香港部分愛好新文藝的青年很有影響力，他們開始寫作或出版刊物，報紙如《大同日報》、《大光報》、《循環日報》、《南華日報》和《華僑日報》等副刊也開始容納新文藝作品（盧瑋鑾，一九八七：一〇）。一九三〇年代香港本地作家如謝晨光、張吻冰、岑卓雲和侶倫等人逐漸展露頭角，一九三七年抗戰之後，許多中國文化人曾經到香港暫避戰亂，並在香港進行創作或辦報，一九四〇年代後期的國共內戰再次迫使大量中國知名文藝人士來港暫居，一九四八年在香港活動頻繁的便有郭沫若、茅盾、夏衍、歐陽予倩和司馬文森等人。一九四九年之後左翼文化人陸續返回中國，香港文藝的發展轉向由司馬長風、趙滋蕃、徐訏、徐速、力匡等從中國到港的右派文人登場（鄭樹森，一九九八：一；黃維樑，一九九六：五）。抗日戰爭和國共內戰的先後爆發，掀起了兩次中國作家南來香港的浪潮，為香港的新文學帶來繁榮，一九四九年中華人民共和國成立後，不少中國作家定居香港，也讓香港的文學發展進入一個新階段（魯嘉恩，二〇〇五：九）。

一九八〇年代，中英聯合聲明條約確立了香港主權將於一九九七年回歸中國，香港華文文學在香港文學場域的位置重要性明顯提升，[18]這個重要性的增強一方面來自於香港文學場域之外，包括中國、臺灣和西方在一九八〇年代至一九九七年所帶動的討論與研究熱潮；[19]另一方面則是香港文學場域內部對於香港華文文學的建構與思索。一九八〇年代是香港文學發展的一個重要階段，重要的原因除了因為這個階段開始出現許多與香港文學有關的討論之外，香港文學開始被學界重視也是其中一個更為關鍵的因素。在這個建構的過程中，雖然有許多重要的文學文本、文獻史料、文化理論與相關思潮被重新檢視討論，但與此同時，香港英語文學和粵語文學在一九八〇年代的建構過程中相對是被排除與輕忽的。香港英語文學在這個階段，扮演的是即將成為前殖民者的語言，在某程度來說，它會被認為是九七之後一種剩餘（此處指涉的是文學上的語言，而非英語在商業上的使用位置），此外香港

區的行政機關、立法機關和司法機關，可使用中文和英文，兩者皆是正式語文。相關資料另可參考《改變香港歷史的六〇篇文獻》（區志堅、彭淑敏、蔡思行，二〇一一）、《那似曾相識的七十年代》（呂大樂，二〇一二）以及《基本法》第九條（http://www.basiclaw.gov.hk/tc/basiclawtext/chapter_1.html）。

18 劉以鬯曾提到，「九七」已近，香港即將回歸祖國，中文在香港的地位必須提高，在這個歷史時刻，香港的文學工作者應該擔當重要的角色，盡力使中文進入教育主流，恢復第一語言的位置（劉以鬯，二〇〇二：一二三）。

19 比方中國在一九八〇年代「發現」臺港文學，連續舉辦與臺港文學相關的研討會，並在一九九〇年代陸續出版的香港文學史；臺灣的文藝雜誌在回歸前後開闢與香港文學相關的專輯；西方學界包括周蕾與阿巴斯分別在一九九三年和一九九七年出版的《寫在家國以外：當代文化研究的干涉策略》（*Writing Diaspora: Tactics of Intervention in Contemporary Cultural Studies*）和《香港：文化與消失的政治》（*Hong Kong: Culture and Politics of Disappearance*）也帶動了相關討論。關於一九八〇年代臺灣、中國與海外的香港文學論述，可見本書第二章的討論。

的英語文學在前殖民地英國或國際上的地位其實也是處於弱勢的狀態（Payne, 2010: 42）。[20]另外，粵語的書寫在回歸前早已被視為非正式語言，到了回歸後，粵語更漸趨邊緣化。儘管粵語仍然是一種主要存在於香港市民日常生活中的一種語言，使用的範圍更廣泛地包括了香港市民日常的溝通、公共事務和社會活動，甚至也會出現在一些官方或半官方的政府機構，並且大量出現在香港的流行文化，比方流行歌曲、電視和電影（Bolton, 2000: 271），但是在文學的面向，香港的主流仍舊是以現代漢語白話文為基礎的華文書寫為大宗。

然而必須要注意的是，雖然華文文學在香港文學場域占據著主流的位置，但一直以來香港文學本身其實是不被重視的，正如前述，香港文學這個詞彙真正開始被以一種較為全面且系統性的討論，是要到了一九八〇年代，因此，當我們重新檢視這個時期香港文學的位置時，除了必須探討當時香港文學如何被建構及其過程之外，我們也必須思考，香港文學如何在這個被大量注目的關鍵時期，嘗試取得它的文學正當性？在這個過程中，是否納入或排除了什麼？

一九八〇年代香港文學場域出現了兩個值得留意的現象，首先是香港文學開始有一個較為全面性的討論，第二，香港作為一個匯聚各地華文文學的重鎮。這兩個現象都透露了香港文學在這個時期試圖摸索、調整自己的定位。在以英語作為官方語言和優勢文化的象徵，以及以粵語作為日常普遍用語的香港，當時香港華文文學所凸顯的意義是什麼？它在文化生產的場域裡占據一個什麼樣的位置？又是以什麼方式進入文學場域？我認為布赫迪厄談論場域的概念，在此處提供了我們一個具有批判力的視角去思考這些問題。

相較於側重談論社會結構或是主體能動，布赫迪厄不從這兩方擇一切入，而是提出一個由場域（field）、資本（capital）和慣習（habitus）相互依賴並共同建構的方法學（Thomson, 2008: 69）。布赫迪厄強調文學和藝術場域是一個力場（a field of forces），同時也是一個競逐的場域（a field of struggle）。當我們在談論場域的過程，另外一個涉及到的問題往往是關於知識生產的控管者，這些控管者不只牽涉到文學的生產，亦具有形塑與決策意義的層次。當知識生產和場域的問題被放進來討論時，我們可以更清楚香港華文文學在一九八〇年代香港文學場域的位置，以及它如何與其他關係產生互動與連結。一九八〇年代《八方》、《香港文學》、《大拇指》、《素葉文學》、《博益月刊》這幾份重視香港文學的建構或匯聚華文文學理念的文藝刊物，在當時形塑香港文學場域的過程中都曾扮演著重要的位置。透過研究這些刊物的編輯走向、議題選取和編輯者的位置，除了是梳理刊物形成的歷程之外，更重要的是，探討這個過程有助於我們理解，他們如何對原先既存的場域產生差異、修改與變動，以及香港在一九八〇年代作為一個匯聚華文文學的重鎮，其背後代表的意義是什麼。

當時香港文學所要取得的正當性，我認為至少有三個方向：一、香港位置與文化中國。二、在香

20 在以英語書寫為主的後殖民文學研究中，香港英語文學甚少被注意，比方一九八九年出版的《逆寫帝國：後殖民文學的理論與實踐》（*The Empire Writes Back: Theory and Practice in Post-Colonial Literatures*）一書，檢視了許多過去曾經是英國殖民地的英語文學作品，比方西印度群島、非洲、南亞，甚至包括加拿大、澳洲和紐西蘭，但卻獨缺香港。一九八九年此書排除香港英語文學也許是考量到當時香港尚未進入後殖民，而在二〇〇二年此書的二版中我們仍未見到香港的位置（Payne, 2010: 44）。

港這個多語混雜的環境下，凸顯華文（文學）的重要意義與位置。三、香港文學本身的文學認可。以下分別針對這三點進行說明。

（一）香港位置與文化中國

一九八〇年代香港文學場域強調香港位置，其所要取得的文學正當性之一，是一種對於文化中國的詮釋權，想像理想中的文化中國。舉例來說，當時《八方》在最初出版的前四輯，回顧了現代主義與現實主義文學，便是有鑑於一九五〇年代以來兩岸的文藝斷層，希望藉此重新在香港文學場域進行反省與討論，另外在刊載的過程中，對於現當代文學，或是廣義的中國現代文化，包括美術與電影方面也做了許多反省與回顧（盧瑋鑾、熊志琴，二〇一〇：三六）。但必須留意的是，《八方》當時所想像的文化中國，其內在特質並非是鞏固並增強中國性霸權的文化中國，而是偏向凸顯香港經驗對於中國現代文藝的意義，以及早期來港的中國文人對於香港早期文學的發展所帶來的豐富資產。自一九四九年以來，香港相較於臺灣或中國來說，是左中右各種文化與政治型態皆可並存的地方，當一九八〇年代三地開始逐漸有較多的來往與交流時，香港嘗試運用其特殊的位置，扮演匯聚華文文學的橋梁角色。然而，在這個過程中，香港除了運用華文共享的特質，聯繫起三地甚至東南亞各國的華文文學，與此同時，香港也結合自身過往累積的各式不同文學經驗、中國現代文藝在香港留下的文學影響與活動，以及其接收到的西方文藝思潮理論，進行由香港這個位置出發所形成的一個理想的文化中國。

《八方》在建構香港文學的過程中，有很大一部分的比例是重返中國現代文藝，重新探討過去中國現代文藝的發展。透過思考過去來香港的中國文人，如何對香港的文學發展產生影響，以及和香港文學之間的關係。這個想像和許多中國學界在界定來港的中國文人與香港之間的關係是不太一樣的，[21]《八方》透過探討這些來港的中國文人在香港留下的文學文化遺產，反思他們可能替香港的文學帶來什麼樣的刺激與轉化的能量，重新思索香港自身早期文學發展的複雜性。我們可以發現，這些論述除了擴大了中國現代文藝的討論框架之外，在這樣的過程裡，其實也思考了存在於香港的文化中國因素，並且帶出香港在中國文藝發展過程中的獨特位置，亦即香港經驗對於中國現代文學與文化的意義。透過連結香港經驗和中國現代文藝的發展，香港除了藉由華文這個媒介重新思考香港早期的文學發展之外，香港也嘗試在一九八〇年代中國改革開放的初期，思索自身對於中國的意義，一方面擴大中國現代文藝的討論框架，另一方面透過香港的位置重新想像打造理想中的文化中國。

21 當中國學界在談論到來港的中國文人時，多半會以此強調他們對於香港新文藝的開拓與發展，這樣的論點在中國出版的香港文學史特別容易看到。相較於此，當時在香港文學場域我們比較能夠看到不同的論述方式。比如《八方》在刊載的過程中積極與中國現代文藝對話，這些討論一方面除了帶出香港早期文學的發展，側重在此過程中，這些來港文人如何與當時香港在地的殖民歷史和社會狀況進行對話之外，另一方面也從不同的角度切入，重新定位中國現代作家。

（二）華文（文學）在文學場域中被凸顯

一九八〇年代香港華文文學在伴隨著匯聚各地華文文學的過程中，也成功地讓香港文學建構進入華文文學場域的討論。在這個過程中我們可以看到，香港被強調作為一個中介位置，以及具備連結，甚至是影響各地華文文學發展的特殊性。比方在《香港文學》中，特別是在介紹臺港以及海外華文文學的部分，我們特別容易看到這類的論述。《香港文學》自第二十期至第二十八期，連續刊載了九篇〈港臺海外華文文學現狀——在中國社會科學院文學研究所高級進修班上的報告〉的文章，這九篇文章除了介紹各地華文文學的發展近況之外，也凸顯了香港文學在這其中的位置：

> 有識之士越來越清楚地看到香港的特殊地位，看到香港已成為國際華文文學研究交流中心和溝通中西文化的橋梁。在加強海內外聯繫與促進交流上，香港是一個不可替代的重要角色。早在五十年代末和六十年代初，香港最早樹起現代主義的《文藝新潮》和文藝副刊《淺水灣》就影響過臺灣文學。……可見臺港文壇歷來是緊密聯繫而又互相影響的，並且對內地特具鏡子作用。香港文學對澳門和東南亞華文文學更有著直接的影響與促進。當前，加強對香港文學研究的意義，是不言自明的。（潘亞暾，一九八六：九一）

如果我們回到一九八五年一月的《香港文學》，我們更可以看到這個互相合作的部分在創刊號已經顯露。《香港文學》是一份以「推動世界華文文學」為宗旨的文藝雜誌，在發刊詞中劉以鬯曾提到：

> 作為一座國際城市，香港的地位不但特殊，而且重要。它是貨物轉運站，也是溝通東西文化的橋梁，有資格在加強聯繫與促進交流上担當一個重要的角色，進一步提供推動華文文學所需的條件。香港文學與各地華文文學屬於同一根源，都是中國文學組成部分，存在著不能擺脫也不會中斷的血緣關係。對於這種情形，最好將每一地區的華文文學喻作一個單環，環環相扣，就是一條拆不開的「文學鏈」。（劉以鬯，一九八五a：一）

這段話雖然看似與一些中國學者所編撰的香港文學史中的文字並無太大差別，但劉以鬯在強調中國文學與香港文學之間的關係時，並非只是簡單地將香港文學放置在中國文學之中，而是凸顯了香港文學在這個階段作為匯聚華文文學的重要意義，以及此時香港文學與各地華文文學之間的鏈結。而值得我們特別留意的是，從這段發刊詞裡面我們其實也能看見，香港文學如何運用「血緣和根源」這樣的修辭進入華文文學的場域。

如果我們細看劉以鬯在《香港文學》創刊號的發刊詞全文，可以發現他分別透過三個方向揭示這份文藝雜誌在當時的定位，這三個面向分別是，一、香港有資格在加強聯繫與促進交流上擔當一個重要的角色。二、歷史已經進入新階段。三、在維持聯繫中產生凝結作用。而除了創刊號之外，劉以鬯也特別在《香港文學》第十三、二十五和四十九期這幾次的週年紀念特刊編後記中，再次加強凸顯這份文藝雜誌所扮演的位置。比方在第十三期一週年特刊的編後記裡，他針對有讀者對於《香港文學》刊名與內容不相符的批評，重申此刊物的目的是在香港創辦一種世界性中文文藝雜誌；第二十五期再次重申指出此刊的位置與重要性是在於世界性、香港作為橋梁的位置，以及成為中文文藝雜誌的新起點；四十九期持續回應有讀者認為《香港文學》刊登香港以外地區的作品較多的質疑，劉以鬯針對這樣的看法指出，《香港文學》刊載內容的多元其實皆有助於讀者更加了解香港文學，因為即使這些被刊載的文章作者居住於香港以外的地區，但實則在這當中有許多作家都曾在香港進行過文藝活動。

在匯聚華文文學的過程中，香港文學也產生了進入文學場域的多重路徑。透過上述對於香港文學在一九八〇年代嘗試取得文學正當性的討論，不難發現，何以當時香港文學在這個被大量目光注視的年代，會以現代漢語白話文為基礎的華文，而非以粵語或英語書寫作為建構香港文學的路徑。以書面語為基礎的華文書寫作為取得文學場域的進場，一方面雖然凸顯了香港文學在整個華文文學場域中占有重要的位置以及經過歷史累積下來的文學資產，但與此同時，卻也容易排除了香港粵語文學和英語文學在香港文學發展歷程中的發聲位置。[22]

（三）香港文學的文學認可與保存

前述提到香港文學在一九八〇年代的建構過程中，一方面連結了早期香港文學發展和中國現代文藝的關係，凸顯香港經驗與香港位置對於打造理想文化中國的重要性，另一方面藉由華文這個語言與書寫媒介，思考香港文學與各地華文文學的關係與連結，這些都是香港文學在當時取得文學正當性的路徑之一。除此之外，在香港文學建構與取得文學正當性這兩者之間有更直接關聯的，還在於對香港文學在歷史發展過程中所累積的文學認可，以及將香港文學視為一個學科研究。關於香港文學的文學認可與保存，最直接的方式莫過於直接刊載香港文學作品，或是集結本地作家作品以出版的形式呈現，透過累積實際的文學創作呈現香港文學。自一九七〇年代創刊，一直持續到一九八〇年代的綜合性刊物《大拇指》，以及由許迪鏘、何福仁和西西等人所組成的素葉出版社與同人刊物《素葉文學》即是一個例子。另外如香港青年作者協會所出版的青年文學作品及其刊物《香港文藝》、原名《新穗文刊》後改名為《新穗詩刊》並成立新穗出版社出版成員的文學創作，以及在博益出版集團之下推出主打城市文化的《博益月刊》，這些刊物皆重視香港本地文學的保存與認可。

除此之外，在當時的香港文學場域，出現了許多「香港有沒有文學」或者「香港不是文化沙漠」

22 一九八〇年代的香港文學場域其實也有留意到以粵語和英語再現文學的表現方式，但仍屬少數。比方在《香港文學》第四期曾收錄港大英文及比較文學系教師黎翠珍使用粵語翻譯湯姆．史圖柏的作品《畫廊之後》中的對白，主編劉以鬯在編後記特別指出，譯者用粵語翻譯外國戲劇，捕捉劇中傳神之處，是值得參考的嘗試。除了《畫廊之後》，黎翠珍過去也曾用粵語翻譯出其他作品，包括莎士比亞的《李爾王》、奧尼爾的《長路漫漫入夜深》、奥比的《動物園的故事》、米勒的《長橋遠望》，和布萊希特的《大團圓》（劉以鬯，一九八五b：一〇〇）；另外，在《香港文學》第六期，朱少冰在檢討一九八五年四月香港文學研討會時，文中曾提到，香港文學雖然以中文創作為主，但英語部分也不宜輕忽，並指出要完成有代表性的香港文學研究，中英文都必須兼顧（朱少冰，一九八五：六）。

等討論性的論述，這些討論除了出現在報紙與文藝刊物之外，香港文學在建構的過程中，透過思考「何謂香港文學」以取得文學的正當性，另外一個最具體的例子便是提出香港作家的定義。一九八五年黃維樑在香港出版了《香港文學初探》，雖然這本書並非是香港文學史，但卻是香港當時較早論述香港文學的專書。《香港文學初探》共分六輯，包括通論、詩論、散文論、小說論、文學批評論以及雜論。在通論的部分，黃維樑提出了「香港作家的定義」、「研究香港文學應有的態度」以及「研究香港文學的步驟」等與香港文學定義有關的主張，這些定義與主張有別於過去比較泛論式的討論香港文學。香港文學的範圍他認為包括通俗文學與純文學，流行歌的詞曲、影視劇本、相聲腳本、有文采的社評政論，甚至寫得精警的廣告都應該納入香港文學之內（黃維樑，一九八五：二五）。另外在香港作家的定義這個部分，黃維樑曾經提出了四個分類：

> 第一，土生土長，在本港寫作、本港成名的；
> 第二，外地生本土長，在本港寫作、本港成名的；
> 第三，外地生外地長，在本港寫作、本港成名的；
> 第四，外地生外地長，在外地已經開始寫作，甚至已經成名，然後旅居或定居本港，繼續寫作的。（黃維樑，一九八五：一六）

他認為，第一與第二類是道地的香港作家，比方舒巷城、亦舒、羈魂、陸離、陳德錦和鍾曉陽等人；第三類則有如倪匡、戴天、楊明顯、吳羊璧、司馬長風和徐速等人；第四類的有劉以鬯、林太乙、余光中、何達、施叔青和鍾玲等人（黃維樑一九八五：一六—一七）。黃維樑在界定所謂香港作家的定義時，並非侷限於在香港本地出生或成長，比方他舉劉以鬯、徐訏、余光中等人為例，說明香港作家這個意義的指涉，更重要的還在於書寫的內容，以及作家與香港之間的關係。不管是從香港文學的範圍界定或者香港作家的定義，我們都可看出黃維樑是以一個比較包容的方式思考香港文學，而這些定義本身所涉及到的是香港文學的發聲、被認可的位置，以及自身如何界定、納入、排除香港文學的範疇與內容。《香港文學初探》這本書除了支撐內文的六輯評論之外，此書的序文和後記也值得我們留意。代序〈香港絕非文化沙漠〉強調了香港文化的多元性，並且帶出青年文學獎、中文文學獎對於香港創作的刺激，後記〈灰姑娘獲得垂青〉則是感嘆香港文學歷來不受重視，即便一九八〇年代以來有逐步被注目的趨勢，但觀看香港文學的方式卻必須要有所留意：

> 垂青灰姑娘的人多了，但看的角度頗不相同。國內的學者，對她評頭品足時，往往帶上些政治色彩。……直至現在，國內學者較多注意的，仍然是那些走社會寫實主義（social realism）路線的香港作品，也就是那些反映中下層民生疾苦、社會黑暗的作品。國內出版的香港文學書籍，也以這方面的為主。換言之，國內學者看到的，大概是受人虧待、爐灰滿身的香港的形象，這真是名副其實的「灰姑娘」了。（黃維樑，一九八五：三二四）

一九八〇年代對於香港文學而言，是一個備受注目的時刻，黃維樑提出當時中國學界思考香港文學的方式，一方面提醒我們，注目所可能帶來的意義，因為從不同的立場與位置出發也會產生出不同的論述與想像；另一方面透過這樣的提醒，黃維樑也呼籲香港本地的有志者應要多關注自身文學的發展。《香港文學初探》作為香港學界較早論述香港文學的專書，其重要性除了展現在對於香港作家的界定之外，此書的序文或後記皆透過正視香港自身文藝發展，重新思考香港的位置，帶出了香港文學的正當性與詮釋權的重要意義。

黃維樑將通俗文學和嚴肅文學同時納入他的文學建構過程中，強調文學即便有通俗與高雅之分，但兩者的區別並非絕對而只是相對的意義。透過這樣的思考，黃維樑在這本書中，除了打破香港是文化沙漠的迷思，並且試圖對當時中國以政治考量收編香港的論述作出回應之外，也為我們點出文學建構過程中存在著分類、區隔與品味。他承認文學有通俗與高雅之分，相對來說，讀者群眾也有品味慣習的不同，而這些概念背後除了存在著文學鑑賞能力和文化資本的掌握之外，更重要的是通俗與高雅的標籤如何在這之中被運作。通俗文學與純文學的區隔往往標示著文學位階的存在，然而這個位階經常是有變動的，比方黃維樑提到文學史的例子：

> 文學史上，通俗與高雅莫辨，或者由通俗提昇為高雅的例子太多了。英國的莎士比亞和狄更斯，在生時原為通俗的說書人、稿匠，他們的故事有各種離奇巧合。可是，曾幾何時，他們的劇本和連載小說，分別成為英國文學的瑰寶。我國的《詩經》，很多原本是民間歌謠，非常通俗

了，可是後來成了經典。（黃維樑，一九八五：一三—一四）

《香港文學初探》雖然並不是一本香港文學史，但書中的討論多處皆涉及了文學史的思考方式，包括黃維樑嘗試的文學分類、香港作家的定義和文學雅俗的思辨等等。一九九六年黃維樑出版了《香港文學再探》，這本書的第一篇文章〈香港文學的發展〉如同微型的香港文學史，他在後記中曾提到，若日後立志要為香港文學修史，大概會以此文為骨架（黃維樑，一九九六：二六三）。相較於一九八〇年代中國學界在討論香港文學時，多半把目光放在寫實主義的作品上，黃維樑在《香港文學初探》這本書中，嘗試將香港文學所具備的各種面向提出來，透過思考通俗文學與嚴肅文學的並存建構香港文學。在這本書中，他將香港的通俗文學主要分成三種類型，包括武俠小說和科幻小說、愛情小說，以及框框雜文（即專欄雜文）。黃維樑在〈通論〉裡除了分別討論這三種類型的特色之外，更為重要的是，他將這些通俗文學放到香港的常民生活、消費模式，以及文化接收的層面來觀看，扣合著香港的社會與文化。比方他提到框框雜文和科幻小說時曾分別指出：

框框雜文，長度一般在五百字至八百字之間，也有兩百字的超短型的。框框文字海闊天空，抒情說理，論時事談文化，式式俱備。讀者一分鐘甚至數十秒，就可以看完一欄。在飯廳、茶樓、餐室、車中、船上，或者洗手間，即讀即棄，甚至即讀即忘。因此有人形容框框雜文為「快餐」文學，為即用即棄文學（所謂 instant literature），言外頗有鄙棄之意。可是，很多香港人已視某

某專欄作家為知己，或從神交中減少寂寞，或從專欄中汲取識見，以為談話之資助。（黃維樑，一九八五：三）

杜漸譯了不少外國的科幻小說，而荷里活科幻片的聲色之娛，更助長了科幻小說在香港的流行。……科幻小說是新的文類，照理說沒有甚麼文學史的包袱了。其實不然。批評家面對的這些香港人寫的科幻小說，和外國同類作品相比，究竟有何異同？和臺灣出版的張系國科幻小說相較，成績又怎樣？大陸近年也有科幻小說了，批評家不能不理會啊！（黃維樑，一九八五：八，二八—二九）

框框雜文雖然看似輕小，但它卻是香港通俗文學的重鎮，黃維樑將框框雜文和大眾消費生活擺放在一起，凸顯出這個文類與民眾之間的關係。他曾形容，在忙碌的生活中，框框雜文是最容易消化的早餐或下午茶，和晚上鬆弛神經的長壽電視節目《歡樂今宵》一樣，是「不可一日無此君」的大眾精神糧食（黃維樑，一九八五：三—四）。而看似虛幻、情節離奇的科幻小說背後，實則也與香港對於外來文化的接受、傳播和改造息息相關。除了上述這幾類的通俗文學之外，黃維樑也主張歌詞、有文采的社評政論與廣告等，都應納入香港文學之內，這個說法在後來出現了一些批評的聲浪，認為這樣的方式太過廣泛，不過這或許是黃維樑在香港文學研究起步之初，為了避免窄化香港文學在各種空間發展的可能，而做出一個最大範圍的歸納與嘗試。

四、小結：文學建構與歷史過程

香港文學的建構是一個歷史過程與文學的認可，除了需要時間與作品本身的累積，相關論述的提出或是文學詮釋權的爭取，都是組成這個建構過程的一部分，當我們在重探一九八〇年代香港文學的時候，除了必須留意當時香港文學如何被討論之外，也必須要把這些不同位置的論述者與報章刊物放進歷史過程檢視。當時無論是《八方》、《香港文學》、《大拇指》、《素葉文學》和《博益月刊》，這些文藝刊物都是組成一九八〇年代香港文學場域的一部分，它們分別透過追尋理想的文化中國、匯聚華文文學、出版香港文學評論與創作並刊載香港本地文學作品，以及嘗試並置嚴肅與通俗文學和流行文化這幾種方式建構香港文學。除此之外，我們也可以在這個過程裡面發現，當時香港文學場域如何透過華文這個媒介，一方面連結各地華文文學，凸顯自身作為橋梁的位置，並且進入文學場域的討論，另一方面重新思考香港的文學發展如何與臺灣、中國、東南亞以及歐美國家之間產生相互參照的可能。

文學生產場域的主要動力來自於各種位置之間的競爭關係。占有不同位置的文學活動參與者透過資本的累積，不斷地彼此角逐界定正當性文學論述的主導權（張誦聖，二〇〇八：二三八；林淇瀁，二〇〇九：二六五）。要特別留意的是，在這個取得文學正當性的過程中，凸顯華文與強調香港文學的主體發展除了有其各自側重的層面之外，亦有相互合作的部分，比方香港華文文學在伴隨著匯聚各地華文文學的過程中，也成功地讓香港文學建構進入華文文學場域的討論。當我們對香港華文文學在一九八〇年代香港文學場域所占據的位置有一個比較清晰的輪廓與脈絡的梳理，理解香港華文文學在當時所要取得的文學正當性是什麼，以及為何要取得等問題之後，我在接下來的幾章會以香港文藝刊物為例，探討一九八〇年代香港文學場域如何建構香港文學，以及在此建構過程中不同刊物所採取的各種路徑。

引用書目

Bauer, Robert. 1988. "Written Cantonese of Hong Kong." *Cahiers de Linguistique-Asie Orientale* 17.2: 245-293.

Bolton, Kingsley. 2000. "The Sociolinguistics of Hong Kong and the Space for Hong Kong English." *World Englishes* 19.3: 265-285.

Bourdieu, Pierre. 1991. *Language and Symbolic Power.* Ed. John Thompson. Trans. Gino Raymond and Matthew Adamson. Cambridge Mass.: Harvard University Press.

Bourdieu, Pierre. 1993. *The Field of Cultural Production: Essays on Art and Literature.* Ed. and introd. Randal Johnson. New York: Columbia University Press.

Bourdieu, Pierre and Loïc J. D. Wacquant. 1992. *An Invitation to Reflexive Sociology*. Chicago: University of

Chicago Press.

Ho, Elaine Yee-lin. 2003. "Connecting Cultures: Hong Kong Literature in English, the 1950s." *New Zealand Journal of Asian Studies* 5.2: 5-25.

Ingham, Mike. 2003. "Writing on the Margin: Hong Kong English Poetry, Fiction and Creative Non-fiction." *City Voices: Hong Kong Writing in English 1945 to the Present*. Ed. Xu Xi and Mike Ingham. Hong Kong: Hong Kong University Press.1-16.

Lim, Shirley Geok-lin. 2002. "'Traveling Transnationalism': Locating Hong Kong Literature in English." *Sun-Yat-sen Journal of Humanities* 14: 53-66.

Moloughney, Brian. 2003. "Reviews." *New Zealand Journal of Asian Studies* 5.2: 166-169.

Payne, Christopher. 2010. "Linguistic-Cultural Schizophrenia: Reading Xu Xi Writing Hong Kong." *Tamkang Review* 41.1: 39-73.

So, Daniel. 1992. "Language-based Bifurcation of Secondary Education in Hong Kong: Past, Present and Future." *Into the Twenty First Century: Issue of Language and Education in Hong Kong*. Ed. K. K. Luke. Hong Kong: Linguistic Society of Hong Kong. 69-95.

Swartz, David. 1997. *Culture and Power: The Sociology of Pierre Bourdieu.* Chicago: University of Chicago Press.

Thomson, Patricia. 2008. "Field." *Pierre Bourdieu: Key Concepts*. Ed. Michael Grenfell. Stocksfield: Acumen.

67-82.
朱少冰。一九八五。〈香港文學研討會概況〉。《香港文學》六。四—七。
呂大樂。二〇一二。《那似曾相識的七十年代》。香港：中華書局。
林淇瀁。二〇〇九。〈場域、權力與遊戲：從舊書重印論臺灣文學出版的經典再塑〉。《東海中文學報》二一。二六三—二八五。
洛楓。一九九五。《世紀末城市：香港的流行文化》。香港：牛津大學出版社。
區志堅、彭淑敏、蔡思行。二〇一一。《改變香港歷史的六十篇文獻》。香港：中華書局。
張誦聖。二〇〇八。〈「文學體制」、「場域觀」、「文學生態」：臺灣文學史書寫的幾個新觀念架構〉。《臺灣文學史書寫國際學術研討會論文集一》。高雄：春暉。二三九—二四五。
陳國球編。二〇〇〇。《文學香港與李碧華》。臺北：麥田。
陳國球。二〇一四。〈《香港文學大系一九一九—一九四九》總序〉。《中國文哲研究通訊》二四．二。一—二五。
陳國球。二〇一六。〈中國文學史視野下的香港文學：「香港」如何「中國」〉。《香港的抒情史》。香港：香港中文大學。三七—七二。
陳智德。二〇〇九。《解體我城：香港文學一九五〇—二〇〇五》。香港：花千樹。
陳智德。二〇一四。〈第三次中文運動〉。《星島日報》四月十四日。E七。
黃子程。二〇〇〇。〈百花齊放——八九十年代香港雜文面貌〉。《活潑紛繁的香港文學：一九九九年香港文學國際研討會論文集》（上）。黃維樑編。香港：香港中文大學。二八一—三〇〇。
黃仲鳴。二〇〇七。〈琴臺客聚：粵語文學兩大將〉。《文匯報》十二月二十九日。
黃仲鳴。二〇〇八。〈粵語文學資料初探（一九〇〇—一九七〇）〉。《現代中文文學學報》八・二&九・一。一一三—一二二。
黃仲鳴。二〇一〇。〈三及第文章考據〉。《明報》八月十日。
黃維樑。一九八五。《香港文學初探》。香港：華漢文化。
黃維樑。一九九六。《香港文學再探》。香港：香江。
劉以鬯。一九八五a。〈發刊詞〉。《香港文學》一。一。
劉以鬯。一九八五b。〈編後記〉。《香港文學》四。一〇〇。
劉以鬯。二〇〇二。《暢談香港文學》。香港：獲益。
劉登翰編。一九九九。《香港文學史》。北京：人民文學出版社。
潘亞暾。一九八六。〈港臺海外華文文學現狀（二）——在中國社會科學院文學研究所高級進修班上的報告〉。《香港文學》二一。九〇—九二。
鄭樹森。一九九八。〈遺忘的歷史・歷史的遺忘——五、六十年代的香港文學〉。《追跡香港文學》。黃繼持、盧瑋鑾、鄭樹森。香港：牛津大學出版社。一—九。
魯嘉恩。二〇〇五。〈香港文學的上海因緣（一九三〇—一九六〇）〉。香港：嶺南大學哲學碩士論文。

盧瑋鑾。一九八七。《香港文縱：內地作家南來及其文化活動》。香港：華漢文化。
盧瑋鑾。一九八八。〈香港文學研究的幾個問題〉。《香港文學》四八。九－一五。
盧瑋鑾、熊志琴。二〇一〇。《雙程路：中西文化的體驗與思考（一九六三－二〇〇三）——古兆申訪談錄》。香港：牛津大學出版社。
熊志琴編。二〇一一。《經紀眼界——經紀拉系列選》。香港：天地圖書。
羅永生。二〇〇七。《殖民無間道》。香港：牛津大學出版社。
羅永生。二〇一五。〈冷戰中的解殖：香港「爭取中文成為法定語文運動」評析〉。《思想香港》六。二三－四六。

第二章

香港文學的建構

一、九七回歸前的香港文藝研究熱潮

香港從一九八〇年代成功地由新國際分工中的外銷港市，慢慢轉化為全球經濟中的東亞金融中心，並擔當全球都會網絡中重要的跨界節點（夏鑄九，二〇一〇：二）。然而，作為一個在一九八〇年代轉型成為全球城市的角色，這個意義所直接指涉的雖然是偏向香港在經貿上所占據的特殊位置，但我們不應該忽略，作為一個全球城市除了在經濟上形成各國交易網絡的中介站之外，亦可能對於文學與文化開創多元對話的空間。隨著一九八〇年代世界華文文學研究的逐漸興起，以及各地開始關注香港文學的研究，當時香港自身對於香港文學以及香港這個地方的歷史與文學關懷，亦在一九七〇年代末期有所開展。一九七九年香港前途問題的浮現刺激香港文學對於自身文學與定位的反省，到了一九八〇年代，一九八二年英國首相柴契爾夫人與鄧小平的會談，以及一九八四年的回歸確立，皆再度加速香港論述的形成與建構。

自一九八〇年到一九九七年，因為回歸的問題，有關香港的論述在這近二十年間大量地出現，而這些論述的形成皆是在形塑我們理解香港的方式。面臨九七的即將到來，因為一個預先知道的關鍵日期（一九九七年七月一日），促使香港迎接並開啟了另一個新的歷史時代。正是因為處在這樣的歷史轉折點上，香港除了在政治、經濟層面上重新走向世界之外，其文學發展在面對全球化和政治社會環境的改變下，亦產生了對於歷史新的想像。自一九八〇年代以來，不管是臺灣、中國、海外或是香港文學場域本身，有關香港文學的論述逐漸增加，而至一九九〇年代更有文學史的編撰，文學創作內容觸及香港九七回歸的心境轉折亦持續出現。如果我們先以香港以外的地區來看，可以發現當時各地在討論香港文學的時候，各有其側重的層面，而這些不同的層面也透露了各地嘗試想像香港文學的方式。

在進入討論一九八〇年代香港文學場域如何建構香港文學之前，在這一章的討論裡我想首先回顧當時香港以外的地區，包括臺灣、中國和海外如何討論香港文學。在不同的時空所生產出來的香港文學論述，都代表了那個特定時空的歷史觀和意識形態，而這些由不同地域所產生出來的論述，也都在形塑著我們對於香港文學的認識。一九八〇年代臺灣在討論香港文學的時候，主要思考的是如何把香港文學帶進臺灣文學場域，尋找臺港兩地共同交集可以對話的部分，這個共同交集所指涉的除了文學技巧與華文書寫經驗的共享之外，也包括了兩地皆存在的反共特質。而一九八〇年代的中國在陸續成立臺港文學研究室，召開臺港文學研討會的背景下，其討論香港文學的方式則多將臺港文學並置，並以中國文學為母體、主流。到了一九九〇年代，當時間越來越接近九七回歸，我們可以見到不管是臺灣、中國或海外，皆在這個所謂大限將至的倒數中，透過各自不同討論香港文學的方式，折射出不同的焦慮與想像。包括臺灣在文藝雜誌專輯名稱的改變、中國陸續以文學史的出版方式收編香港文學，以及海外從消逝的政治以及夾縫論等觀點思考香港。

透過理解一九八〇年代香港以外的地區如何思考香港文學，除了有助於我們對香港文學的建構有一個更為清晰的全貌之外，藉由對比不同地區所開展出有關思考香港文學的路徑，更能凸顯一九八〇年代香港文學場域在建構香港文學的過程中，實則充滿了各種面向的嘗試，而非只是被動的被收編在中國文學的脈絡底下，或者只是圍繞在焦慮論述以及中英夾縫之間有關身分認同的兩難。

二、臺灣、中國和海外的香港文學論述

（一）臺灣

一九八〇年代隨著香港主權即將回歸中國的事實確定，香港文學研究在臺灣有了一個比較初步的探討與介紹，最早開闢有關香港文學的專輯出現在一九八五年第二十期的《文訊》雜誌。[23]當時《文訊》所推出的「香港文學特輯」，大致可分成「香港文學印象」、「香港的文藝刊物」、「香港文藝團體與文藝活動」以及「香港作家在臺出版文藝作品書目初編」共四個部分。相較於過去臺港兩地相互引介詩或小說等個別文類，這個特輯算是臺灣較早開啟一個比較全面的方式討論香港文學。在這個特輯中，除了透過引介香港文藝期刊與文藝活動，讓讀者有機會了解香港文學的發展概況之外，值得

23　自一九八五年《文訊》開闢香港文學特輯以來，在九七回歸前臺灣其他文藝雜誌也陸續出現相關討論。包括《聯合文學》第九十四期「香港文學專號」（一九九二）、《幼獅文藝》第四八六期「一九九七與香港文學專輯」（一九九四）、《聯合文學》第一五三期「回歸？回憶？——香港的昨日與明天」（一九九七），以及《幼獅文藝》第五二三期「九七小輯」（一九九七）。

我們特別留意的是「香港文學印象」以及「香港作家在臺出版文藝作品書目初編」。這兩個部分一方面藉由幾位臺港文藝人士對於香港文學的接觸經驗與回憶，帶出臺港兩地之間的交流與互動，包括一九五〇年代在反共的歷史情境下，香港的亞洲出版社與友聯出版社出版臺港兩地文藝作家的文學作品，或是香港作家西西、綠騎士等人的作品在臺灣刊載與出版；另一方面整理了一九四九年到一九八五年期間，香港作家在臺灣出版發行的文藝性書籍，包括詩、散文、小說、傳記、劇本和文學論述。[24]這些論述或編目除了為我們帶出早期香港文學的發展面貌之外，更重要的是為我們揭示了臺港兩地在文藝上實則有許多可供相互參照的地方和相異經驗的分享可能。當時的主編李瑞騰在這一期的《文訊》中曾提到：

> 對於香港文學，我們所知畢竟有限，文學界也一直不是很關心，當然更談不上研究了。當一位香港作家在說「不過，臺灣對香港文學的研究，向來不熱心」時，顯然含有慨嘆和責備之意。這是事實，我們也不必否認，不過，即連香港本地對於香港文學的研究，也是最近幾年才熱鬧起來的，所以我們認為，從現在起關切香港文學，為時並不晚。（李瑞騰，一九八五：一九）

在不同的文學場域討論香港文學，往往會因此產生不同的論述路徑，一九八五年《文訊》策劃的香港文學特輯所展現出來的特色，主要是當中的臺灣視野與觀點，特輯當中的「香港文學印象」的系列短文，由穆中南、郭嗣汾和魏子雲等人書寫，他們的文章多涉及一九五〇和一九六〇年代流通港臺的出版物，有助於我們理解臺港兩地在這一時期的文學發展（陳國球，二〇一六：八三）。

值得留意的是，當一九八〇年代臺灣開始對香港文學進行一個比較全面的討論時，特別側重的面向除了臺灣與香港兩地的文學交流與互動之外，也特別凸顯了兩地都共有的反共與美援特質，當時收錄於《文訊》「香港文學特輯」中的〈香港文學印象〉、〈淺談香港文壇〉、〈香港中國筆會三十年〉和〈香港的難民文學〉等文章皆帶出此面向。這樣的討論方式，一方面揭示了文學詮釋權與文學建構在當時受到各種權力的介入，另一方面也標示出一九八〇年代臺灣想像香港的位置。在一九八〇年代的臺灣文學場域談論反共文學或是現代主義思潮在臺港兩地的交流，看似是對香港文學進行一連串的回顧與整理，但其實都帶出了冷戰脈絡底下臺港文學發展的共同特點，這個部分是讓兩地得以對話的區塊，但必須注意到，其實當時香港是作為一個左右意識形態都並存，相對臺灣來說言論較可自由發揮的地方。一九四五年以後左右翼文化勢力都進入香港，從而拉開了一直延續到一九七〇年代的左右翼政治勢力爭奪香港文壇的序幕。一九四五年八月英國從日本手中收回香港，當時香港文壇左右翼的對峙多受國共兩黨組織操控，中共領導下的左翼文化勢力在香港迅速崛起，掌握了一大批報刊、書

24　在這份書目清單的編輯凡例處，編者曾提到「香港作家」一詞在此書目初編的定義。文中指出，香港作家不易界定且易引起爭議，文中的香港作家主要特指兩類，分別是香港土生土長的作家，以及從外地到香港定居而且參與當地文學活動者。前者有一類是在香港成長而後到臺灣或美國升學的，比方劉紹銘和葉維廉等，因其文學活動範圍主要不是在香港，因此不收錄。而後者有一類雖然也是從臺灣去香港，譬如施叔青，因為她仍不斷在臺灣發表文章或出書，因此書目中也未收錄她的作品（《文訊》編輯部，一九八五：一二六）。

店、出版社和學校，從作者、編者及其共用空間上構築了一個左翼文化傳播機制（黃萬華，二〇〇八：五二）。[25]但是一九八〇年代，當臺灣文學場域在嘗試與香港文學進行對話的時候，很明顯地特別強調香港反共文學和美援機制下的文化機構，而較少談論到左翼對於香港文學的影響。

當時多篇文章皆提及香港在文化團體層面的反共組織，包括友聯集團和亞洲出版社等。在冷戰的脈絡下這些單位都受到美國國務院新聞處的資助，其中友聯所擁有的大陸情資更被各界視為有價值的分析。當時友聯出版的《兒童樂園》這份兒童刊物在臺灣也十分盛行，另外《祖國週刊》的撰稿者也有許多臺灣作家，並且得到此刊物所舉辦的文藝獎項。一九五〇年代初期臺灣和香港皆是反共文學最蓬勃的時刻，在當時兩地的文藝發展，包括臺灣的中華文藝獎金委員會以高額獎金舉辦的文藝獎，以及香港的友聯出版社和亞洲出版社大規模發行文藝作品，出版臺港兩地文藝作家的反共文學作品（穆中南，一九八五：二二—二三；郭嗣汾一九八五：二四—二五）。

友聯和亞洲出版社的背景也許不盡相同，但皆具備了反共這個大目標，其中一位撰文者南郭便曾提到，這兩個出版社除了各自出版文學書籍、推動報刊發行之外，更有兼辦書店或設立電影公司。其中亞洲出版社的關係企業很多，同時並以二十元千字的高額稿費（一般報紙均在港幣五元千字上下），有計劃地並且幾乎成為專門出版反共文學作品的單位（南郭，一九八五：三五—三六）。他更進一步指出：

> 這一來，雷聲大作，反共的聲浪昇高，許多身在臺灣的作家都參與了，像彭歌便以〈黑色的

淚〉獲得亞洲小說獎，曾虛白、鄭學稼、謝冰瑩、墨人、郭嗣汾、郭良蕙、張漱菡、王晶心、魏希文……諸位先生女士，也紛紛為「亞洲」寫稿，這種文化出擊，不但聲勢因之大振，也產生了港臺合作四海同心的作用。（南郭，一九八五：三六）

另外，在南郭的文章中有一張合照值得留意，那是一張他自己也身在其中的照片，時間是一九五四年十月，港九文藝工作者致敬團返臺替蔣中正祝壽，大家與蔣中正於總統府前拍攝的一張大合照。除此之外，曾任香港中國筆會的岳騫在此特輯中的一篇撰文也曾提到，一九五〇年代中期，反共人士在港逐漸站穩腳步，在港先後成立自由出版社、友聯出版社和亞洲出版社。一九五五年，友聯出版社負責人邱然籌組香港中國筆會，黃天石擔任會長，一九六五年改由羅香林接任會長職位。岳騫在文中提及：

> 羅先生更難得的是從不隱諱對國家的忠誠。大陸陷共後，英國率先承認偽政權。……羅先生不然，任何場合皆有意無意稱中華民國為自由祖國，在臺灣之中國政府是我們的政府，決不含糊半點。（岳騫，一九八五：一一〇）

---

25 其中有關於香港教育的部分，另外可參考黃庭康《比較霸權：戰後新加坡及香港的華文學校政治》（二〇〇八）一書。

岳騫在文中一方面提到香港中國筆會的處境，另一方面更帶出當時這個筆會與中共之間的角力：

香港中國筆會在香港政府看來是中華民國的海外社團，與英國無涉，香港政府自不肯幫助。……中共最初要求國際筆會逐出香港中國筆會、臺北中國筆會，始肯加入，為國際筆會峻拒。五年前，中共放棄荒謬要求，以「北京筆會」名義申請入會，國際筆會來電徵詢意見。本會復電不反對北京筆會加入，但必須先確定一點，即筆會各自獨立，互不隸屬，中共北京筆會不可以中國中央筆會自居，而以香港、臺北兩筆會為分會。（岳騫，一九八五：一一）

一九八〇年代當臺灣嘗試對香港文學進行一個比較有系統的介紹時，與其說這個過程對於香港文學本身帶來影響，這個專輯更大的意義或許還在於它帶出了一九四九年以來，反共這個政治因素是臺港兩地建立文學關係的重要成因，以及這個成因背後所形塑出來臺灣在討論香港文學的時候，這種特別強調反共色彩的文學發展進路，而臺灣的這種討論方式也補充了香港文學建構的其中一種面向。[26]

（二）中國

一九八〇年代中期以來，隨著中英聯合聲明的簽署，以及海峽兩岸交往的日漸頻繁，與臺灣文學並稱為「港臺文學」的香港作品也開始在中國得到前所未有的重視。閩粵京滬等地的社會科學院和大專院校紛紛成立港臺文學研究室或所，開設有關的課程，湧現一批港臺文學研究專家，成立有關的全國性學會或協會，招收港臺文學碩士班（黃子平，二〇〇五：一七）。這與一九八〇年中國暨南大學成立臺港文學研究室、一九八二年在廣州召開首屆臺港文學研討會，以及之後幾年中國學界陸續舉辦臺港文學、臺港澳暨海外華文文學和世界華文文學等研討會，皆同樣是香港九七回歸前所形成的香港研究熱潮。除了舉辦研討會、學界成立研究室和開設港臺文學課程之外，當時也有相關的論述相繼出版。

一九八〇年代初期，中國學界對於香港文學的作品出版，或是對於香港文學的評價與論述皆有其政治標準與特定的觀看美學視角。一九八〇年十一月由福建人民出版社所編輯出版的《香港小說選》，編者在書中提到：「通過對資本主義制度下的香港的形形色色的描述，反映了摩天高樓大廈背後廣大勞動人民的辛酸與痛苦，同時揭露和鞭撻了上層社會的那些權貴們的虛偽和醜惡。」這段編者的話透露了當時中國學界對於香港文學的作品選取標準，以批判現實主義為中心思考，強調作品內容揭露香港的陰暗面。這一類的論述在之後也經常可見，但值得留意的是，當主權回歸的事實逐漸確立，中國學界對於香港文學的研究論述也產生了一些變化，最明顯的即是由原先強調批判現實主義的審視標準，轉向強調中華民族的認同以及宣揚作為中國人的自豪感，凸顯香港文學和中國文學之間的

26 當時臺灣作為反共的重要基地，香港文化界會組團「回國」觀光，張國興、黃震遐、徐訏、徐速、南宮博和南郭等人皆在這種情況下來臺訪問。這個觀光包括了向蔣中正祝壽，或是參加國慶活動（李瑞騰，二〇一二：三八—三九）。

血脈鏈結（古遠清，二〇〇二：一一二—一一三）。在一些作品選輯、文學評論的專書以及文藝刊物的出版中，我們可以發現當時中國便經常會將此特點與臺港文學的並置放在一起討論。

一九八四年九月，楊際嵐主編的《臺港文學選刊》於中國福建創辦，此刊物專門介紹臺灣、香港、澳門和海外華文作家的作品，當時的福建省委書記項南，為此刊物寫了一篇〈窗口和紐帶〉的代發刊詞：

> 地處祖國東南的閩、臺、港可說是一個國家，兩種制度。也可以說是一個國家，三種社會。……不論是臺灣、香港還是大陸，人民都是聰明、勤奮的，都淵源於一個古老的文化傳統，都蘊藏著光耀奪目的藝術珍寶，都以自己是一個中國人而感到無比自豪。也無論是追溯往事，還是展望未來，我們都能發現，共同的東西遠比差異之點多得多。……因此，我也相信，這個選刊是會受到炎黃子孫的歡迎和喜愛的。（項南，一九八四：一）

《臺港文學選刊》作為瞭望臺港社會的文學窗口，對於引介臺港澳及海外華文文學作品有一定的推廣意義，但我們也無法忽視這份刊物所展現出中國對於臺港文藝收編的精神。楊際嵐曾提及，剛柔相濟是這份刊物的風格，所謂的剛，指的是一個中國的原則立場與具體實踐，從維護國家領土主權完整，推進和平統一大業的高度看問題。而柔，則是指柔性處理存在一定爭議的作家作品（丁宇，二〇一三：七〇—七一）。

除了刊物之外，一九八〇年代中後期也持續出現將臺港並置討論的專書。張默芸的《鄉戀・哲理・親情：臺港文學散論》（一九八六）主要討論臺灣作家的作品，間中夾雜少許香港文學的討論。從此書的目錄篇章來看，張默芸主要討論的臺灣作家有八位，[27]香港作家僅有陶然。此書出版時間為一九八六年，中國可接觸到的香港文學範疇理應有更廣泛的選擇。書中討論的第一位作家是賴和，賴和作為臺灣新文學之父對於臺灣文學有十分重要的意義，作者在書中雖然肯定賴和的文學成就，但開篇起始便把賴和的位置放在中國新文學的框架下：

> 當我們提起中國新文學的時候，總要懷念大文豪魯迅先生，因為他是中國新文學的鼻祖。同樣，當人們提起臺灣新文學的時候，又自然地想起賴和先生，因為他是「臺灣新文學的開拓者」。臺灣新文學是祖國新文學的一部分，而賴和被人們稱為「臺灣的魯迅」，足見臺灣人民對賴和先生的愛戴與敬仰。（張默芸，一九八六：一）

而之後談論到印尼華僑陶然在香港的書寫時，作者依舊透過魯迅詮釋陶然的創作：

> 魯迅先生說得好，短篇小說是通過「一雕欄一畫礎」的精心描繪，使讀者去「推及全體」，有

27 這八位臺灣作家分別是賴和、林海音、王拓、宋澤萊、季季、三毛、曾心儀和李喬。

如「借一斑略知全豹，以一目盡傳精神」。陶然的三十多個短篇小說，正是通過不同的「斑」「點」來反映香港全貌的。（張默芸，一九八六：八七）

同樣出版於一九八〇年代，由李復威和藍棣之主編、杜元明選編的《憧憬船：臺港文學新潮選萃》（一九八九），此書收錄多篇臺港小說而非各章撰文進行評論，不過從此書的作家選取、挑選的文本內容以及選輯前面的編者序文，皆足見編者對於臺灣文學和香港文學的有限想像。綜觀此書收錄的臺港文學，包括存在主義、後現代色彩以及魔幻手法的小說，雖然看似跳脫只選取寫實主義作品的限制，但在編者序中我們仍舊可見其特別強調，這些小說如何發揚寫實主義的傳統特色。此選本收錄的首篇小說是陳映真的〈山路〉，以此小說作為選本中的第一篇有其重要意義，編者在序文中提到：

〈山路〉展示了女革命者蔡千惠那如山路般曲折艱難的人生歷程。小說寓意深長，作者還把大陸革命的成敗，同兩岸人民的命運、同國家的前途聯繫了起來，作品因之被譽為在臺灣出現的「兩岸情緒小說」的一個代表作。（李復威、藍棣之，一九八九：一—二）

另外，一九八〇年代臺港與中國之間陸續興起探親熱，當時出現許多相關的文本，此書選取了一篇藍振賢〈遠方來的女人〉，這篇與探親相關的小說，內容描寫一位大陸女性辛苦地來到臺灣尋找丈夫，最後發現丈夫在臺灣已經擁有自己的家庭，故決定淡然離去。編者特別在序文中指出「小說以第一人稱和交叉敘述的方式，分別刻劃了兩個女人的心思，寫得頗為感人」。透過探親這樣的移動經驗，其實當時有許多文本的內容是透露兩地的差異以及矛盾情感的發生，然而此書選取的探親小說卻是選擇盡量淡化衝突，以和諧感人方式作結的文本。另外，序文中在提及香港小說時，則是將香港描繪成一個受到資本主義萬惡影響下的都市，社會充滿黑暗險惡：

> 在香港，反映人際關係和人性險惡便是不少作家經常關照的對象世界。……小說表明，在金錢之水浸透一切的社會裡，哪有純情存在的份兒？在偽善者編織的網前面，青年人要謹防失足！……小說內容的離奇怪誕，實際上不也是社會上互相欺騙，彼此傾軋的險惡人際關係的反照麼？（杜元明，一九八九：四—五）

一九八〇年代中國學界討論香港文學的方式，無論是文藝刊物、作品選輯或是文學評論的專書，從其創辦宗旨、選文比例、序文簡介、對於臺港作家的定位，以及選文的取向來看，除了皆顯現出對於臺港文藝的認知侷限之外，更值得留意的是在這其中透露了一個站在寫實主義為美學標準的位置，並且刻意強調魯迅作為臺港文學的參照和重要性。

（三）海外

九七回歸以前，海外學界也曾關注香港文藝研究，比如 Donald Bruce Snow 探討粵語在日常溝通、媒介傳播、書寫與出版，以及文化認同上的重要意義，並特別談論了一九七〇、一九八〇年代的香港粵語書寫（Snow, 1991）；Wendy Larson 從劉以鬯的小說《酒徒》，探討香港文學的現代主義與意識流，並思考文本中的性別與敘事策略（Larson, 1993）；以及 Alison Bailey 強調香港的殖民歷史使其中國性顯得曖昧，在不同階段人們的移動經驗與移民浪潮也增添了香港的複雜性（Bailey, 1996）。相較於這些較為零星的討論，周蕾（Rey Chow）於一九九三年出版的《寫在家國以外：當代文化研究的干涉策略》（*Writing Diaspora: Tactics of Intervention in Contemporary Cultural Studies*），以及阿巴斯（Ackbar Abbas）於一九九七年出版的《香港：文化與消失的政治》（*Hong Kong: Culture and Politics of Disappearance*），在論述上則有較為廣泛的影響，並在往後持續受到華語學界較多的討論。

《香港：文化與消失的政治》，探討香港在九七之前各種媒介與文化形式之間的關係，阿巴斯在書中指出香港是一個逆向幻覺（reverse hallucination）的空間，在此處我們經常視而不見，看不見存在的事物，直到一九八四中英聯合聲明條約的簽署以及一九八九年天安門事件的發生，讓香港的逆向幻覺開始有了轉變，這兩個事件讓香港人正視現有的生活將會改變。面對這樣的恐懼與消逝的逼近，阿巴斯認為加速了當時香港文化形式的冒現，換句話說，香港文化的存在與被看見是建基於消逝之上。他更進一步說明，在這個過渡階段，我們所見證的並非文化的消逝，而是他稱之為消逝的文化，那些原初並且尚未被理論化的文化形式。阿巴斯認為，香港文化不該只聚焦於將香港視為主體，而應該要注意香港如何在殖民主義、國族主義和資本主義轉變的過程，以及種種協商的時刻，產生新的香港主體性，而這個新的香港主體性便是從這個消逝的空間孕育而生（Abbas, 1997: 6-11）。[28]

在這本書中和香港文學有較為直接相關的討論，出現在此書的第六章〈書寫香港〉（"Writing Hong Kong"）。阿巴斯所討論的重點並非在定義香港文學，而是想透過書寫香港的文字探討香港在這個消逝的空間如何被再現。他在文中列舉了許多關於書寫香港的例子，包括魯迅、香港總督金文泰（Sir Cecil Clementi）、在香港辦報的中國文人王韜、於香港大學任教的英文系教授 Edmund Blunden、黃思騁、三蘇、鍾曉陽、劉以鬯、西西和也斯等人。在消逝的政治這個理論框架下，阿巴斯為我們描繪出幾種不同書寫香港的範式。

如果說阿巴斯嘗試以群體概念取代身分的方式討論香港，周蕾則是透過她自身的生命經驗所帶來尷尬的身分位置作為出發點，以不純粹的根源和第三空間想像香港。周蕾認為，香港作為一個後殖民例外，促使它的後殖民情況具備了雙重的不可能性，亦即不可能屈服於中國民族主義／本土主義，也

28　阿巴斯強調，他所談論的消逝的政治，並非是不存在，而是偏向一種誤認，其中所關乎的是所謂（不）呈現或視而不見（dis-appearance），是一種存在的病理學（pathology of presence）。香港處在這個消逝的狀態，是危機也是轉機，因為一個新的後殖民主體有可能產生，但前提是必須小心在這個過程中，輕易受制於本土、邊緣和世界主義所可能帶來的盲點。他也提到，本土本身已經是一種文化翻譯，而邊緣有時可能不但無法破壞中心，反而鞏固中心與邊緣的位置（Abbas, 1997: 8-15）。

不可能屈服於英國的殖民主義，也因此香港除了一方面拆解英國，另外一方面也必須質疑中國這個觀念（周蕾，一九九五：九四，二〇〇一—二〇〇二）。

三、香港文學建構在香港

相較於回歸前各地興起的香港文藝研究熱潮，香港本身也透過各式媒介建構香港文學。一九八〇年《新晚報》主辦了香港文學三十年座談會、一九八三年香港市政局圖書館舉辦「中文文學周」並以「香港文學」為主題展開一系列演講會、一九八五年中西區文化藝術協會和香港大學校外課程部等合辦「香港文學講座」，同年香港大學亞洲研究中心主辦「香港文學研討會」，以及香港浸會學院主辦，浸會文社及青年作者協會協辦的「九七與香港文學」講座及座談會（盧瑋鑾，一九八八：一〇一—一一一）。除了這些相關的活動之外，香港電臺曾於一九八七年和一九九一年，改編香港作家的小說翻拍成《小說家族》電視劇，或是一九八四年曾柱昭和袁立勳合編的話劇《逝海》，一九八八年陳尹瑩劇作《花近高樓》皆以追溯歷史、思考本源的方式，回應現實的衝擊（陳智德，二〇〇九：二四—二五）。[29]另外專書的出版包括黃維樑的《香港文學初探》（一九八五）、《香港文學再探》（一九九六）、盧瑋鑾《香港文蹤：內地作家南來及其文化活動》（一九八七）、黃繼持、盧瑋鑾和鄭樹森一起編著的《香港文學大事年表（一九四八—一九六九）》（一九九六）、王宏志、李小良和陳清僑合著的《否想香港：歷史．文化．未來》（一九九七）等評論與史料，馮偉才、劉以鬯、盧瑋鑾、鄭樹森和黃繼持等人編選香港不同時期的各種文類選輯也陸續出版。另外，由青文書屋自一九九六年起編輯出版的「文化視野叢書」也提供了許多香港文學與文化發展的重要參考資料。[30]

對比於臺灣、中國或海外等地所興起的香港研究熱潮主要出現在一九九〇年代，香港自一九八〇年代起已有許多文藝刊物或報紙從各種不同的角度思索香港文學，比方《素葉文學》、《八方》、《香港文學》、《大拇指》、《讀者良友》、《博益月刊》、《學苑》、《新火》、《文藝》、《香港文藝》、《當代文藝》、《破土》、《新晚報・星海》、《星島晚報・大會堂》等等，皆有相關的討論出現。

小思在回顧香港文學的發展時曾提及，香港的文學雜誌歷年來雖然有疏落也有豐盛，但它們皆構成某一時期的文化場域，並刊載記錄著具影響力與重要的作品（小思，二〇〇五：一）。一九八〇年

---

29 為了推廣閱讀，香港電臺把著名香港作家的作品以戲劇形式介紹給觀眾。選取的作品包括劉以鬯〈對倒〉、西西〈像我這樣的一個女子〉、也斯〈李大嬸的袋錶〉、鍾曉陽〈翠袖〉和李碧華的〈男燒衣〉等小說。劇集主題曲《細說》由張艾嘉主唱。天地圖書後來更把劇集原著輯錄成書，書名為《小說家族》。可參考歲月港臺 https://app4.rthk.hk/special/rthkmemory/programme/41。

30 青文書屋於一九八一年創辦，主要提供偏向學術性的書籍。書屋當時設在灣仔，取名是源自於青年文學獎的「青」「文」二字。青年文學獎是由香港中文大學和香港大學兩校的學生會合辦的一項徵文比賽活動，而青文書屋的創辦者，即是當年曾經參與籌劃這項活動的一些港大畢業生。他們本著青年文學獎鼓勵文藝創作的精神，並希望向社會推廣學術風氣，因此便在一九八一年創辦書屋。創辦期間對於青年文學獎的推動亦有幫助，比方免費印刷宣傳品，或是在初期替得獎作品印刊。書屋負責人羅志華曾提及，青文書屋的書源來自香港、臺灣和中國，除了堅持販售嚴肅與學術書籍之外，也替一些新進作者出版作品（羅慧萍，一九九四：六五）。

代香港文藝刊物之於香港文學建構占有一定的重要位置，以下分別從「香港文學特輯」、「史料的建立與累積」和「文藝論述與創作」這三個面向，探討香港文藝刊物嘗試建構香港文學的路徑，以及這些刊物在文學建構過程中所作出的歷史回應和對於香港文學的想像。

（一）香港文學特輯

一九七九年香港文藝刊物《八方》的創刊號開闢了「香港有沒有文學」的筆談會，多數參與這場筆談會的藝文人士皆肯定香港文學的存在，並在此肯定的基礎下思考香港文學的未來發展。當時討論所開展出來的幾個重要議題，至少包括了香港文學應該要更加重視香港評論的生產、區辨作品素質的好壞、影響力如何，以及有系統的整理香港文學；亦有論者在讚賞與肯定香港青年在面對香港所舉辦的青年文學獎投稿的踴躍之餘，感嘆香港在外在社會環境下，普遍對於文學的不重視，指出相對於日本、大陸、臺灣有文學，香港卻被視為棄兒，因此社會整體難以關注香港的文學成就。《八方》第一輯所刊載的此次筆談會，實際上透露了兩個層次的思考。首先，透過多位論者對於香港有無文學存在的事實所提出的看法中，我們除了可以感受到論者們對於香港文學的肯定之外，更重要的是提出了轉化香港文學的方式以及如何提升文學品質的問題；此外，我們看到有論者將香港文學的發展放置在一個更大的範圍，不只將之放在中國的脈絡下探討，而是同時納入了其他地域文學的思考。一九七九年這場筆談會的規模雖然不大，但是它卻象徵了香港文學的被提出與檢討。

以香港文學作為一個主題進行專題討論，在一九八〇年代的香港文藝刊物上陸續有更多的進展：

一九八一《學苑》第九、十回合刊「香港文學」
一九八一《十月評論》第八卷第二期「從文藝雜誌看香港文學的出路——『向態』生活營座談會紀錄」
一九八二《新火》第四期「香港文學專探」
一九八三《文藝雜誌季刊》第七期「筆談會——香港文藝期刊在文壇扮演的角色」
一九八五《香港文藝》第五期「一九九七與香港文藝專輯」
一九八五《香港文學》第一期「筆談會・談香港文學」
一九八六《香港文學》第十三期「香港文學叢談——香港文學的過去與現在」

一九八一年由呂大樂擔任總編輯的香港大學學生會刊物《學苑》第九、十回合刊，推出了「香港文學」。這一系列文章回顧了香港文學自一九五〇年代以來的發展，並評介香港重要刊物、文社組織的興起與衰退、思索文學與社會之間的關係。同年，《十月評論》第八卷第二期刊載「從文藝雜誌看香港文學的出路——『向態』生活營座談會紀錄」，這個座談會主要從「文藝雜誌的功能」、「辦文藝雜誌的意義」和「年輕世代與文藝雜誌的關係」這三個層面思考香港文藝雜誌在文化場域中所扮演的位置。

一九八二年由香港大學學生會港大文社出版、鍾國強擔任總編輯的《新火》第四期所開闢的「香港文學專探」，透過採訪香港文學工作者以及思考香港文學本土化運動作為《新火》最後一期的亮點。一九八三至一九八五年期間，《文藝》和《香港文藝》也陸續透過思考文藝刊物在香港文學場域的位置，以及九七與香港文學之間的關係。

一九八五年《香港文學》創刊號推出「筆談會．談香港文學」，這個專輯開啟的議題除了包括對於香港文學的肯定、回顧香港文學的發展、對於香港文學在未來的期許之外，一個值得留意的面向是有關於香港文學與中國文學之間的關係。我們從論者的文章中可以發現，他們除了思索香港文學的未來走向與期望之外，另一方面也透露出他們如何擺放香港文學的位置。當時黃傲雲在〈微弱的脈搏〉一文中，批判殖民主義讓香港文學的發展形成阻礙，主張一九八〇年代香港的轉型位置如何影響文學的發展，並在文末提出，香港文學將成為中國文學的主要支流；另外兩位香港作家，陳德錦和葉娓娜在思索香港文學的未來走向與重建工作時，除了提倡文學的推廣與普及的同時，也分別提到：

> 回想在言論自由的香港，我們本應要好好珍惜這個時空，為繁榮現代中國文學努力才是。（陳德錦，一九八五：二六）

> 解鈴還需繫鈴人，一天所謂文藝青年不能衝破香港環境的桎梏，成長為在茲念茲，專心寫作的人，一天香港的文壇就無法建立，更不要說匯入中國文學的主流了。（葉娓娜，一九八五：

二七）

我們可以發現，他們一方面表達對於香港本地文學發展的期望，另一方面也透露香港文學在面對中國文學時希望占據的位置。

相較於創刊號所推出的筆談會，《香港文學》在第十三期的一週年紀念特大號中，推出了「香港文學叢談——香港文學的過去與現在」專輯。這次的專輯更全面地思考香港文學的發展歷程，討論的方式主要是透過不同時期文藝雜誌的探討，回顧某個歷史階段香港文學的發展。這種探討與回顧方式，除了讓讀者有機會理解香港文藝雜誌如何建構香港文學之外，更重要的是，藉此也連帶開展了香港在各個時期不同文藝雜誌所處的時代。這些文章中所開展出來有關於香港文學的發展歷程，最早的時間從清末開始，談及一九〇七年的《小說世界》和《新小說叢》、一九二八年的《伴侶》，以及陸續在一九三七年以前出現在香港的文藝刊物。此外也收錄了一九三〇年代刊載於當時報章上對於香港新文學發展的史料〈香港新文壇的演進與展望〉一文。此文是貝茜（侶倫）在一九三六年於《工商日報·文藝週刊》所刊載的系列文章，這一篇文章收錄在《香港文學》第十三期的一週年紀念特大號這個專輯，是由當時的香港大學孔安道紀念圖書館主任楊國雄所提供，他在文中提到：

文章敘述香港早期的新文藝活動，一直到一九三二年的一段時期。……這篇文章雖然不完整，但對於了解香港早期新文藝的發展，是相當重要的。以往研究香港文學發展史的，還未有引用過

這一篇文章。因此，現在轉錄下來，以作為研究香港早期文學史的一個參考。（楊國雄，一九八六a：四六）

貝茜的這篇史料主要是從批評舊文學的角度思考新文學在香港的發展，他提供了一九二七—一九三二年這一段香港早期的文學發展，文中說明當時新文學雖然和舊文學皆並存在報章或刊物中，但舊文學仍舊占據大多數的版面，新文學仍經常要與殘餘的封建舊文學進行抗衡。

除了討論新舊文學在當時的消長與競爭之外，在這一期《香港文學》收錄的文章中，我們可以看到更多的是介紹並整理新舊文學相關刊物的論述。透過敘述並介紹這些刊物的創辦過程與組成成員，我們可以見到當時報刊背後的組織是多元而非單一的，包括創刊於一九二一年，由黃冷觀和黃天石主編的《雙聲》，其發行和印刷都是由大光報社辦理，《大光報》是過去孫中山倡導的報紙，也是中國有史以來的第一張基督教機關報（黃傲雲，一九八六：二六）。或者我們也可看到當時存在著各式通俗文藝的刊物，比如《人造一月》和《墨花》裡面的圖畫與漫畫；《小說旬報》中俗文學與舊文學的各式體裁，包括說唱文學、諧文、筆記雜文等欄目；《小說星期刊》中的「說薈」，刊載香港本地與中國作者用文言文或白話文寫的艷情、偵探、俠義和倫理小說等（楊國雄，一九八六b：六—二三）。

透過《香港文學》創刊一週年紀念特大號當中所收錄有關於香港早期文學發展的回顧文章，我們除了可以看到這些論述推翻了香港是文化沙漠的依據，並且提供我們有關於中國與香港在文藝連結上的線索之外，更重要的是勾勒出一個對於香港早期文學史的想像與框架。這個框架的基礎除了中國五四帶來的影響之外，我們看到更多的是當時在港的文藝人士，在香港這個地方透過文學團體的組織、文藝刊物的創辦，以及編務和創作上的創新嘗試破除舊文學；或是從另一角度思考舊文學的體裁替通俗文學帶來各種面向的發展可能。這些建構香港早期文學的方式和往後一九九〇年代以來中國出版的文學史當中，將香港早期的文學發展直接與民族主義、抗日戰爭或愛國救亡進行連結，展現了不同的文學建構與想像。

專輯中另一個部分集中在一九五〇年代和一九六〇年代的香港文藝雜誌，這個時期的香港與東南亞之間有許多交流，一個最明顯的例子便是文藝雜誌與出版物的流通。譚秀牧在回憶一九六一年創刊的《南洋文藝》時曾提到：

> 香港的出版界相當蓬勃，除了出版流行小說及消閒刊物之外，有一項主要業務，就是把一些大陸出版的書刊，加以整理、改編出版，然後才運銷星馬一帶。……當時星馬一帶對一切中文書刊，都需求甚大。本港好幾家出版社的主要業務，就是從事改編出版國內書刊。對南洋的華文讀者，有一定的貢獻和影響。那時，香港百萬人口，出版的書刊，一般都是印行兩三千本，百分八十都是運銷南洋，餘下的百分二十，幾年也賣不完，毫不出奇。可見當時南洋對中文書刊之需求情況。（譚秀牧，一九八六：七六—七七）

如果說一九六〇年代的文藝雜誌透露了當時香港文學與東南亞之間的文學傳播，那麼一九七〇年代香港文藝刊物側重的其中一個面向則是讓我們看見，當時香港文學場域對於中國文藝的理解欲望，以及自一九五〇年代中後期所延續而來，香港本地對於現代詩創作的摸索。一九七〇年代的文藝刊物包括《秋螢詩刊》、《詩風》和《新穗文刊》皆替香港現代詩開啟了許多想像空間。另外，古蒼梧在這個專輯中提供的一篇文章，曾憶及了一九七〇年代他曾經參與的《盤古》：

進入七〇年代，由於受到「保衛釣魚臺運動」和「認識中國、關心社會」等學潮的沖擊，《盤古》同人對文藝的看法明顯地左傾，這個時期《盤古》除了介紹中國大陸的文藝情況之外，還努力提倡、參與配合學運及其他社會運動的文藝創作。（古蒼梧，一九八六：九一）

文學的建構需要歷史與時間的累積，《香港文學》一週年紀念所推出的專輯，除了構成香港文學建構的一部分之外，這些透過探討各個時代不同階段文藝刊物的文章，也帶出了一九八〇年代香港文學的建構過程中，並非是一種斷裂或獨立的時代想像，而是有其過去的文學軌跡與經驗作為方法和基礎。

（二）史料的建立與累積

《八方》和《香港文學》自創刊以來都有史料欄，比較不一樣的是，《八方》的史料欄名稱在一九八七年四月重新出刊的第五輯開始有所轉變，相較於之前取名為「文藝史料」，第五輯開始改為新增「香港文學史料」和「現代中國作品英譯」兩欄，前者希望引起讀者對香港文學研究的注意，後者想向世界推介中國現代文藝作品。《八方》在第五輯新增香港文學史料此欄目，其實也和此份刊物在一九八七年的復刊有一定的關係。第六輯的〈編餘瑣語〉中曾提到：

> 近年來海內外作者可以發表作品的刊物大有增加，《八方》若不徒然充數，也許當在「開放」以外，「高質」之上，更多注意創作的「實驗性」、思想的「探索性」、學術的「突破性」；也許在繼續關注中國文藝總體的發展，推動各地作者的創作與交流，引進評論世界文藝思潮與創作成績之外，還應該比以前更加重視香港本地文藝的推動與反思。刊物的個性應該包括香港的個性。也許這樣更能發揮作為一本「四面八方」的中文文藝雜誌的特性。多元文化必須健全本身的那一元，方能互為主客，從而把全局提升。凡此都需要本港和各方的朋友共同努力，互相支持。（一九八七：三一七—三一八）

透過雜誌的復刊，《八方》開展出更為明確的編輯走向。在前面四輯《八方》所收錄的文藝史料，包括電影劇本《新桃花扇》、《火葬》以及聞一多佚詩六首，皆提供了中國新文學或中國電影在史料上的參照，第五輯之後的香港文學史料開始將重心集中在香港文學的發展歷史，透過檢視許地山在香港的活動紀程、香港文藝活動的記事以及香港文藝刊物的介紹，帶出香港文學實際的文學發展軌跡。這些史料並非只是簡單的歷史陳述或資料堆疊，透過回顧一九三〇、一九四〇年代的香港文壇以及相關的文藝刊物過程中，我們看見了一九三七年至一九四一年，香港的文藝活動隨著中國文人來港所形成的一個中國新文化中心，除此之外，這些史料也同時幫助我們重新思考香港文學在發展歷程中的諸多問題。舉例來說，《八方》第七輯其中一份史料是回顧一九三〇年代六份文藝刊物的發刊詞，盧瑋鑾在這份史料的簡介中曾提到：

作為原始資料，刊物的發刊詞，足以反映一定時間內，某種刊物或該刊的負責團體的宗旨精神。……通過這些背景，配合發刊詞內容，我們可以看到這個時期，在香港的文藝工作者關注的是甚麼，這或許有助於我們考慮下列問題：如何界定三十年代的香港新文學？香港新文學在中國新文學史的定位如何？究竟有沒有香港的本土文學？（盧瑋鑾，一九八七 a：二九六）

《八方》第五輯開始新增香港文學史料此欄目，與此同時盧瑋鑾也加入《八方》的編輯群，並且提供《八方》許多史料素材。而除了《八方》之外，我們在《香港文學》的史料、文學研究的欄目或是其他專輯中，也可以看到盧瑋鑾對於香港文學史料的提供整理與謹慎。

《香港文學》的史料欄主要可以分成三大類，分別是香港或中國作家的文壇憶述、文藝期刊的介紹，以及文學獎和文藝團體的成立過程與歷史背景。其中特別值得留意的是，《香港文學》自創刊號（一九八五年一月）到第七期（一九八五年七月），連續七期刊載了活躍於一九二〇年代與一九三〇年代的香港本地青年作家平可在過去的文藝經驗，透過平可的敘述，我們除了可以看到香港過去的文藝環境與風氣，亦有助於一九八〇年代的讀者了解當時的香港何以產生新文藝，以及香港文學的發展脈絡。在這七期的刊載中，我們可以從平可敘述的香港生活，看到早期香港教育如何歌頌英皇、日常生活中在中環九如坊曾吸引人潮的講古說書人，或是當時文言文與白話的論辯；透過閱讀經驗的憶述，包括作家（魯迅、許地山、胡適、郭沫若、張資平、郁達夫、徐志摩等）和文藝刊物（《一般》、《幻洲》、《語絲》、《新月》等由北京和上海出版的刊物），一方面帶出平可的思想和理念，比方他受到胡適文學改革的主張影響，因此認為文學是大眾傳達思想的工具，言文合一已是世界潮流。另一方面，透過他提到經常在香港一間位於荷李活道的萃文書坊購買新文藝書籍和雜誌，也提供了讀者得以窺探當時香港文藝青年一個文藝閱讀的切面；或是在記述初入文壇投稿的過程，以及他和文藝好友的結識因緣，透過這些記述串起了香港早期文壇的報刊、文藝社團和作家們的文藝動向。[31]

平可在文中曾引介侶倫的文章，記述早期在香港和侶倫、謝晨光、張吻冰等人組成的島上社，以及敘述一九二七年前後香港急速受到新思潮文化的影響，許多報紙都出現新文藝副刊，比方《循環日

31　相關資料可參考平可於《香港文學》第一期至第七期，以〈誤闖文壇憶述〉為題的文章。

報》開闢了《燈塔》副刊，刊載新文藝作品，這些文藝的轉變都顯示了當時文化主流的趨向（平可，一九八五a：九九）。一九三三年平可離開香港遷居至廣州從商，一九三七年廣州淪陷後才回港，他回港後發現香港有不少改變，中國許多著名報刊陸續在港設立分版，包括《大公報》、《立報》和《生活日報》等（平可，一九八五b：九九）。在戰爭時期他曾替報刊寫小說，也間接帶出當時香港一般讀者對小說的體裁已接納白話文和標點符號的使用（平可，一九八五c：九五）。透過這位香港本地作家平可的成長歷程、戰爭回憶以及遷移過程，我們除了得以看見香港早期文藝發展的一個切面之外，這些憶述也顯現了香港的戰時位置，以及香港本身如何接收外來文化思潮的影響。

不管是《八方》或《香港文學》的史料欄目，這些史料的整理，除了是香港文學建構過程中一個很重要的部分，勾勒出香港文學的發展輪廓之外，也提供了香港文學一個文學史的想像與框架。其實香港文學界在一九八〇年代的時候曾對香港文學史的撰寫有所想像與期望，相較於中國學界在一九九〇年代陸續快速地出版有關香港文學史的專書，香港在當時主要是保持著審慎的態度，一方面因為香港文學的研究還在發展階段，另一方面許多文獻史料仍舊散佚且不齊全。盧瑋鑾在當時便已提到：

> 直到目前，還沒有人對香港文藝的發展作一全面的陳述，究竟在過去的日子裏，香港文藝界有過些什麼活動，一時間，也沒有人能準確地說出來。我在寫單篇論文的時候，往往以欠缺背景資料為苦。孤立看事件，或敘述一個組織的發展，一撮人的活動，是一件很「危險」的事，不利於「史」的研究，憑空起架，很不踏實。……關心香港文學發展的人，誰都盼望盡快看到一本《香

> 港文學史》，但史料尚未處理完善，何足談到寫史？加上香港歷來政治氣候及社會環境特殊，寫史的人必須對這個特點十分理解，然後用一種廣闊視野、史家的公正態度去寫，才能把幾十年來香港文學的複雜特性寫出來。（盧瑋鑾，一九八七b：三〇五，三〇七）

另外，如果我們從《香港文學》史料欄中的文章也可發現，當時主編劉以鬯對於香港文學史書寫的願景，以及史料作為文學史基礎的價值意義。一九八六年力匡提供了一篇文章刊登在《香港文學》第二十一期的史料欄，他在〈《人人文學》、《海瀾》和我〉這篇文章裡寫到：

> 劉以鬯先生認為我應該說說這些文壇往事，為他日有志編輯文學史的人們省些力氣。他一再來函，我從未應命。（力匡，一九八六：一八）

一九八〇年代的《香港文學》除了幾乎從未間斷的持續刊

圖中由左至右分別為尖沙咀、金鐘和銅鑼灣，刊物封面感謝香港教育大學語文教育中心馬世豪博士提供。

載香港文學史料之外，此份刊物在封面與封底的內外呈現也是我們追索香港文學的線索之一。《香港文學》的封面插畫經常出現香港的地景描繪，比方大埔、銅鑼灣、昂船洲的黃昏、西貢、尖沙咀、大澳棚屋、香港雪廠街或西灣河街景等等。

這些封面圖像的呈現，除了是搭配當期雜誌所刊載的文章之外，也代表著《香港文學》這份刊物的象徵定位，並且提供香港本地以及海外華人讀者想像香港。而在封面與封底的內頁處持續刊載的「香港文學活動掠影」，包括第七屆中文文學週、大專文學交流營、「讀書與文化」座談演講、港大文社「文學十一月」和「九七與香港文學」講座，以及各地作家或編輯的訪港，[32]這些活動照片皆曾被保留在這份刊物。雖然「香港文學活動掠影」在每一期的篇幅只是透過兩三張照片的呈現，以及簡要的文字敘述，但是這些資料的累積，卻可以提供我們對於一九八〇年代香港文學的發展概況有一個比較初步的理解。[33]

（三）文藝論述與創作

除了香港文學特輯和史料欄之外，建構香港文學最直接的方法，便是收錄香港文學作品、開設香港作家專輯，以及對香港文學的發展展開論述工作。以《香港文學》為例，這份雜誌的「文學研究」、「論文」、「報道」和「序與跋」等欄位，皆提供了許多有關香港現代詩、散文、小說、和戲劇的論述，而且討論的方式並非只是單純地探討單一作品，而是有一個依照文類發展的取向思考。雖然《香港文學》的稿源並非侷限於香港，但有關於對香港文學的發展進行論述上的探討，香港學者與文藝人士並未缺席這個建構的過程，包括討論一九八〇年代香港現代詩的黃維樑、洛楓和胡國賢，討論散文的陳德錦與梁錫華，以及討論小說的黃維樑和馮偉才等等。這些論述除了綜述一九八〇年代香港各個文類的發展之外，也都回顧了過去這些文類如何在香港發展。更重要的是，在這些不同文類的討論過程中，都觀察到在創作上如何融合香港在地的歷史與社會背景所形成的方法。這些文章的選取，與《香港文學》的主編在對於稿件的來源，以及對於每一期所要刊載的內容取決也有十分重要的關係。比方主編劉以鬯在創刊號的編後記中提到：

「八十年代詩壇」是一個有連續性的專輯，本期刊出黃維樑的《八十年代的香港詩壇》與壁華

32　第七屆中文文學週有盧瑋鑾、梁秉鈞、聶華苓和梁錫華等人出席，活動環繞青年與文學創作的主題；大專文學交流營由理工、中大、港大和浸會四所大專院校文社合辦，此次的活動著重討論香港文學的概況，當時大會請也斯主持以中西文學的關係為主題的研討會；「讀書與文化」座談演講，是搭配香港第七屆中文圖書展覽，臺灣出版界數十人代表團訪港，舉辦座談與演講活動，臺港兩地的作者與編輯共同出席參與，包括金耀基、鍾玲、瘂弦、隱地、夏祖麗等人；港大文社「文學十一月」的活動包括由曾敏之和馮偉才等人進行講座，探討文學與社會及政治的關係；「九七與香港文學」講座與座談是由浸會學院主辦，浸會文社及青年作者協會協辦，活動包括由王仁芸及璧華發表演講，講題分別是「七十年代以來的香港文學：身份的發現與追尋」以及「大陸文藝政策分析」。相關資料可參考《香港文學》第八、九及十三期。

33　「香港文學活動掠影」所收錄的活動，有些是在香港舉行，或是與香港文學直接相關，有些則是香港文藝界人士所參與的文藝活動。

的《八十年代的大陸詩壇》，將來還打算請人對《八十年代的臺灣詩壇》與《八十年代的新加坡詩壇》作總結。（劉以鬯，一九八五：一〇〇）

我們可以看到劉以鬯作為《香港文學》的主編，除了建構香港文學之外，他亦在這個過程中，嘗試將香港文學的建構與其他地域同時期的文學發展進行參照。

除了以文類勾勒一九八〇年代香港文學之外，《香港文學》所刊載的文學論述也包含直接針對香港文學整體發展的探討，包括劉以鬯、盧瑋鑾、梁秉鈞和黃維樑等人皆曾撰文發表相關討論。這一類的文章有別於前述以文類為取向討論一九八〇年代香港文學的發展，而是以一個更廣泛的視野作為探討香港文學的各個面向，包括思考中國現代文學與香港文學之間的關係、香港文學研究的重要議題、盲點以及未來發展。

相較於《香港文學》和《八方》多次透過史料與文學研究等論述的刊載建構香港文學，一九八〇年代香港文學場域中的其他刊物，也從不同的面向實踐香港文學的建構。《大拇指》、《素葉文學》、《香港文藝》、《新穗詩刊》和《博益月刊》這幾份刊物提供香港作家創作園地，透過這種方式除了保存香港許多重要的文藝創作之外，也形成另一種建構香港文學的方式。這個創作園地的提供與保存，除了展現在刊物本身所刊載的文學作品之外，也同時運用集結出版的策略替香港文學留下了重要的紀錄，並讓文學的傳播與流通有實踐的可能。

一九七八年，由臺灣遠景出版、也斯和范俊風編選的《大拇指小說選》，從《大拇指》第一期至第八十二期中的五十九篇小說選出十八篇。一九七九由臺灣民眾日報出版，也斯和鄭臻編選了《香港青年作家散文選》和《香港青年作家小說選》。一九七八至一九八七年間，《大拇指》也陸續出版作家個人的創作，包括梁秉鈞的《雷聲與蟬鳴》、鍾曉陽的《春在綠蕪中》以及肯肯的《當年確信》等作品。

《素葉文學》、《香港文藝》、《新穗詩刊》這幾份文藝刊物也皆透過自己的組織或出版社，提供刊物成員或創作者出版作品。一九八〇年六月，《素葉文學》創刊號上的目錄旁附上了素葉出版社已推出的兩輯文學叢書封面，分別是第一輯西西《我城》、鍾玲玲《我的燦爛》、何福仁《龍的訪問》和淮遠的《鸚鵡韆鞦》，以及第二輯張景熊的《几上茶冷》、鄭樹森《奧菲爾斯的變奏》、李維陵《隔閡集》和綠騎士的《綠騎士之歌》。此外，也向讀者預告即將推出由蓬草《我親愛的蘇珊娜》、戴天《渡渡這種鳥》、古蒼梧《銅蓮》和吳煦斌的《牛》所組成的第三輯文學叢書。

《香港文藝》作為香港青年作者協會的發行刊物，[34]此文學組織也積極推廣會員的作品，並以出版書籍的形式呈現。一九八三年，推出了會員作品選《香港青年作者協會文集》，以及會員專欄作品輯錄《看那青原》，前者有余光中、黃國彬、小思和黃繼持等顧問作序，後者由顧問胡菊人作序推薦這些香港年輕世代的文學創作。除了集結各種文類創作或各個不同作者的作品之外，香港青年作者協

34　一九八二年九月，香港青年作者協會正式成立，一九八四年五月，香港青年作者協會推出了其組織刊物《香港文藝》。《香港文藝》在前三期為雙月刊，自第四期開始改為季刊，出版至第六期一九八五年十二月停刊。

會也出版會員的個人文集，包括蘇翰林的《末日的審判》、葉娓娜的《看星星》、陳德錦的《文學散步》與《秋橘》、鍾偉民的《回憶》、松木的《夜行單車》以及秀實的《小鎮一夜蟲喧》等作品。

《新穗詩刊》透過一九八三年成立的新穗出版社，[35]同樣於一九八〇、一九九〇年代陸續推出詩集、散文集和評論集，當中包括鍾偉民的《捕鯨之旅》、陳德錦的《書架傳奇》、《南宋詩學論稿》和《如果時間可以》、李華川的《列車五小時》、唐大江的《生命線》、陳昌敏的《晨，香港》等作品。透過出版，讓原本散落於各個文藝刊物的作品有機會以更完整的方式呈現給讀者，並促進香港文學的保存、流通與傳播。

《博益月刊》透過刊載文學創作、推介中港臺的作家作品、舉辦小說創作獎，或是另闢「當年佳作」重詮香港經典作家作品。一九八七年博益集團除了推出文學與文化並重的《博益月刊》之外，亦在一九八〇年代推動了中文袋裝書的銷售以及香港通俗文學的出版。

四、小結：香港的故事

香港的故事，每個人都在說，說一個不同的故事。到頭來，我們唯一可以肯定的，是那些不同的故事，不一定告訴我們關於香港的事，而是告訴我們那個說故事的人，告訴了我們他站在什麼位置說話。（也斯，一九九五：四）

一九八〇年代因為九七回歸讓各地關注起香港，有關香港的政治前景、經濟發展、文化論述與文學想像等各層面的討論，在當時形成一股香港研究的熱潮。當時各地討論與介入香港文學的研究方法有其各自側重的面向，透過不同媒介的傳播，我們得以看見香港文學在不同的地域如何被討論，包括臺港的參照、中國學界對於臺港文學的收編與國家論述，以及海外學者的理論思考。在這股香港研究熱潮裡，這些從不同位置出發的觀點都是建構香港文學的方式。透過探討香港文學的建構過程，同樣是討論香港文學或中國現代文藝作家，同樣是思考回歸或殖民地文學，但是在不同地域卻會產生不同的論述方式與定位，我們除了須要找出這些文學發展和作家們如何被討論之外，更須要察覺這些論述如何與文學建構、歷史詮釋和香港定位緊密相關，以及這些人物形象如何可能被用來鞏固文學史的建構與想像。

在這一章的討論裡，我除了回顧一九八〇年代臺灣、中國和海外如何談論香港文學之外，亦重返一九八〇年代的香港文學場域，嘗試尋找香港文藝刊物建構香港文學的幾種路徑，包括開闢香港文學特輯、史料的建立與累積，以及文藝創作與相關論述的生產。在這幾種建構路徑當中，我們得以發現一九八〇年代香港文學的發展並非只能透過失城與浮城的想像框架思考，亦非只存在因回歸問題而產

35　一九八一年十二月，《新穗詩刊》第一期出刊，其前身為一九七八年九月創刊的《新穗文刊》。《新穗文刊》出版至第四期一九七九年五月停刊，在一九八一年復刊，並改名為《新穗詩刊》。《新穗詩刊》在出版三期之後於一九八二年十一月暫時休刊，一九八五年五月，才又接續復刊，出版至第六期一九八六年七月停刊。在休刊的過程中，雖然暫時停止了刊物的發行，但成員們在一九八三年組成了新穗出版社，並出版了相關的叢書，見證並保留了香港青年作者的創作。

生關於身分／認同的議題，而是實則存在著許多豐富且重要的文學對話與參照思考。香港文學特輯的開闢，帶出香港早期新文學的發展、在港文藝人士的文藝活動，以及香港位置對於思索中國現代文學的意義。此外，在回顧歷來香港文學經歷不同歷史階段的過程時，我們也看見香港之於東南亞或臺灣的連結；史料的建立與累積，除了浮現出一九三七年至一九四一年香港的文藝活動隨著中國文人來港所形成的一個中國新文化中心，讓我們可以藉此更進一步思索香港新文學和中國文學的關係之外，香港本地作家早期在港的活動憶述也提供了香港一個文學史的框架與想像；而在文藝創作與相關論述的生產過程中，則提供了各地華文作家與香港本地作家一個文藝創作的發表園地，其中，香港作家的創作除了保留了香港在地日常生活的描繪以外，亦折射出當時香港觀看中國、臺灣的一種歷史視角。

引用書目

Abbas, Ackbar. 1997. *Hong Kong: Culture and the Politics of Disappearance*. Minneapolis: University of Minnesota Press.

Bailey, Alison. 1996. "China, Taiwan, and Hong Kong." *The Oxford Guide to Contemporary World Literature*. Ed. John Sturrock. Oxford: Oxford University Press. 83-100.

Larson, Wendy. 1993. "Liu Yichang's 'Jiutu': Literature, Gender, and Fantasy in Contemporary Hong Kong." *Modern Chinese Literature* 7.1: 89-103.

Snow, Donald. 1991. *Written Cantonese and the Culture of Hong Kong: The Growth of a Dialect Literature.* Doctoral Thesis. Indiana University.

《八方》編者。一九八七。〈編餘瑣語〉。《八方》六。三一七—三一八。

《文訊》編輯部。一九八五。〈香港作家在臺出版文藝作品書目初編〉。《文訊》二〇。一二六—一四一。

丁宇。二〇一三。〈窗里窗外——《臺港文學選刊》編委會主任楊際嵐談兩岸文學交流〉。《兩岸關係》六。七〇—七二。

力匡。一九八六。〈《人人文學》、《海瀾》和我〉。《香港文學》二一。一八—一九。

也斯。一九九五。〈香港的故事：為甚麼這麼難說〉。《香港文化》。香港：香港藝術中心。四—一二。

小思。二〇〇五。〈回顧之後〉。《文學世紀》五．一〇。一。

古蒼梧。一九八六。〈《盤古》與文藝〉。《香港文學》一三。九〇—九一。

古遠清。二〇〇二。〈香港文學研究二十年〉。《學術研究》七。一一二—一一六。

平可。一九八五a。〈誤闖文壇憶述（三）〉。《香港文學》三。九七—九九。

平可。一九八五b。〈誤闖文壇憶述（五）〉。《香港文學》五。九七—九九。

平可。一九八五c。〈誤闖文壇憶述（續完）〉。《香港文學》七。九四—九九。

李復威、藍棣之主編，杜元明選編。一九八九。《憧憬船：臺港文學新潮選萃》。北京：北京師範大學。

李瑞騰。一九八五。〈寫在「香港文學特輯」之前〉。《文訊》二〇。一八—二一。

李瑞騰。二〇一二。〈香港文學在臺灣：一個歷史的考察〉。《文學評論》二一。三八—四三。

杜元明。一九八九。〈選編者序〉。《憧憬船：臺港文學新潮選萃》。李復威、藍棣之主編，杜元明選編。一—六。

周蕾。一九九五。〈殖民者與殖民者之間：九十年代香港的後殖民自創〉。《寫在家國以外》。香港：牛津大學出版社。九一—一一七。

岳騫。一九八五。〈香港中國筆會三十年〉。《文訊》二〇。一〇八—一一二。

南郭。一九八五。〈香港的難民文學〉。《文訊》二〇。三二—三七。

夏鑄九。二〇一〇。〈都市抵抗、市民認同、以及城市的營造：珠三角全球都會區域中香港的都市動員〉。《本土論述二〇〇九：香港的市民抗爭與殖民地秩序》。馬家輝、梁文道等著。臺北：漫遊者文化。一—一〇。

張默芸。一九八六。《鄉戀・哲理・親情：臺港文學散論》。廈門：鷺江。

郭嗣汾。一九八五。〈淺談香港文壇〉。《文訊》二〇。二四—二七。

陳國球。二〇一六。〈臺灣視野下的香港文學〉。《香港的抒情史》。香港：香港中文大學。七三—九六。

陳智德。二〇〇九。《解體我城：香港文學一九五〇—二〇〇五》。香港：花千樹。

陳德錦。一九八五。〈隨想一束〉。《香港文學》一。二六。

項南。一九八四。〈窗口和紐帶〉。《臺港文學選刊》一。一。

黃子平。二〇〇五。《害怕寫作》。香港：天地圖書。

黃傲雲。一九八六。〈從文學期刊看戰前的香港文學〉。《香港文學》一三。二四—四〇。

黃萬華。二〇〇八。〈香港文學對於「重寫」二十世紀中國文學史的意義〉。《現代中文文學學報》八．二&九．一。五一—六〇。

楊國雄。一九八六a。〈香港新文壇的演進與展望：一點說明〉。《香港文學》一三。四六。

楊國雄。一九八六b。〈清末至七七事變的香港文藝期刊〉。《香港文學》一三。六—二三。

歲月港臺。https://app4.rthk.hk/special/rthkmemory/programme/41。

葉娓娜。一九八五。〈香港文學的展望〉。《香港文學》一。二七。

劉以鬯。一九八五。〈編後記〉。《香港文學》一。一〇〇。

盧瑋鑾。一九八七a。〈六份發刊詞的資料簡介〉。《八方》七。二九六—三〇〇。

盧瑋鑾。一九八七b。〈香港文藝活動記事（一九三七—一九四一）後記〉。《八方》六。三〇五—三〇七。

盧瑋鑾。一九八八。〈香港文學研究的幾個問題〉。《香港文學》四八。九—一五。

穆中南。一九八五。〈香港文學印象〉。《文訊》二〇。二一—二四。

羅慧萍。一九九四。〈香港書肆報導（一）——青文書屋〉。《幼獅文藝》四八六。六四—六六。

譚秀牧。一九八六。〈我與《南洋文藝》〉。《香港文學》一三。七六—七八。

第三章

文化中國與理想的追尋：《八方文藝叢刊》

一、《八方》的中介位置

一九七九年九月《八方》創刊，這份刊物最初是由鄭樹森與戴天發想，之後陸續有古蒼梧、黃繼持、林年同、金炳興、梁濃剛、鍾玲、盧瑋鑾、文樓和李黎等人的加入。創刊時的編輯委員共有六位，分別是黃繼持、林年同、古蒼梧、鄭臻（鄭樹森）、金炳興和梁濃剛。之後的編輯委員偶有調整，但古蒼梧在《八方》共十二輯的發行過程中，前面的十一輯皆擔任執行編輯的位置。[36]

古蒼梧早期曾參與《中國學生周報》和《大學生活》的寫作與文學活動，一九六四年和吳振明合辦文藝刊物《金線》，引介、評論臺灣與英美現代文學的作品。一九六七年開始和黃繼持、文世昌、張曼儀、黃俊東、余丹、李浩昌和吳振明編選《現代中國詩選》，之後又與黃繼持和溫健騮合作編選《中國新詩選》。在《八方》創刊之前，古蒼梧曾參與《盤古》和《文學與美術》（之後改名為《文美》）的編輯工作，這兩份刊物的編輯經驗除了影響後來古蒼梧編輯《八方》的理念之外，這兩份刊物的成員也和《八方》多有重疊。[37]

36　《八方》的核心主要是戴天、古蒼梧、黃繼持、林年同和鄭樹森，之後盧瑋鑾加入，並有陳輝揚加入執行編輯的工作，《八方》的具體編務主要是由古蒼梧承擔，之後陳輝揚也進行相關的編務協助（鄭樹森，二〇一三：九五）。

37　《盤古》的發行時間為一九六七年三月至一九七八年七月，共出版一一七期。《文學與美術》自一九七六年二月創刊，一九七七年一月出版第六期後由原本的雙月刊改為月刊，並且改名為《文美》。《文美》的發行時間為一九七七年四月至一九七八年三月，總共十二期。

這些刊物的出現皆有其時代的意義，一九六〇年代中後期，一方面國民黨查封《文星》，另一方面文革爆發，香港在這兩種左右因素的刺激下催生了《盤古》的誕生，這份刊物除了戴天、胡菊人、林悅恆之外，也包括在當時還是年輕一輩的古蒼梧、黃維波、岑逸飛等人（盧瑋鑾、熊志琴，二〇一〇：一四六）。《盤古》在當時雖然看似左傾，但關懷核心始終是以文化而非政治為主，其意識形態是走向英美自由主義。《盤古》到了後期政治篇幅多過於文化議題時，古蒼梧等人因為希望把政治色彩壓低，因此離開了《盤古》，改由其弟古兆奉接任編輯，並轉到以文化為主的《文學與美術》，與盧瑋鑾、溫健騮、黃繼持、余丹、張曼儀、文樓和左燕芬等人一同合力創辦。《文學與美術》的出現，象徵的是經歷了社會運動之後的反省，一種文藝觀點的擴大（盧瑋鑾、熊志琴，二〇一〇：一五〇—一五五）。相較於《盤古》和《文學與美術》是在運動浪潮底下的產物，《八方》的創刊則是相對在一個社會風氣走向更開闊的時代下產生。

《八方》在創刊號的稿例說明曾點出此刊的主旨：

> 《八方》文藝叢刊的創辦，是想為中國海內外的文藝工作者，提供一個完全公開的園地，在創作上互相觀摩，在思想上相互交流。這是一份全面開放的刊物，將刊登各種不同風格，不同思想內容的作品，同時也刊登各種不同觀點的評論、介紹的文章。（《八方》編者，一九七九：二一）

古蒼梧曾提到，這個編輯方針和《盤古》是一脈相承的，《盤古》即使在它最左傾的時期，仍然堅持其自由獨立的原則，發表不同觀點立場的文章（古蒼梧，二〇〇五：一〇）。總共發行了十二輯的《八方》，除了刊載各地華文文學作品、思索香港文學的發展之外，大量引介西方思潮作為中國文藝的參照系亦是古蒼梧在刊物中有參與的部分。《八方》前四輯回顧了現代主義與現實主義，中間停刊一段時間後，復刊後接續討論前四輯提出的問題，並介紹包括後現代與後結構主義等更多西方思潮。一九八一年九月《八方》出版到第四輯，直到一九八七年四月才又出版第五輯，對於停刊前的四輯，古蒼梧曾經指出：

> 這四期相當重要，是我們回顧現代主義、現實主義文學後的反省。這爭論在三十年代開始，但經歷了五十年代、六十年代、七十年代，應該重新反省，特別是海峽兩岸都出現斷層。反省和討論之外，我們還介紹了當時較新的西方思潮，例如後現代主義等等，又邀約了很多中港臺以及海外作者發表、討論。當時東歐發生很大的變化，它的社會環境、文化的某些方面都跟中國的情況比較接近，可以作為參照系。（盧瑋鑾、熊志琴，二〇一〇：三六）

在休刊期間，古蒼梧曾到法國留學一段時間，留法的經驗也影響了古蒼梧在往後重回《八方》時的編輯走向。古蒼梧開始思索社會主義的多種發展途徑，以及在美學層次上與現代主義對話的可能性。這些想法也促使古蒼梧往後在《八方》體現他對於現當代中國文藝的反省。

歷來《八方》開闢了許多重要的專輯，這些專輯大致可以區分為三類，分別是西方理論思潮與東歐文學、中國現代當作家以及香港作家專輯。我們從《八方》的編選主題或刊物理念，皆可看到古蒼梧積極想填補中國文化的斷層，然而這個填補，並非只是單純地引介中國文藝，而是一種立基於香港位置，一方面企圖打造一個理想的文化中國，另一方面嘗試從這個理想的文化中國框架裡面，帶出一條可供與香港文學進行對話的路徑。

《八方》自一九七九年九月創刊，至一九九〇年十一月停刊，共出版了十二輯，其中前四輯在一九七九至一九八一年間完成，中間因為經濟因素而促使此刊中斷，直至一九八七年才又出版第五輯重新問世。[38]《八方》雖然沒有創刊詞，但在創刊號中的第一篇文章〈新文學六十歲：訪問周策縱教授〉一文，透過此刊記者與學者周策縱的對話，我們亦可看出《八方》在當時的自我定位：

> 記者：在香港和海外，言論自由比較大一點，假如有一個地方，讓大陸、臺灣、香港和海外的文藝工作者在上面發表他們的意見，互相觀摩作品，對於中國新文學未來的發展，會不會有好處？像我們《八方》文藝叢刊，就有這麼一個想法。
>
> 周：我覺得這個很好呀！在香港和海外接觸面很廣，有先天的優勢在這裡。「八方」這個名字也很好呀，「四面八方」，「八方風雨會中州」呀。（本刊記者，一九七九：九）

雖然周策縱在此文仍多半圍繞在中國新文學的發展，但在記者與他的問答對話中，卻同時揭示了《八方》試圖以香港作為一個相對自由的場域出發，往外串聯臺灣、中國與海外的文學與思想。一九七九年《八方》創刊，這一年正值五四運動六十週年，這一篇類發刊詞的文章透過邀請曾以《五四運動史》一書馳名西方學界的周策縱進行對談，標示出了《八方》嘗試參與中國現代文學的重建位置。

一九八一年九月，因為經濟因素的緣故，《八方》出版中斷，但在一九八七年四月，第五輯的再次出刊中，卻使得《八方》產生更多可能性。在第五輯的《八方》中曾提到，此刊在一九八一年當時出版中斷，成員們之後組成香港文學藝術協會，目的之一即是向各界籌款。此輯的重新出發，除了保持之前刊物的精神，講究創作與評論並重，以及注重當代文藝思潮的譯介之外，此輯更增闢了香港文學史料和現代中國作品英譯兩欄，前者希望引起讀者對香港文學研究的注意，後者想向世界推介中國現代文藝作品（《八方》編者，一九八七a：三一八）。[39]

38　一九七九年在利通圖書公司的支持下，出版了四輯的《八方》，直到一九八一年因為經濟因素出版中斷。一九八五年成立香港文學藝術協會尋求經費支援，由戴天擔任會長，文樓為副會長。一九八七年得到中華漆製有限公司和伍集成文化教育基金會的支持，捐資贊助出版，並得到《信報財經新聞》贊助紙張及裝訂費，再次出刊第五輯，一九八九年二月出刊到第十一輯之後，中間又休刊一年多，一九九〇年十一月才刊出第十二輯。在一九七九年至一九九〇年共出刊十二輯的過程中，此份雜誌的編輯群偶有調整，但主要是以黃繼持和古蒼梧這兩人擔任較為主要的編輯位置。古蒼梧在《八方》的前十一輯皆擔任執行編輯，而黃繼持則在停刊後再度復刊的第五輯（一九八七年四月）開始擔任總編輯。

39　這裡提到的中國現代文藝作品英譯，後來具體實踐在《八方》第五與第六輯。分別是由葛浩文翻譯高曉聲的〈送田〉，以及余丹翻譯部分收錄於《鷗外鷗之詩》的作品和鷗外鷗刊登在第五輯的詩作。

一九八七年《八方》第五輯的重新出發可算是此刊物走向一個更具廣闊視野的重要轉折點，香港文學史料的收錄代表了對於香港本地文學發展的重視，亦是象徵著一種保留香港本地文學的方式；而現代中國作品的英譯亦是在前四輯除了引介國外理論思潮之外，另闢一個將華文創作進行輸出的實踐。

二、修補文化斷層與尋找中國現代文學的參照

伴隨著一九七〇年代末期中國改革開放，中國與香港的交流互動又開始轉為日漸頻繁。當時中國與香港不管是作家們相互至兩地參訪，或是報刊雜誌相互刊登彼此的文學狀況皆促進了對話的可能。[40]在這樣的歷史契機之下，香港開啟了重詮中國現代文學的探討。雖然香港文藝刊物介紹、討論中國文學的發展早在一九二八年的白話文學刊物《伴侶》已發生，一九三三年創刊的《紅豆》也刊載過中國作家的作品；而至一九六〇年代中期正當中國開始進行文化大革命時，香港學界興起研讀中國現代文學的風氣，大專中文系開始設立「中國現代文學」科目，出版界也翻印在諸多運動中被批鬥打倒的作家的作品（黃繼持，二〇〇三：六三—六四）；又或者一九五〇至一九七〇年代在香港編寫或出版的幾本與中國現代文學史（新文學史）相關的著作，[41]這些皆是中國現代文學在香港被討論的過程與歷史。中國近現代文學與文化的發展，除了可以在晚清、五四乃至一九三〇、一九四〇年代的中國切入探討之外，一九八〇年代在香港的重新討論，亦有其特殊的歷史背景與時空脈絡。

一九八七年《八方》第五輯曾開闢鷗外鷗的專輯，在此專輯中的首篇文章〈重讀鷗外鷗〉一文中，我們得以發現當時的討論如何擺放這位作家的位置，以及從香港的位置出發，如何重新觀看鷗外鷗在中國現代文學史上的定位和他對香港文學的影響。文中除了強調鷗外鷗的創作具備現代主義與中國都會風格之外，另一個側重的面向還在於，凸顯鷗外鷗如何以現代派的詩風帶來「介入現實」（engagement）的情懷（《八方》編者，一九八七b：七二）。此處「介入現實」的意義除了指向其文學創作所具備的，對社會的關懷或政治的諷諭之外，將「介入現實」的意義放在鷗外鷗詩文創作的詮釋上，亦是試圖強調中國現代主義和現實主義在「介入性」和「革命性」的疊合處。

鷗外鷗在一九三〇與一九四〇年代的詩作中，曾有用大號的字體排列出「山山山」或「WAR WAR WAR」的創作，過去許多評論會把這種創新的作品用簡單的形式主義帶過，忽略作品可能具有的其他意義。當時收錄在此專題中，由梁秉鈞以梁北為筆名所寫的其中一篇評論文章〈鷗外鷗詩中的「陌生化」效果〉，嘗試用不同的角度，切入探討形式創新所可能為讀者帶來的閱讀感受。梁秉鈞

40　雖然一九八〇年代中國與香港的交流與對話增加了，但在這個過程中也經常有一些限制存在。比方香港在介紹或者轉載中國當代的文學作品時，有時會以「引起爭論的就是好作品」的標準為依歸；而在中國介紹香港文學時，亦經常會把香港刻板化為「明亮背後有黑暗」的形象，比方劉以鬯的小說在中國集結出版時被命名為《天堂與地獄》或是舒巷城《太陽下山了》被改名為《港島大街的背後》（王仁芸，一九八六：八九）。

41　可參考曹聚仁《文壇五〇年》（一九五五）上下部、李輝英《中國現代文學史》（一九七〇）、司馬長風《中國新文學史》上、中、下三卷（一九七五、一九七六、一九七八）。

認為，鷗外鷗所展現的是一種陌生化的技巧，這樣的嘗試挑戰了我們習慣的觀看方法和藝術技巧。他以鷗外鷗兩首書寫與戰爭題材有關的詩作〈父的感想〉和〈時事講話〉為例，說明詩中如何一方面以寫實的方式呈現戰時的情況，另一方面亦透過陌生化的藝術技巧創造出一種新奇、一種另類介入現實的書寫方式（梁北，一九八七：七九—八二）。

探討鷗外鷗以現代派筆法或陌生化的創新方式介入現實之外，更值得我們注意的地方還在於「介入現實」的另一個面向，亦即凸顯鷗外鷗如何把香港經驗帶進詩文創作。一九三七年鷗外鷗在〈狹窄的研究〉一詩中曾再現了一九三〇年代的香港：

不建築在土地上
建築在浮動的海洋上
建築在搬場汽車上
我們的住宅
「大陸浮動說」並非謬論
住宅也浮動說的不可固定
一匹郵船一樣的住宅呵
雖拋下了碇舶的錨
亦不會永久

自然所安置的東西
也不會永久
沒有一株樹永久
沒有一座山永久
沒有一寸冷落了的土地永久
沒有一所房子永久
標貼著「To Let」的招子不超過一小時
永久的只有銀行的地址
……
香港人的足扒著山
香港的車輛的輪扒著山
香港的建築扒著山
香港的面積太有限了
香港
狹窄極呵
高極呵
擁擠極呵

屋與屋的削壁
僅有一寸的隙
透著一寸的陽光
流通著一寸的空氣

一切都作扒山運動的香港
一切扒到了最尖端最高度的巔上的時候
香港，怎樣辨呢？
（鷗外鷗，一九八五：九五—九七）

當時收錄在此專題的評論文章曾特別探討這首詩。論者鍾玲強調鷗外鷗對於感知香港的敏銳度與精準，無論是「不建築在土地上／建築在浮動的海洋上」所帶來香港的浮動感，或是詩中「香港人的足扒著山／香港的車輛的輪扒著山／香港的建築扒著山」這種因土地面積有限，空間只能不斷向上發展的意象，皆適切地捕捉了香港在本質上的暫時性與擁擠（鍾玲，一九八七：八三—八五）。[42]而除了景象的描繪之外，鷗外鷗亦在詩中以「永久的只有銀行的地址」一句對香港經濟發展至上的特點進行批判，並在詩末「一切都作扒山運動的香港／一切扒到了最尖端最高度的巔上的時候／香港，怎麼辦呢？」表達了他對香港的關懷。在《八方》第五輯中，編者除了以介入現實的觀點切入，重讀鷗外鷗之外，在此輯中我們亦可看到編者收錄、組織其他相關評論。在這些重詮鷗外鷗的評論中，我們雖然仍可見到其他評論者比方林廷祥、葦華等人強調鷗外鷗過往在詩文中，對國家與民族所流露的情懷，但整體而言，此專題更想彰顯的卻是鷗外鷗在一九三〇、一九四〇年代如何書寫香港，以及其現代詩的創新形式。

一九八〇年代香港參與中國現代文學重建的方式，除了在文藝刊物中開闢特定作家的專欄進行評論之外，這些被選取的作家，以及談論的方式，皆多著重在強調中國現代文藝的西方思潮或現代派的精神。除了鷗外鷗之外，魯迅亦是一個在一九八〇年代香港試圖重探中國現代文藝時被特別提出來討論的對象。

一九八八年《八方》第八輯與第九輯討論了魯迅前期藝術理論中的西方思潮。在這兩輯的文章中重新回顧魯迅在接受西方思潮的三個時期，從日本留學、辛亥革命到五四時期這三個階段，探討魯迅如何在小說創作之餘，透過引進西方思想進行理論批判。文章從「思潮」的角度談論魯迅如何意識到面臨時代的轉型時刻，西方文藝思潮與外來經驗將給予中國什麼樣的啟發與貢獻。也因此，我們在文中看見的魯迅，並不單純只是寫下〈狂人日記〉和〈孔乙己〉等以小說形式批判傳統的小說家，我們更得以透過文中討論的〈文化偏至論〉、〈摩羅詩力說〉、〈科學史教篇〉和〈擬播布美術意見書〉

---

42 鍾玲提到，這一節貼切地描寫到香港因面積有限，所以向空中與山上發展的情狀，尤其「扒」字更富粵語的地方色彩（鍾玲，一九八七：八四）。

等歷來魯迅的創作評論，理解魯迅對於西方思潮的關注如何和中國的社會變遷進行連結。一九一二年擔任民國臨時政府教育部僉事的魯迅，參照了歐洲資產階級國家的文化教育和文學藝術事業體系，致力於開創中國一個新型的文藝創建，然而，這樣的理念其實是奠基於魯迅在日本時期的思考。

> 他把歐洲的三位傑出的文學藝術家作為精神文明的象徵傳播到中國來，從〈科學史教篇〉中科學與藝術的邏輯對比的行文，決不只為了介紹幾個外國藝術家及其作品。……在魯迅的心目中，既然要利用西方的自然科學技術來改變中國的經濟落後狀況，那麼也應當同時引進西方的文學藝術對中國的文化落後現象來一番徹底的改造，這才是最高層次上的「拿來主義」，是引起文藝理論棄舊迎新的革命。（王觀泉，一九八八a：九五）

王觀泉以魯迅一九二八年在日本時期，透過對莎士比亞、拉斐爾和貝多芬這些藝術家的重視，帶出魯迅如何將其思考落實在往後對中國的改革。一九一二年中國由封建轉變為民國的變革時代下，魯迅透過〈擬播布美術意見書〉宣告了中國新型的文藝開展計畫，這個新的文藝體系包括了美術、戲劇以及音樂等層面的改革。魯迅企圖引進歐洲戲劇藝術，希望透過西方戲劇的內容及形式創造中國的新劇，或是主張把音樂作為獨立的藝術樣式並興建奏樂堂（即現在的音樂廳）皆是魯迅在參照西方文藝發展之下，嘗試替中國提出增進藝術涵養的方式（王觀泉，一九八八b：一一八）。談論魯迅的方法有許多種，而在當時香港的文學場域中我們看到魯迅被呈現的角度，是從他思想中的西方理論切入探討，強調他的藝術思想與理論批判，並且結合了改造中國的核心。

嘗試擴大框架，重談中國現代文學作家，對於一九八〇年代的香港文學場域而言，不僅只是尋找香港與中國現代文藝的關係，這個重談的過程亦是一個重新思索香港自身早期文學發展的複雜性。然而，除了在文藝刊物中重探個別的現代文學作家之外，一九八〇年代香港參與中國現代文學的重建，或許還在於試圖透過西方理論思潮與中國的現實主義進行對話。《八方》曾開闢了許多關於現代主義文學與現實主義之間的對話，其中一九八〇年九月《八方》第三輯的專欄更由當時的編輯群林年同、黃繼持和古蒼梧等人撰文省思。現代主義與現實主義的論爭是二十世紀文藝史上重要的思潮，在專輯中，他們透過回顧討論一九三〇年代德國的一場論爭，呈現當時盧卡奇與布萊希特的論點。

現實主義與現代主義在一九三〇年代的德國曾有一場論爭，在盧卡奇和布萊希特的論辯中，當時主要討論的一個核心是，「哪一種文學藝術形式才適合反法西斯人民陣線的需要」（《八方》編者，一九八〇：二〇九）。現實主義與現代主義的論戰起於一九三二年盧卡奇對表現主義的批評，盧卡奇與德國盟友一起展開了一場對左翼作家聯盟的攻擊，當時盧卡奇批判的文藝技巧包括新聞文體、蒙太奇的文學手法以及段落式情節結構的作品，這些特徵在布萊希特的戲劇中皆可見到（萊恩，一九八〇：二一二）。

一九三八年布萊希特批評了盧卡奇以現實主義作為反法西斯文藝唯一出路的保守主張，陸續寫下一些相關回應的文章，指出先鋒派文藝對於社會的功效。在這個特輯中，編者們注意到盧布論戰中的許多觀點，對於之後一些國家文藝政策的制訂、人文藝術理論的建構以及文藝問題的評價都產生了深刻的影響。[43]正因為他們意識到現實主義與現代主義的辯論是二十世紀文藝史上一個不可忽視的思潮，當時許多現代主義的文藝主張在中國文藝界尚未有翻譯，因此他們特別翻譯了當時論戰過程中幾篇重要的文章、編製盧布論爭大事年表、翻譯各種主義的宣言，更重要的是以這場論戰所帶來的啟發，介入甚至重新想像中國的文藝創作，試圖替中國文藝尋找新的參照。[44]

我們相信，認真研究現實主義與現代主義問題，對我們國家的文藝創作、文藝理論，特別是當前文藝政策的制訂、中國新文學史的研究工作、五四以來作家作品的評價等等，都應該是有益的。盧布論爭，雖然是這個問題的歐洲經驗，但對我們也肯定有借鑑的作用。[45]（《八方》編者，一九八〇：二一〇）

當時在此專輯中，古兆奉翻譯了〈德國論爭——盧卡契、布萊希特的論爭〉概括地述說盧布論戰的始末；李焯桃翻譯盧卡奇〈現代主義的意識形態〉提供讀者另一種了解現代主義的角度；另外其他幾篇翻譯先鋒派文藝的宣言，亦讓讀者有機會理解現實主義和現代主義並非沒有對話與交集的可能。除了透過翻譯，介紹了盧布論戰的過程、盧卡奇與布萊希特兩人各自發展出來的重要論點之外，在此專輯中〈現實主義以外：從海內外幾位雕刻家的創作道路看現代主義對中國文藝創作的參考意義〉，這篇由《八方》三位編者林年同、黃繼持和古蒼梧所共同撰寫的文章，則是更進一步透過居住在中國以外的華人創作，嘗試替中國的藝術發展尋找參照，而在這個過程中亦探討了各地華人的藝術經驗與發展脈絡。如果說前面這些翻譯的文章是偏向理論的思考與歷史性的介紹，那麼〈現實主義以外〉一文，則是三位編者嘗試以實際例子來思考現代主義與現實主義的關係。這篇文章提到，一九七九年在香港的大會堂和藝術中心舉辦了三位藝術家的雕刻作品展覽會，分別是生活在紐約的蔡文穎、臺灣的朱銘以及香港的文樓。不管是銜接了二十世紀西方抽象藝術的蔡文穎、師承現代派雕刻家楊英風的朱銘，或是結合西方與中國古典藝術的文樓，透過這次展覽的作品，讓他們思考到，生活在不同時空的藝術家，正面對著不同的問題，走著不同的創作道路。當他們嘗試將這些不同的經驗，

---

43 編者提到，盧布論爭中的許多觀點對於比方一九三四年蘇聯日丹諾夫主義、法蘭克福學派的文藝主張、藝術生產和物質生產發展的關係等等，都產生了深刻的影響（《八方》編者，一九八〇：二〇九）。

44 收錄在《八方》第三輯（一九八〇年九月十五日）「現實主義與現代主義問題專輯」中的文章，除了有《八方》編者以〈前言〉一文帶出一九三〇年代盧布論戰的背景與脈絡之外，亦收錄了 D. Laing 著，古兆奉譯〈德國論爭——盧卡契、布萊希特的論爭〉、G. Lukács 著，李焯桃譯〈現代主義的意識型態〉、B. Brecht 著，黃繼持譯〈布萊希特反盧卡契〉、F.T. Marinetti 著，黃紀鈞譯〈未來主義的基礎與宣言〉、T. Tzara 著，黃紀鈞譯〈達達主義宣言〉、V. Majakovskij 著，黃紀鈞譯〈《左翼藝術戰線》是為什麼而戰鬥的？〉、A. Breton 著，余丹譯〈超現實主義第二次宣言〉、A. Zhdanov 著，葆荃譯〈在第一次全蘇聯作家代表大會上的演詞〉這八篇譯文，以及由馮偉才編寫，楊亦山校訂的〈盧卡契、布萊希特論爭大事年表〉，林年同、黃繼持、古蒼梧三人合寫的〈現實主義以外——從海內外幾位雕刻家的創作道路看現代主義對中國文藝創作的參考意義〉，共十一篇文章。

45 現實主義和現代主義的問題，在一九三〇、一九四〇、一九五〇年代的中國，以及一九六〇、一九七〇年代的臺灣都曾引起過爭論，但這個問題仍還未討論清楚，因此《八方》編者在此輯發表〈現實主義以外〉一文作為展開討論的磚頭，希望能引發更多討論，進一步評論探討這個問題的中國經驗（《八方》編者，一九八〇：二一〇）。

作為對現代中國藝術發展的參照時，其實也透露了在地的意義與經驗會影響、改變每個地域的文藝發展。

相較於中國之外的藝術發展，作為中國重要的雕刻作品《收租院》（一九六五），雖然是當時中國社會主義雕塑藝術發展中一個成功的創作方向，但他們認為中國現代雕塑應該可以有更多元的走向，不應該也不可能只侷限於現實主義的表現：

> 興起於十五世紀西方的現實主義表現手法，是否足以表現二十世紀八十年代的中國的生活感受呢？如果答案是否定的，那麼我們除了像《收租院》的藝術家那樣，向民族傳統藝術吸收養料之外，是否也可以求助於西方的現代藝術呢？我們看來，非但可以，而且應該這樣做，必須這樣做。只有這樣做，才能加速中國藝術發展的步伐，配合著其他環節的現代化運動。如果我們不這樣做，其實就是等於用人為的方法，把藝術和時代、和歷史隔離開來。（林年同、黃繼持、古蒼梧，一九八〇：三一三）

這樣的想法透露了香港論者在思考中國的時候，一種面對新的時代必須要尋求新的表現形式的主張，藉由重新進入歷史的方式，思索現代主義與現實主義之間的對話，希望透過這些論辯，啟發中國文藝創作或文藝理論有更多發展路徑的可能。

作為《八方》編輯群以及〈現實主義以外〉撰寫人之一的古蒼梧，在一九八一年更將這樣的想法拓展到《八方》未來的編輯風格走向之一，亦即透過回顧整理現代主義、介紹後現代與後結構主義的內容和翻譯歐美相關基本文獻等工作，對現當代中國文藝進行反省。一九八一年，古蒼梧在法國巴黎看了一場「巴黎．巴黎」美術文學大展之後，寫了一篇〈前衛藝術與社會主義的一次握手——「巴黎．巴黎一九三七—一九五七」大展〉的文章，這篇後來刊登在《新晚報》的文章，其重要性除了揭示並深化現代主義與現實主義之間的關係之外，還在於古蒼梧嘗試將這樣的思考納入《八方》，並且作為中國現代文學的參照系。古蒼梧嘗試提出，中國社會主義文藝是否必然和西歐現代主義文藝有絕對的矛盾？抑或應把這兩者重新放在歷史的發展脈絡下來觀看，尋找其對話的可能（盧瑋鑾、熊志琴，二〇一〇：四〇—四一，一七〇）。

在這篇文章中古蒼梧圍繞著兩個問題核心，首先，「社會主義現實主義」是不是最革命、最先進的創作方法？第二，前衛藝術和社會主義意識形態是否有結合的可能性？當時巴黎的展覽主要展示了從一九三七至一九五七年這二十年間的繪畫、雕塑、文學、音樂、電影和戲劇等項目，展覽的方法除了美術作品、圖片、書刊與文獻的陳列之外，還運用了電視或幻燈廣播等多種媒介對作品的歷史背景作形象化的介紹和說明。此外，也在不同的場地放電影、舉行演講會與辯論會（古蒼梧，一九八一）。這些展示的作品大多是以前衛藝術的方式呈現，但在所有展覽室中有其中一個室展出了社會主義現實主義範疇的作品，但這些作品卻充滿了表現主義的風格，和蘇聯或中國的社會主義現實主義作品十分不同。古蒼梧在文中提到：

這一批先鋒派的藝術家，不但不反對社會主義、共黨主義，而且在一九三七至一九五七年這階段，還明顯地左傾親共，甚至加入了共產黨（如畢加索）。通過這次展覽，配合文獻來看，這一批前衛藝術家有一部分不但在思想上、行動上走向反法西斯支持進步政權、嚮往社會主義的道路，就是在藝術的實踐上，也努力和這種進步的意識形態結合。（古蒼梧，一九八一）

古蒼梧在法國的這場視覺經驗，引發他思考前衛藝術的各種可能，展覽中的作品證實了社會主義不必然只能以現實主義的方式呈現，換言之，這個想法開啟了古蒼梧進一步思索社會主義的多種發展途徑。

這樣的理念也扣合著鄭樹森在一九八〇年代與林年同、黃繼持在討論大陸文藝理論路線時的思考，亦即一九八〇年代初期，該如何重新認識現實主義、社會主義現實主義、現代主義這三者之間的關係，這是當時中國無法進行的討論，所以放在香港理解，甚至希望將現實主義的真正精神，以及現代主義的技巧開創，重新向中國大陸文藝界推廣（鄭樹森，二〇一三：一〇二）。《八方》作為一九八〇年代的重要刊物之一，揭示的並非一味追求西方花俏的理論，而是希冀透過這些外來思潮，和中國現代文學與文化進行相互參照。

三、《八方》與臺灣

香港文學在其建構過程與思索自身定位時，不必然只有專注於香港本地文學的發展，或者透過與中國的對話才得以產生，而是有更多路徑的思考，其中一條重要的路徑便是與臺灣文藝連結。一九八〇年代臺灣因為政治因素，有許多中國的作品與作家介紹皆是透過香港作為中介而得以流通，即便是一九八七年解嚴之後，臺灣在出版有關中國的華文作品時也會有所限制與檢查。[46]相較於此，香港一直以來不管是從知識、文化或政治層面比較可以接觸到不同意識形態的論述，從左到右存在著很寬廣的政治光譜。而自五四以來，中國和臺灣都曾出現過新文學的斷層，但香港讀者相較來說幾乎在任何時期都能讀到新文學作品（單德興，二〇〇七：二三三；劉以鬯，二〇〇二：四四）。在一九八〇年代這個階段，中國剛剛改革開放不久，臺灣在解嚴前後也尚未真正完全政治鬆綁自由開放，在這樣的時空背景下，香港成為一個連結臺灣、中國和東南亞之間一個重要的橋梁。

鄭樹森曾提到《八方》在香港，為海峽兩岸及海外作家提供園地的想法，間接對臺灣有相當影

46　比方鄭樹森曾提到，一九八七與一九八八年，洪範書店出版的「八十年代中國大陸小說選」，前四本主要是以西西在香港看到，和能夠聯繫的大陸新銳小說家為基礎。當時西西分別編選了《紅高粱》、《閣樓》、《爆炸》和《第六部門》。這個編輯過程相當複雜，所有作品從作者、雜誌或書上取得簡體字版後，得拿去臺灣駐港的單位認證和簽批，證明是來自第三地的香港的材料才能入臺。之後一九八八年《八月驕陽》與一九九〇年《哭泣的窗戶》這兩本選集，以及在《聯合報》副刊上一系列的重刊，可以說都是源起於香港《八方》的工作（鄭樹森，二〇一三：一四八—一四九）。

響。他認為在臺灣解嚴前，以及大陸後來更進一步的深化開放之前，《八方》在這當中扮演了一個重要的中介角色。比方一九八〇年二月二十八日，林義雄滅門慘案事件發生，楊牧身在海外所寫的〈悲歌為林義雄作〉一詩當時不能在臺灣發表，《八方》便安排刊登在第三輯（鄭樹森，二〇一三：一〇九）。而除了透過刊載或引介許多臺灣的文學作品與相關評論之外，當時的連結更從其他面向展開，這其中至少包括了一、透過引介臺灣思潮，開啟香港面對歷史的向度，思索香港的位置。二、臺港媒介之間的互動。

一九八七年五月陳映真訪港，《八方》在第六、第七和第十輯中陸續收錄了他的演講過程、問答紀錄、香港本地的相關回應，以及臺灣和香港學者對於陳映真的作品研討。《八方》第六輯〈四十年來的臺灣文藝思潮〉的演講紀錄中，討論了戰後四十多年來臺灣在冷戰體制下的文藝思潮如何轉變與發展，以及他自身的臺灣經驗。在這場演講過程中陳映真提到，一九八〇年代是一個新的探索與反省的時代，在這樣的時代下，他認為臺灣與香港的知識分子應該要重新檢討戰後四十年來走過的步跡：

> 在香港這樣一個殖民地的時代，應該從殖民地香港這個本身開始反省，從清末香港所走過的路，香港文學的發展，香港社會的發展，以至香港中國人的身分的認同問題，香港在歷史當中，在社會發展當中，在整個世界的政治經濟發展當中佔一個怎麼樣的位置，提出整個的反省。（陳映真，一九八七a：三四）

接續第六輯的刊載，《八方》第七輯〈大眾傳播和民眾傳播〉也是一次演講的紀錄，這個演講的內容分別提到了媒體與傳播的關係、辨《人間》雜誌的經驗與過程，以及他對於新生代香港人的一些建議。其中演講最後他對於香港的年輕世代提出了三個思考面向：首先，把認識香港作為知識的開端。在面臨九七問題的時候，建議從香港的殖民地歷史著手，了解當時的歷史發展；第二，檢討並反省香港知識分子在過去的作為，以及面臨的問題是什麼？強調面對九七與其惶恐，更應取得自主性和自我定位的認同；第三，注意創造與發展。以臺灣經常是以拼湊外來文化作為反例，呼籲香港文化人應注重自己的文化自製（陳映真，一九八七b：六一）。

這篇訪談稿除了記錄了陳映真的演講紀錄，後面也收錄他與在場聽眾的問答。當時有位聽眾發問，希望陳映真可以針對他在演講中提到，要對殖民地化的過程所帶來的社會轉變做出反省這一個問題再多做解釋，陳映真回應：

> 一九九七是一個歷史時期的結束，香港過去的一段歷史就要結束……我們是不是應該要停下來回顧這段時間，香港跟中國的關係是怎麼樣？英國人怎樣介入？香港有甚麼發展階段？我只是覺得，面對這麼一個巨大的歷史時期，反省和回顧是必要的。……我想這樣的回顧是對任何人都有意義的，這樣才能夠累積。香港人對歷史作出反省和回顧，至少可以有兩個目的。第一可以知道自己的定位，知道香港的中國人民在整個中國發展上處於怎樣的地位；第二是香港的中國人民身分認同的問題，到底我是中國人？香港人？在香港的中國人？還是甚麼都不是？我應否獨立？這

樣釐清以後，對前去的道路會有幫助也說不定。（陳映真，一九八七b：六八）

在問答的過程中他強調，與其惶恐於面對九七的來臨，倒不如盡早動員香港人民自己的主動性與自主性，找到歷史定位和身分的認同，自己去面對這個問題。

陳映真在這次的演講中，固然有其自身的立場以及他將臺灣或香港擺放的位置，但他其實並沒有給予香港青年在關於身分認同上一個十分明確的答案，但正是因為這個沒有明確的答案，反而給予當時香港有更多思考的空間，[47]而這個空間也顯現在香港學者針對陳映真訪港演講的回應裡。特別是黃繼持和陳清僑在《八方》第七輯提出有關於香港位置和歷史向度的思考。

黃繼持在〈文藝、政治、歷史與香港〉一文中，首先肯定了陳映真提到過去四十多年來臺港在文學方面的交流，並且認為介入臺灣文壇的論爭，可能是港臺文學界交流的方式之一。針對陳映真的演講，他認為重要的不只是加入爭議，而是對香港而言，是否能有一個批判得以借鑑，更重要的是，能否引發香港去檢討香港文藝走過的步履（黃繼持，一九八七：七四）。另外刊載於第十輯的〈歷史差異與文化整合：民族意識的困局〉一文，作者陳清僑除了簡要地為我們總結了《八方》第七輯中由黃繼持、馮偉才和古蒼梧三人對陳映真訪港演講所做的回應之外，它同時也是一篇回應陳映真演講的文章。陳清僑認為，陳映真的演講對香港最大的幫助在於重新面對歷史以及文藝必須訴諸歷史。相較於第七輯黃繼持等人的回應，陳清僑雖然也提到，陳映真對於臺灣文藝的介紹替香港帶來思考自我定位的參照，但是他更進一步指出，香港在當下找尋自我定位時，不應該是大敘述，或者強調與中國整合的角度切入：

> 既然「香港故事」在現代中國（也只能提中國）歷史動亂的整體過程裏無非不太像話的歷史夢囈……總之無非瑣言瑣語、不在的事實，既然「歷史的整體」早就遺落了香港這個邊緣的包袱，我們今日因時移世易而必須舊話重提、舊事重溫，固然是打破神話粉碎空談的一種歷史回顧，則又怎能恰如其分地假借宏觀的「歷史全景」來透視香港的過去、現在與將來，進而憑藉宏觀的「大話」（grand narrative）為本港作歷史定位呢？（陳清僑，一九八八：七九）

陳清僑在此文開啟了另一種向度的思考，他在文中曾提到，香港渴求「差異」、迷戀「特性」的現象，正是因為不滿於另一種強求「整合」、迷信「共性」思想而產生的。他認為以二十世紀八〇年代的角度來看，與其從歷史的全景、民族的母體和文化的整體來界定支流文化的位置及作用，倒不如夢想以邊緣文化形成過程中的「差異性」作為出發點，勾勒出文化間的差距和歷史之間的變異，進而

---

47 當時在會中的問答過程中，有一位聽眾向陳映真提問，「你對香港社會，有沒有注意到一種由高度自治變成自主的傾向，當然，高度自治是我們香港已經公認的，而且是在中英聯合聲明寫出來的，但你有沒有想到，怎麼才能收回主權，保持繁榮以後還有高度自治？這個高度自治，是應該創造出來的呢？還是應該坐享其成？」而陳映真在回應的時候則表示：「對於我這個還想回臺灣去的人，是挺尖銳的問題，所以謝謝你容許我不回答這個問題。」（陳映真，一九八七b：六二—六三）。

掌握差異的總和，試圖透視一個更能兼容並收的「整體性」（陳清僑，一九八八：八〇）。透過這篇文章，他拋出了一個如何正視「差異」與「整合」之間的矛盾，如何解決「特性」與「共性」的問題。換言之，香港應該更加重視香港歷史所具備的特殊性，以及本地的文化脈絡與實踐，對他而言，陳映真的演講為香港提出了文藝訴諸歷史的珍貴課題，但位處邊緣的八〇年代香港人，在重投歷史中心之際，必須正視以及掌握其邊緣位置與處境，而非在歷史文化的抽象整合中空談歸屬或奢論使命，因為要介入社會生活，文化的實踐終究得從切身所處的問題網絡中開始（陳清僑，一九八八：八〇—八二）。

《八方》透過陳映真的訪港演講引介臺灣思潮，一方面固然是讓香港有更多機會理解臺灣文學與文化的發展，但在這個引介的過程中，更重要的地方或許還在於，讓香港開啟歷史的視野，重新想像自己的位置。而除了透過引介臺灣思潮激發香港思索自己的未來之外，當時的連結還展現在兩地報刊媒介的支援。

一九八〇年代《八方》是瘂弦在編輯《聯合報》副刊時一個重要的稿源。一九八八年五月至九月，《聯合報》副刊陸續刊載九位大陸小說家的最新創作，這個名為大陸新銳小說展的刊載都是由鄭樹森選介，其中一九八八年五月十六日至一九八八年五月二十四日中的內容，乃是重發《八方》第八輯（一九八八年三月）中國大陸新銳作家小說特輯的作品。[48]以重發的這四篇而言，臺灣跟香港的刊載方式不太一樣，臺灣《聯合報》副刊在刊載每篇小說時，前面皆會由鄭樹森進行簡短的作家介紹，而《八方》的方式則是直接刊載小說內文，作者介紹則一併放在刊物後面的〈編餘瑣語〉。[49]值得留意的是，《八方》這一輯除了有中國大陸新銳作家小說特輯的刊載之外，這一輯也同時刊載了西西的〈宇宙奇趣補遺〉和顏純鈎的〈燈燼〉，在〈編餘瑣語〉中編者提到：

> 我們組織這輯小說，讓海內外讀者得以先睹，同時也刊出本港西西與顏純鈎的新作，他們小說素以風格特具見稱，或可與內地作品觀摩比較。……香港的作者確有自己的「聲音」，本期西維的散文、西西、顏純鈎的小說、何福仁、關夢南的詩、杜國威的劇本，便足為證。……本刊這期又一盛舉，為「東歐文學專輯」。編委鄭樹森策劃了大半年，走訪專家學者，特約名筆譯手，務期編出頗有份量而暫時只有在香港方便以中文刊出的作品選譯，加上尖銳的訪問對談。……如此看來，這一期的《八方》，分明是創作（對比於評論而言）佔優勢，翻譯的也是外國小說詩歌短劇，但也正如本刊所揭示的「全面開放」的宗旨，「刊登各種不同風格，不同思想內容的作品」，

48　當時鄭樹森替《聯合報》副刊選介的九篇小說分別是李杭育〈阿三的革命〉、李曉〈小樓三奇人〉、鄭萬隆〈山之門〉、韓少功〈謀殺〉、李銳〈選賊〉、李佩甫〈德運舅的大喜日子〉、陳村〈故事〉、馬原〈塗滿古怪圖案的牆壁〉，以及徐承倫〈老成．小青及「角兒」〉。其中，前四篇即為重發《八方》第八輯的作品。

49　鄭樹森在憶述一九八〇年代的臺港交流過程時，曾提到當時將「大陸新銳小說展」刊載在《聯合報》副刊時有其操作上的困難。首先報社不能直接向大陸約稿；第二，大陸作品一旦登上報，審查當局可能就會要求交代來源；第三，有些作者在臺灣即使在報上見到名字，但不一定清楚背景，因此責任很大。後來鄭樹森與瘂弦討論過後，決定由鄭樹森在海外主持這系列的介紹工作。也因此，在《聯合報》副刊刊載這一系列的過程中，作品前面都會有一小段用鄭樹森名義撰寫的簡短介紹（鄭樹森，二〇一二：三六—三七）。

以便交流觀摩，而且還取他山之石，譯介國外名篇。（《八方》編者，一九八八：三一三—三一四）

這段編後語除了展現出《八方》嘗試作為一個開放空間與跨界連結的刊物之外，也同時透露了香港本地作家的書寫有其在地脈絡的發聲位置，以及匯聚華文文學的重點並非只是單純集結各地華文文學的作品，而是有相互參照交流的意義。

四、小結：參照與轉化

一九八〇年代中期開始，中國學術界在「重寫文學史」的視野中，逐步意識到文學史的當代重構性。在這一個過程中，香港文學以其自身的存在，不斷對大陸學術界的文學史研究提出挑戰性的歷史質疑和建設性的學術課題，成為「重寫」二十世紀中國文學史的重要出發點（黃萬華，二〇〇八：五一）。相較於一九九〇年代中國出版的香港文學史書寫中國現代文學與香港文學的關係，一九八〇年代在香港談論中國現代文學的意義，更加側重的是這兩者之間如何對話，以及香港經驗如何影響中國現代文學的發展。《八方》在重新思考中國現代文學的過程中，透過回顧中國文化人在香港的文化活動與討論中國文藝理論路線的同時，也豐富了香港文學建構的路徑。這些經由歷史的追蹤、史料的考察、理論層次的參照以及相關創作的刊載與介紹，拓展了中國現代文學的詮釋框架與發展，亦脈絡化了「中國現代文學在香港」的在地流動與軌跡。

從香港這個特定的位置思考中國現代文藝的方式，帶出的是一種批判的距離，在繼承中國文化與傳統的時候，並非全盤接受，而是在這個接受的過程中，以一種具備批判性與選擇性的方式重新想像中國現代文藝。一九八〇年代香港文學在與中國現代文學相互交錯的時刻，不僅提供了香港在進行自身的文學建構時，進一步思索香港如何接受與轉化中國現代文學在香港的意義，藉此深化香港文學的建構層次，這個交錯的時刻亦幫助我們開展中國現代文學更多對話的可能。而在試圖重建中國現代文學的過程中，香港自身亦吸收了西方重要的理論遺產，並在這個嘗試理解的過程中，轉化到亞洲的文學脈絡裡。《八方》在一九八〇年代香港文學場域中所扮演的位置，除了重新思索香港與中國現代文學之間的關係之外，當時《八方》與臺灣之間的連結，也帶出其所具備的中介特質。

引用書目

《八方》記者。一九七九。〈新文學六十歲：訪問周策縱教授〉。《八方》一。三－一〇。

《八方》編者。一九七九。〈稿例〉。《八方》一。二一。

《八方》編者。一九八〇。〈前言〉。《八方》三。二〇八－二一〇。

《八方》編者。一九八七a。〈編輯室〉。《八方》五。三一八。

《八方》編者。一九八七b。〈重讀鷗外鷗〉。《八方》五。七二－七四。

《八方》編者。一九八八。〈編餘瑣語〉。《八方》八。三一三—三一四。
王仁芸。一九八六。〈香港文學與中國文學的對話〉。《香港文學》一三。八八—八九。
王觀泉。一九八八a。〈魯迅前期藝術理論中的西方思潮〉（上）。《八方》八。九〇—九五。
王觀泉。一九八八b。〈魯迅前期藝術理論中的西方思潮〉（下）。《八方》九。一一六—一二二。
古蒼梧。一九八一。〈前衛藝術與社會主義的一次握手——「巴黎・巴黎一九三七—一九五七」大展〉。《新晚報》十二月二十七日。
古蒼梧。二〇〇五。〈《八方》——出版在運動落潮中的刊物〉。《文學世紀》五・一〇。一〇—一二。
林年同、黃繼持、古蒼梧。一九八〇。〈現實主義以外：從海內外幾位雕刻家的創作道路看現代主義對中國文藝創作的參考意義〉。《八方》三。二九七—三一五。
梁北。一九八七。〈鷗外鷗詩中的「陌生化」效果〉。《八方》五。七九—八二。
陳映真。一九八七a。〈四十年來的臺灣文藝思潮〉。《八方》六。三—三六。
陳映真。一九八七b。〈大眾傳播和民眾傳播〉。《八方》七。四五—七二。
陳清僑。一九八八。〈歷史差異與文化整合：民族意識的困局〉。《八方》一〇。七八—八七。
單德興。二〇〇七。〈華美・文學・越界：黃秀玲訪談錄〉。《中外文學》三六・一。二一七—二五三。
萊恩（Laing, Dave）。一九八〇。〈德國論爭：盧卡契、布萊希特的論爭〉。《八方》三。古兆奉譯。

二一一—二三七。

黃萬華。二〇〇八。〈香港文學對於「重寫」二十世紀中國文學史的意義〉。《現代中文文學學報》八・二&九・一。五一—六〇。

黃繼持。一九八七。〈文藝、政治、歷史與香港〉。《八方》七。七三—七八。

黃繼持。二〇〇三。《現代化・現代性・現代文學》。香港：牛津大學出版社。

劉以鬯。二〇〇二。〈香港文學在當代華文文學的位置〉。《文學世紀》二・一。四四—四五。

鄭樹森口述。二〇一二。〈一九八〇年代三地互動：另一種臺港交流之五〉。《文訊》三二四。熊志琴訪問整理。三六—四九。

鄭樹森。二〇一三。《結緣兩地：臺港文壇瑣憶》。熊志琴訪問整理。臺灣：洪範。

盧瑋鑾、熊志琴。二〇一〇。《雙程路：中西文化的體驗與思考（一九六三—二〇〇三）——古兆申訪談錄》。香港：牛津大學出版社。

鍾玲。一九八七。〈論鷗外鷗的詩：《狹窄的研究》〉。《八方》五。八三—八五。

鷗外鷗。一九八五。〈狹窄的研究〉。《鷗外鷗之詩》。廣州：花城。九五—九七。

第四章

華文文學的連結與匯聚：《香港文學》

一、《香港文學》的發聲位置

一九八五年一月，劉以鬯創辦《香港文學》，[50]二〇〇〇年九月《香港文學》改版，自第一八九期起主編改由陶然擔任，刊物至今仍持續發行。[51]此份刊物受到中國新聞社的資助，刊物背後的資金贊助者往往可能左右著編輯的走向，我們在討論《香港文學》的時候，不可能刻意忽略這個背景。中國新聞社是中國以對外報導為主要新聞業務的通訊社，主要以臺港澳、海外華人和與之有連繫的外國人為主要服務對象。一九五二年十月一日由中國新聞界和僑界知名人士發起成立，由國際問題專家金仲華擔任第一任社長。中新社的主要任務包括世界華文媒體信息總匯與對外新聞報導。[52]

作為一份由中國官方出資的月刊，使得《香港文學》在一九八〇年代與其他香港文藝刊物在目標與資源上，皆呈現了一定的差異。在中新社的政策下，創辦《香港文學》的主要訴求路線是「整合」華文文學，這個宗旨在創刊號中的發刊詞即有明確的展現：

> 作為一座國際城市，香港的地位不但特殊，而且重要。它是貨物轉運站，也是溝通東西文化的

---

50 在此份刊物創刊之前，一九七九年五月香港亦有另一份叫做《香港文學》的刊物，此份刊物為雙月刊，由蔡振興（松木）、鄭佩芸、姜耀明、黃玉堂等人創辦，共出版四期，至一九八〇年五月停刊。

51 《香港文學》自二〇一八年七月第四〇三期起，陶然改為顧問，周潔茹擔任執行總編輯，現任總編輯為游江。

52 可參考中國新聞社 http://www.chinanews.com/common/footer/intro.shtml。

> 橋梁，有資格在加強聯繫與促進交流上擔當一個重要的角色，進一步提供推動華文文學所需的條件。香港文學與各地華文文學屬於同一根源，都是中國文學組成部分，存在著不能擺脫也不會中斷的血緣關係。對於這種情形，最好將每一地區的華文文學喻作一個單環，環環相扣，就是一條拆不開的「文學鏈」。（劉以鬯，一九八五a：一）

正如我在本書第一章曾提到，《香港文學》運用了血緣和根源這樣的民族想像與修辭，將香港文學放進華文文學的脈絡，而由這份發刊詞所帶出的整合視野，亦是這份刊物受限於中國官方文化政策的侷限。

然而，上述這段引文同時並置了香港作為中國文學與華文文學的一部分，過去陳智德提到，劉以鬯在強調香港文學的根源性時，亦以另一角度對香港文學的本土性意義作出了寬容的闡釋，而這種寬容的建立可說是在官方意料之外的發展（陳智德，二〇一九：四八二）。除此之外，我們也不宜忽視，在這段發刊詞的前半段，劉以鬯強調了香港作為世界的中介，及其在一九八〇年代扮演著推動華文文學的重要位置。簡言之，這段發刊詞富饒趣味地同時展現了劉以鬯在編輯這份由中國新聞社資助的《香港文學》時，他作為一位主編的侷限與突破，而在後續《香港文學》的編輯、刊載與專題規劃等過程中，我們亦可以見到文學論述的發展空間存在著許多彈性與縫隙。

除了發刊詞之外，更為重要的是，我們實際回到文獻史料本身，理解劉以鬯如何編輯、呈現這份文學雜誌。一九八五年，中國新聞社找劉以鬯辦《香港文學》，他欣然接受，如他所說：「小說創作以外，我有兩大心願，一是辦出版社，一是辦文學雜誌，前者年輕時我已辦過『懷正文化社』，文學雜誌卻從沒辦過。有人資助，我樂於接受這個挑戰。當時我甚至主動辭掉所有報刊專欄，專心辦一本匯聚華文文學的《香港文學》」（黃奕瀠，二〇一〇）。

一九八〇年代香港讀者可以通過《香港文學》接觸到香港地區以外的文學創作，而香港以外的讀者，同時也可以透過這份刊物接觸到香港本地的文學創作，對於香港文學訊息的傳播，《香港文學》有其十足的重要性（陳德錦，一九九三：一五）。《香港文學》每期都有作者的介紹，包括職業與所屬地區，再加上文學報導、照片以及其他訊息，這份雜誌就像是香港文學的資料庫（鄭振偉，二〇〇〇：一四—一五）。在這個過程中劉以鬯扮演了一個關鍵的角色，他除了是香港重要的現代主義作家之外，同時也是一位編務經驗豐富的主編。從一九四〇年代開始，劉以鬯就一直從事編輯工作，起初在重慶編輯《國民公報》、《掃蕩報》，在上海擔任《和平日報》編輯，之後創辦懷正文化社；一九四八年底劉以鬯抵港，在《香港時報·淺水灣》編輯副刊，一九五一年擔任《星島周報》執行編輯和《西點》雜誌主編，一九五二年到新加坡任《益世報》主筆兼編副刊，後赴吉隆坡任《聯邦日報》總編輯；一九五七年返港重回《香港時報·淺水灣》編輯副刊，一九六三年至一九八八年任《快報》副刊編輯，一九八〇年代編輯《星島晚報》副刊《大會堂》。[53]

53 劉以鬯曾提到，早期他在重慶、上海編輯副刊時，皆是文藝性較濃的副刊，只刊登嚴肅作品而非媚俗的消閑文章。一九五七年劉以鬯返港之後，接編《香港時報·淺水灣》，逐漸將其改為文學副刊，約莫維持了一年，之後報館決定將其劉以鬯的人脈與編輯能力，從最早在上海的編輯與出版經驗，一九五〇─一九六〇年代陸續在新加坡《益世報》以及香港《香港時報》副刊《淺水灣》擔任主編，一九八〇年代負責《星島晚報》副刊《大會堂》和文藝雜誌《香港文學》，皆可見到劉以鬯在文學場域的位置，以及他連結各地華文文學的能力。簡言之，一九四八年，劉以鬯從上海至香港之前，已有一定的編務經驗，他廣泛聯繫作家的編輯特質，從過去他在上海、重慶時期，一直延續到他在一九八〇年代主編《香港文學》。歷來許多重要的文學作品都是在劉以鬯主編的報刊上發表連載，比方老舍《四世同堂》的第一部《惶惑》，最初是在他主編的《掃蕩報》副刊連載；也斯的專欄「我之試寫室」（後改為「書與街道」）、西西聞名的《我城》也皆首見於劉以鬯主編的《快報》。[54]也斯在憶及過去他與劉以鬯的因緣時曾指出：

> 他是刊物編輯，又是小說家，寫評論也翻譯。七十年代的《快報》副刊是雅俗共賞的，劉先生在框框的園地闢一些專欄給新人寫，我和西西、亦舒等，都很幸運，創作一開始就有發表園地。（沈冬青，一九九四：四九）

劉以鬯數十年來在香港編副刊，他長期的經驗是不斷在商業化的社會，替純文學謀求生存空間（鄭振偉，二〇〇〇：一五）。過去他在編輯副刊時，十分重視版樣的掌控技巧，他認為版樣的設計是一種表現，也是一種藝術。一九五〇年代末期至一九六〇年代初期劉以鬯重回《香港時報》的副刊《淺水灣》擔任編輯時，將原本偏向通俗的副刊改為純文學的走向，並在形式上進行修改。[55]

重視編輯的形式與風格這一個特點，我們在他編輯《香港文學》的時候亦可見到，比方雜誌內文的彩頁都會特別留給現代詩創作，並且搭配詩作主題選取相應的照片或畫作，而其他黑白內頁也經常會有各式風格的插圖。另外，《香港文學》的每期目錄皆會註明作者的所居地，並且附上每期發表作者的簡要介紹，這樣的編輯方式除了讓讀者得以快速、清楚地瀏覽作者的背景與著作之外，更重要的是，這些簡介其實也是一種文學知識的散播。《香港文學》在執行其匯聚華文文學以及建構香港文學等理念的時候，並非只呈現在雜誌的內文中，我們若從每期的封面設計，以及封面內頁與封底內頁，便可發現劉以鬯也運用這些細節，提供讀者想像香港，並進行香港文學的資料保存。

劉以鬯在不同的時期或不同的報紙雜誌進行編輯時，都有他特別想要側重的面向，比方在編輯《淺水灣》時，他注重的是現代文學與文藝思潮的引介，一九八〇年代編輯《大會堂》時則比較注重香港文學的推動（關秀瓊、溫綺媚，一九八三：二七）。而《香港文學》的創辦在一九八〇年代的重

改為綜合性副刊（劉以鬯，二〇〇二：二四八—二四九）。

54 《快報》是劉以鬯從一九六三—一九八八年，編了二十五年非純文藝性的副刊，顯見他在商業社會推介文藝策略的靈活高明（沈冬青，一九九四：四九）。

55 當時的香港報紙多走通俗路線，劉以鬯意識到文學不被香港社會重視，決定嘗試將《淺水灣》改為文藝性副刊。他選擇刊載一些介紹前衛文學與新文藝思潮的文章，並且重視具備創新觀點的創作（關秀瓊、溫綺媚，一九八三：二六—二七）。另外，劉以鬯曾憶述將《淺水灣》改為純文學副刊時，每日劃版樣的經驗。他認為劃版樣可以建立新形式，如果再加上新的內容，便可以使讀者得到新印象，改版後的《淺水灣》不只受到香港作家的支持，亦經常收到臺灣作家寄來的稿件（劉以鬯，二〇〇二：二五三）。

要性，除了表現在活絡各地華文文學的連結與發展、重新回顧反思中國與香港的文學發展、刊載臺灣、東南亞和歐美各國華文文學的創作與評論、發掘文學新銳以及累積香港文學史料之外，劉以鬯在《香港文學》的編輯模式與理念中，潛藏著一個更大的價值還在於擴大了香港文學的對話對象，並且在這個階段給予香港華文文學一個有力的發聲位置。

二、香港經驗與中國現代文學

一九三〇年代中期以來香港成為許多中國作家的避難所，茅盾、許地山、戴望舒、蕭紅、徐遲和蕭乾等人皆曾利用香港作為他們文學活動的發聲場域，一九八〇年代當香港在建構其自身的文學發展時，也曾特別留意這一段歷史記憶。在《香港文學》的「文學研究」和「論文」這兩個欄目皆曾收錄相關的討論文章，其中在《香港文學》第三期所開闢的「盧瑋鑾特輯」，一方面介紹讀者認識這位長期深耕埋首香港文學史料的散文家，另外一方面也透過介紹盧瑋鑾的研究成果，帶出香港經驗對於中國現代文學的意義與重要性。主編劉以鬯在這一期的編後記中曾提到：

> 多年來，盧瑋鑾（筆名小思）一直在研究幾十年前中國文化人來港活動的情況。她整理、輯錄和印行了不少有關香港文學研究的資料，對香港文學的研究提供了有益的營養。（劉以鬯，一九八五b：一〇〇）

劉以鬯的這段話，揭示了中國現代文學在香港這一課題的研究，不僅只是香港參與中國現代文學的一個實踐，同時也是香港文學建構的一部分。盧瑋鑾在此專輯的一篇訪談中曾表示她何以對這個議題產生興趣，她分別提出了兩個原因，首先，有許多中國作家寫下旅港生活的回憶，比方茅盾便曾提到在香港的活動，而且他有很多作品是在香港創作，然而很多實際的情形不一定講得清楚，所以想追尋下去。第二，她想知道這些文化人在來港的過程中留下了什麼痕跡（許迪鏘、朱彥容，一九八五：二一）。一九八〇年代香港對於這段時期的文學進行追蹤，嘗試回返歷史找尋中國現代文學在香港，這個建構的過程帶出了中國現代作家的移動路徑與香港想像，也回應了香港經驗對於中國現代文學發展的重要性。

中國現代文學在香港，除了香港經驗賦予中國現代作家一個發聲現場之外，這個課題在一九八〇年代香港文學建構的過程中，也有另一部分是包含了文化回歸與修補文化斷層的思考。《香港文學》第九期有一篇訪問，是香港學者馮偉才至北京訪問沈從文的文章。文中馮偉才提及他這趟行程的緣由，主要是因為當時香港中華文化促進中心和藝術中心合辦了一個「中國現代名著劇季」，其中一個業餘劇社把沈從文的《邊城》改編成舞臺劇，主辦者將編輯一本劇季紀念特刊，因此希望沈從文談談這本小說（馮偉才，一九八五：二八）。這篇訪問文章除了帶出當時香港對於中國現代文學的改編之外，更值得留意的是文章中提到「香港中華文化促進中心」這個機構在當時扮演的重要位置。香港中華文化促進中心成立於一九八五年，其主旨是在提倡、介紹和發揚中華文化，推動香港和海內外華人文化界溝通，促進中華文化的發展，此中心經常與不同的學術文化團體合作，包括香港各大專院校、外國駐港文化機構、中國民間學術團體及專業學術單位等等。[56]一九八〇年代《香港文學》封面和封底內頁所附上的香港文學活動掠影當中，我們便可看到許多此中心所舉辦或合辦的文藝活動，這些活動大致至少包括了香港本地文藝的活動、中國現代文學的推廣、安排中國作家訪港並與香港作家進行交流等等。

一九八〇年代香港的文藝刊物，除了出現許多嘗試建構香港文學的論述之外，另外一個不可忽略的特點，便是在刊物中重探中國現代文學作家的思想與作品。在討論的範圍中，我們大致可以將之分為兩大類，其一是具備來港經驗的中國作家，比方茅盾、鷗外鷗、端木蕻良、魯迅、蕭乾、卞之琳和戴望舒等人，這些作家曾在香港停留、創作甚或辦報；其二是並未在香港停留一段時間或在港創作的中國現代文學作家，比方聞一多、穆旦、劉延陵等人，他們雖未具備來港經驗，但在一九八〇年代的香港文藝刊物中，我們仍然可以發現有不少篇幅在討論這些作家。這些特別被提出來重新討論的中國現代文學作家，無論是否具備來港經驗，他們被放在一九八〇年代香港文學場域這個特定的時空脈絡下，其被重探的方式多半偏重在討論、挖掘作品中具備跳脫中國傳統寫作模式的新觀念與創新的美學。除此之外，這些作家在被重新討論的時候，其被擺放的位置，並非只是重新討論某個作家在中國文學史上的意義，而是拉進其他地域的文學與文化作為參照，企圖勾勒出中國現代文學如何與世界對話，擴大中國現代文學的發展框架。

以戴望舒為例，他在一九三八年五月抵港，居港時間長達約十年之久。戴望舒在香港先後陸續負責了《星島日報·星座》、《華僑日報·文藝周刊》、《香港日報·香港文藝》、《香島日報·日曜文藝》、《新生日報・新語》等報刊的編輯工作。戴望舒在香港期間除了進行報紙的編輯工作之外，亦進行了取材於香港的詩文創作、翻譯整理外國文學作品，活躍於左右翼文藝界的夾縫之中（盧瑋鑾，一九八五a：一五—一九）。

一九八五年《香港文學》第二期的「戴望舒逝世三十五週年紀念特輯」中，除了收錄了戴望舒的日記片段、散文與評論外，亦有馮亦代、王佐良、鄭家鎮憶述與評論戴望舒的文章，以及由盧瑋鑾特別撰文敘述戴望舒的在港經驗，和他在香港的著作與譯作目錄整理。這些刊載內容不僅豐富了香港文學的建構，亦是開啟我們了解更多有關於戴望舒的多重路徑。一九六〇與一九七〇年代香港對於戴望舒的討論曾經零星地出現在報紙或雜誌，但真正較有系統且豐富的討論，則是在一九八〇年代冒現。當然，這樣的說法並非意味著戴望舒的研究在香港是要到了一九八〇年代才發生，而是說一九八〇年代香港對於戴望舒的定位有了更多面向的詮釋。

在這個回顧與探討的刊載中，很特別的是特輯並未選錄他的詩，[57]而是選擇刊載他的其他文章作為回顧，這些文章除了包括戴望舒在香港的生活記述之外，亦包含了他在國外的見聞以及翻譯的經驗。〈林泉居日記〉是戴望舒住在香港薄扶林道 Woodbrook Villa 住所（戴望舒將其譯為林泉居）期

56　可參考香港中華文化促進中心 https://www.hkipcc.org.hk/a/131293-cht。

57　《香港文學》第二期的戴望舒特輯沒有收錄他的現代詩創作，但收錄了戴望舒的〈詩論零札〉。這篇文章的刊載讓我們直接感受了戴望舒對於詩的看法，比方他提到：「真正的詩在任何語言的翻譯中都永遠保持著它的價值。而這價值，不但是地域，就是時間也不能損壞的。翻譯可以說是詩的試金石，詩的濾網」（戴望舒，一九四四）。

間的片段紀錄，根據施蟄存在此文附記的說法，〈林泉居日記〉的紀錄時間大約是一九四〇年。當時刊載在《香港文學》戴望舒特輯中的此文雖然僅是片段摘錄，而且僅是一些日常生活的記述，但在日記中我們卻可以看到戴望舒在當時如何透過香港的位置，與其他從中國到港的作家徐遲、葉靈鳳等人進行聯繫。〈記馬德里的書市〉、〈巴巴羅特的房子〉、〈巴黎的書攤〉這幾篇文章描述了他在法國與西班牙看畫、逛書店與書市的經驗，或是在法國尋訪小說家阿爾封思・都德（Alphonse Daudet）舊居的過程與轉折，這些記述的過程除了提供讀者戴望舒的異國經驗之外，亦同時介紹了兩地的作家。〈《蘇聯文學史話》譯者附記〉、〈跋西班牙抗戰謠曲選〉則是帶出戴望舒過去翻譯的經驗。一九三四年戴望舒在法國翻譯了班傑明・高力里（Benjamin Goriély）用法文寫成的《蘇聯文學史話》。[58]戴望舒在文章中提到：

在這部小書之中，作者的意思並不是在於介紹幾個蘇聯的作家，亦不在於蘇聯的文學作一種全盤的研究；他的目的只是要指示出，俄國的文學是怎樣地去和革命結合，又從哪一條路去和它結合。（戴望舒，一九四一）

作為一位譯者，戴望舒並非單純只是針對文字語言進行轉換，透過翻譯這本書，我們看到他如何詮釋、理解蘇聯文學。在這篇附記中的一開始，戴望舒提到出生於蘇聯的高力耶在北京和巴黎完成了他的高等教育，並創辦了許多文藝雜誌，將蘇聯在文藝上的成就介紹給西歐。戴望舒在介紹、翻譯高力里的創作時，其實也同樣扮演著一個文學與文化傳譯、推廣的角色。一九三〇年代戴望舒亦翻譯了西班牙抗戰的詩歌，在一九四〇年代所發表的〈跋西班牙抗戰謠曲選〉即呈現了他對於西班牙謠曲的看法：

「謠曲」是民間詩歌中最得人採用的一種形式，緣因是為了它體裁簡易，而它的韻律又極適合於人民的思想和音樂的水準。（戴望舒，一九四八）

戴望舒更指出這些反法西斯的謠曲所代表的意義，是西班牙土地的聲音，古舊卻永遠地新鮮。一九八〇年代香港文藝雜誌中刊載戴望舒在一九四〇年代的作品，這些作品除了是對戴望舒作為一位中國現代文學作家的資料整理之外，從這些作品的再現過程中，我們亦可發現當時香港嘗試以更多面向的方式重新探討中國現代文學。

相較於一九八〇年代在中國多以現代派詩人的定位去談論戴望舒，當時在香港的文學場域則以不同的角度切入重詮戴望舒。王佐良在戴望舒專輯中特別凸顯了他作為一位譯詩者的角色，王佐良在分

58 這本書的原名是《俄羅斯革命中的詩人們》（*Les Poètes Dans La Révolution Russe*），一九三四年戴望舒在法國巴黎的旅舍譯完這本書，一九三六年他才有機會將譯本的第一部出版，當時為了適應環境，書名使用了《蘇聯詩壇逸話》這一個輕鬆的題名。一九四一年此譯書的完整版《蘇聯文學史話》才順利出版（戴望舒，一九四一）。

析戴望舒的譯詩時發現，戴望舒翻譯最多的是法國和西班牙的作品，而無論是翻譯象徵派的法國詩或充滿抗戰氣息的西班牙謠曲作品，王佐良認為：

> 在三十年代後期，戴望舒已經走出雨巷，渴望用他自己所掌握的一點寫詩譯詩的本領，為反法西斯鬥爭服務。他已經清楚，在中國和西班牙，進行著的是同一性質的鬥爭。戴望舒、愛呂亞、阿爾倍諦等人毫無疑問都是「現代派」，這也可見現代主義絕非右派、法西斯傾向者的獨佔物。
> （王佐良，一九八五：一九）

王佐良除了將戴望舒從詩人的位置轉換到譯詩者之外，他亦嘗試透過戴望舒與那些被譯者之間的連結，想像現代主義的開放性。在《戴望舒譯詩集》中，波特萊爾（Charles Baudelaire）和洛爾迦（Federico Garcia Lorca）的作品是被他翻譯最多的人，王佐良認為戴望舒能夠用中文傳達出波特萊爾原詩中的精神與節奏，關鍵點在於他和波特萊爾同樣具備古典主義與現代主義的思維；而當翻譯洛爾迦的民謠時，戴望舒的譯文除了傳達出西班牙語的音樂性與強烈的色彩之外，戴望舒所具備的中國傳統古典詩技巧亦幫助他在翻譯的過程中增強了戲劇性。[59]戴望舒在王佐良的詮釋下，他的譯詩已經是寫詩的一種延長與再證實。

在《香港文學》第二期的特輯中，除了特別凸顯戴望舒作為一位翻譯者的角色之外，另外還出現了一篇十分重要的文章，這篇文章是由長期整理香港文獻史料的盧瑋鑾所書寫的〈戴望舒在香港〉。

她在文中一開始便提到，戴望舒在香港淪陷日本的日子裡，致使戴望舒寫下了〈獄中題壁〉、〈我用殘損的手掌〉、〈等待〉和〈過舊居〉等開拓了思想和感情領域的詩篇，盧瑋鑾在此文中強調香港經驗如何影響戴望舒的書寫與生命歷程，同時也重視戴望舒替香港文壇所帶來的活力與痕跡：

> 計算起來，戴望舒留在香港前後超過十個年頭，佔去他四分之一生命。他在香港的經歷，應該是他重要的片段，可是，歷來沒有詳細的記載。多年來，我能找到的資料，都很零碎，但為了引起研究者興趣，及認識他的人或前輩的記憶，我寫成〈戴望舒在香港〉一文。其中恐怕錯漏不少，但就是希望藉此獲得指正和補訂，讓戴望舒在香港的歷史清楚無闕，以供現代文學史的研究者參考，填補了空白的一頁。（盧瑋鑾，一九八五b：一一）

盧瑋鑾將戴望舒的活動分成三個時期來討論，分別是一、太平洋戰爭前（一九三八—一九四一）；二、淪陷時期（一九四二—一九四五）；三、抗戰勝利後直到回返中國（一九四五—一九四九）。當時收錄在此專輯的文章主要觸及了第一個時期，之後《香港文學》第五期與第二十七

59 比方洛爾迦的原文中並沒有「聽」、「理」、「睬」或「抱」、「纏」的分別，這些都是戴望舒作為一個譯者所引進。另外，王佐良也提到詩中某些用詞「高樓上的浪子」、「少年郎」、「腰肢」、「佩著鑲銀的古劍」等字詞的使用，讓人連結到《古詩十九首》或《陌上桑》的氛圍（王佐良，一九八五：二三）。

期又陸續刊載了剩下的兩個階段。在這一系列的文章中，盧瑋鑾詳細記述了戴望舒在香港的活動，並提到香港西區半山學士臺這個地方的特殊性，當時那是一個由上海撤退到香港來的文化人聚居之地，先後住在那裡的包括了卜少夫、徐遲、馮亦代、張光宇、張正宇、杜衡、鷗外鷗、袁水拍、丁聰、施蟄存、穆時英等人（盧瑋鑾，一九八五b：一二）。香港除了提供這些中國文人一個避難的居所之外，更重要的是當時香港也提供了他們一個辦報或創作發聲的機會。一九三八年八月《星島日報》在香港創刊，盧瑋鑾強調當時擔任《星島日報・星座》主編的戴望舒，除了透過這個副刊帶進中國許多作家的作品，照亮香港文壇之外，戴望舒亦不忘培養香港當地的文藝青年。而除了辦報之外，這個階段的戴望舒亦積極投入抗日宣傳的活動、翻譯國外詩與民歌。一九四一年十二月香港淪陷，盧瑋鑾亦記述了戴望舒在香港被日本特務逮捕入獄、出獄後在香港的生活與編輯工作。盧瑋鑾在這一系列的文章中嘗試替戴望舒過去曾被貼上「附敵」、「落水」等負面標籤的形象給予更多不同面向的詮釋之外，也在記述的同時帶出香港日治時期的歷史，以及香港在淪陷日本三年零八個月（一九四一年十二月至一九四五年八月）的戰爭記憶。

不管是一九八〇年代文藝雜誌上刊載戴望舒的作品，或是相關的討論與評述，皆補充了戴望舒在中國現代文學史上的文學經驗。除此之外，在這些討論與刊載的過程中其實亦帶出了兩個值得我們思考的層面，首先，它連結了香港經驗如何影響中國現代文學的創作與走向；另一方面則是開啟了香港早期文學的發展，比方戴望舒在香港曾提攜本地青年作家，並在一九四〇年代於《大眾周報》以「達士」為筆名書寫「廣東俗語圖解」專欄。

一九三八年八月《星島日報》創刊，當時戴望舒擔任《星島日報・星座》的編輯。這份作為抗日文藝的副刊除了提供一個場域讓許多中國作家得以在上面發表文章之外，[60]對戴望舒而言，《星座》更象徵著香港在一九三〇年代末期如何扮演著一個發聲的位置：

《星座》現在是寄託在港島上。編者和讀者當然都盼望這陰霾氣候之早日終了。……但是，若果不幸而還得在這陰霾氣候中再掙扎下去，那麼，編者唯一的渺小的希望，是《星座》能夠為它的讀者忠實地代替了天上的星星、與港岸周遭的燈光同盡一點照明之責。（戴望舒，一九三八）

刊載在一九八五年《香港文學》第二期的戴望舒特輯中，戴望舒在一九四四年所寫的〈讀者、作者與編者〉以及〈十年前的星島和星座〉皆表露了創刊時他對於《星座》的寄託與理想。這當中包括了他初任編輯的理想、三年的編輯擔任期間如何因為檢查制度而犧牲了精采的稿件，以及一九四一年十二月太平洋戰爭爆發，當《星座》變成戰時特刊時，戴望舒如何持續在戰爭中進行編務的香港記憶。相較於把戴望舒視為一位中國現代派詩人，戴望舒在此時此地的被重詮，更加被擺放在他的異地

60　比方郁達夫、穆時英、徐遲、馬國亮、許欽文、蕭乾、蕭軍、蕭紅、端木蕻良、沈從文、羅洪、蘆焚、沙汀、施蟄存、卞之琳、方敬、郭沫若、艾青、袁水拍、適夷、劉火子、陳殘雲、葉靈鳳、歐陽山、韓北屏和梁宗岱等人都有向《星座》投稿。正如戴望舒曾說：「沒有一位知名的作家是沒有在《星座》裏寫過文章的。」他們的作品如同繁星點亮了香港文壇，打破報紙副刊的沉寂局面（盧瑋鑾，一九八五b：一三）。

經驗如何使他成為一位文學與文化的傳播者。

三、境遇性的想像與可能

一九八〇年代的香港除了提供了一個匯聚文化中國的場域之外，在這個過程中它也同時揭示了以地方為本（place-based）與境遇性（situatedness）的重要性，以及這些特質如何為香港文學帶來更多發展的可能性與啟動。當時香港在與其他地區的華文文學進行連結的過程時，我們雖然仍會看到一種追求文化中國的尋根想像，但同時我們也能發現許多論述中所呈現的，反而是把自己由追本溯源的「產物」，轉換成身分內涵的「生產者」。[61]一九八〇年代香港扮演著一個匯聚各地華文文學的重要位置，以推動世界華文文學為宗旨的《香港文學》除了活絡各地華文文學的發展之外，當時也提供了一個另類想像的視角，而這個想像是有別於從中國中心的思維出發。

一九八〇與一九九〇年代在討論香港文學與文化的時候，經常會把焦點聚焦在九七因素和香港處在中英兩國之間的夾縫位置，以這種思考方式，除了穩固了一種主流觀點，亦即討論香港的時候，多半把焦點集中在回歸所帶來的失城恐懼、身分認同的議題之外，也忽略了其他多樣性的解讀可能。一九八〇年代香港文學在其建構過程與思索自身定位時，不必然只有透過與中國的對話才得以產生，而是有更多路徑的思考，其中一條重要的路徑便是與臺灣和東南亞的文藝連結。當時香港除了提供一個匯聚華文文學的場域之外，其實也同時揭露了境遇文學（situated literature）的特質，此外，在匯聚與連結的過程所帶出的跨界想像也替香港文學帶來更多的對話空間。我們不應忽略當時香港文學場域在匯聚各地華文文學的過程中，存在著強調每個地域因為自身的差異與獨特，而產生不同狀況的文學發展與相互參照的意義。

境遇性是史書美在思考華語語系文學時所運用的一個詞彙。她認為對許多在中國使用非漢語的弱勢族裔社群而言，「中國」經常只不過是一個在護照上國籍的指稱，而非關一個人的文化、種族或語言，而這種「中國」的虛幻性也經常發生在成長或居住於中國以外的華人身上。史書美在〈華語語系的概念〉（"The Concept of the Sinophone"）中曾透過「何謂華語語系文學？」這個問題的提出，回過頭來思索沙特（Jean-Paul Sartre）在一九四八年的〈何謂文學？〉（"What is Literature?"）中所提及的概念。沙特曾經主張一種境遇文學（situated literature），這種文學的書寫是一種發生在特定歷史時刻的「行動」（act），沙特強調文學作為境遇行為（situated action）的重要，它所針對的是具體而非抽象的普遍性。史書美認為，當離散已經變成一種普遍的現象，那麼文學作為「境遇的實踐」的這個問題也就越來越重要。藉由沙特對於文學的思考，史書美將華語語系文學視為一種在特定時間與空間的境遇文學，並且補充了沙特未強調的重點，亦即地緣政治的境遇性，一種以地方為本的實踐（Shih,

61　董啟章在一篇討論香港文化身分的短文〈製造香港〉中，曾提及產物轉變成生產者的概念，他認為香港文化身分並非一個固定的既有物，而是一個供各種力量交互競逐的場域。在這個場域中，我們既被製造、模塑，但也同時是主動地參與著製造和模塑的過程。董啟章在這篇文章中主要的討論範疇雖然並非是一九八〇年代香港文學，但是他所提及有關產物與生產者位置的變化，有助於我們進一步思考境遇性的問題（董啟章，二〇一一：六〇—六一）。

2011: 709-718）。

史書美在討論華語語系文學的時候，曾特別強調華語語系指涉的並非是單一的語言，而是有其異質的系譜與組成。當我們在面對不同地域所生產的華語語系文學時，必須要將每個地域自身所具備的獨特歷史脈絡與地理特殊性納入考量，這也是為什麼史書美強調，不同地區的華語語系文學都是一種以地方為本的實踐。以香港為例，香港文學作為華語語系文學的境遇性，牽涉到的是英國長達一個多世紀的殖民歷史、二次大戰期間日本三年零八個月的占領，以及伴隨著跨國資本主義經濟與折衷路線民主的後殖民香港（Shih, 2008: 15）。

《香港文學》從創刊一開始，其所設定要面對的讀者便不只包括香港本地，而是鎖定了各地的華人市場，也因此，境遇性的特點在《香港文學》浮現的重要意義，我認為不只表現在香港文學建構其自身文學的過程中側重在地意義的面向，境遇性在這份雜誌中更展現在匯聚與連結各地華文文學時的一個重要鏈結點。當然，我們必須注意的是，在某些文章中我們也會看到，這種強調各地歷史脈絡不同而發展出來多種華文文學的樣貌，也時常會形成另外一種論述模式，亦即即便每個區域有不同的社會、文化與歷史發展脈絡，但各地華文文學仍舊繼承著中華文化的精神，並且以發揚中國／中華文化為目標。然而，我們不應輕易忽略，透過匯聚不同地方生產出來的華文文學，以及嘗試與臺灣、歐美以及東南亞各國的華文文學展開對話，皆讓我們看見各地華文文學的形成如何和其地方與歷史發展脈絡緊密相關，而非單純只是一種文化中國的想像。

有關於境遇的實踐，我們不應只看到其以地方為本，強調一地特有的歷史脈絡與地理特殊性，我認為在一九八〇年代的香港文學場域，境遇的實踐更展現在與各地華文文學的對話過程。一九八〇年代香港文藝雜誌除了建構香港文學、嘗試與中國對話之外，另一個重點便是與臺灣和東南亞各地華文文學的連結，在這個過程中，對話得以形成，境遇性扮演了十分關鍵的位置。當時不同的地域之間，彼此建立對話關係，除了由於他們都會使用華文作為文學創作的媒介之外，香港文學場域透過參照各地不同的境遇性進而回過頭來反思香港自身，亦是當時香港在與各地華文文學進行對話過程的重要來源。

除了境遇性的特質之外，我們也須要留意，當時香港作為一個匯聚華文文學的重要場域，這個地方開啟了什麼可能性？香港作為一個地方又如何回應中國學界整合式的華文想像？一九八〇年代中國在討論臺灣和香港的過程中，皆將兩地視為地方文學，即便強調臺灣和香港的文學自有其脈絡與獨特性，最終都是中國文學的支流。但如果我們回到當時的香港文學場域，可以發現香港作為一個地方所具備的跨國經驗與連結，和中國文學所想像勾勒出，將各個地方的華文文學視為其開枝散葉的一部分十分不同。一九九一年瑪西（Doreen Massey）在〈全球地方感〉（"A Global Sense of Place"）一文中，曾將地方的跨國經驗標示出來，提出一種新的地方概念：

> 我們能否重新思考我們的地方感？地方感難道一定是自我封閉、防備性而非進步或是積極向外的嗎？……如果我們承認人有多重認同，那麼地方其實亦是如此，再者，這種多重認同可以是豐富的泉源，也可以是衝突的所在。……賦予地方特殊性的並非某種長久內在化的歷史，而是由在

> 特定地點相遇並交織在一起的社會關係之特殊組合構成的。……實際上，這是一個相遇（meeting）的地方，我們可以把地方想像成是社會關係和理解的網絡中的連結勢態（moments）。（Massey, 1991: 24-29）

瑪西在文中強調地方的開放流動與混雜，將地方視為相互連結的流動產物，是路徑而非根源。在這個新的地方概念定義之下，地方是過程、是多元認同與歷史的位址，並且地方的互動界定了地方的獨特性（Massey, 1991; Cresswell, 2004）。如果我們借用瑪西對於地方的反思回看當時的香港，也許我們可以將香港作為一個地方這個概念進一步轉化，將地方作為關係（place as relation）來思考。地方作為關係，在這其中透過不同經驗的參照、異文化的相逢以及歷史記憶的交換，在這個過程中，一種新的地方感浮現，而這個地方感所象徵的意義，既不是一九八〇年代香港作為全球城市的經濟指標代表、傳統定義下東西方交匯的東方明珠，也不是中國文學底下一個具備獨特性的地方文學，而是一個在流動的跨國經驗中，透過尋找參照與對話，進行反思的生產與傳播場域。

一九八四年中英聯合聲明條約的簽訂確立了香港主權將於一九九七年回歸中國，中國開始積極透過文學史論述，將香港打造為一個獨特的地方文學並予以收編，與此同時我們也看見當時香港如何運用其作為一個地方而非國家概念的優勢，往外吸取不同的文學與歷史養分。如果說當時的回歸浪潮促使中國透過各種論述方式，積極推演讓香港學習成為中國的一部分，那麼當時香港文學場域在嘗試與各國華文文學連結的過程時，則暴露了不同地方經驗的相互參照，如何形成一種新的歷史想像，以及香港作為一個地方，如何成為國家概念與一統論述的例外。

《香港文學》在一九八〇年代一至六十期的發行過程中（一九八五年一月至一九八九年十二月），幾乎每一期都刊載東南亞各國不同地區華文文學的作品或評論，其中更有十期是以特輯的方式刊載呈現。[62]除了刊登東南亞各國的文學作品之外，刊載的相關評論更觸及了各地華文文學的發展、各地華文文學與中國或香港的關係。這一系列的刊載，除了讓讀者了解到各地華文文學從過去至今的發展之外，更重要的是我們得以看見，不同地域如何因為自身的社會狀況、歷史發展和語言條件等多重因素，開展出不同面貌的華文文學，這是有別於一九八〇年代中國所企圖畫出華文文學命運共同體的藍圖與想像，而是一種偏向以地方為本的發展。在一至六十期的刊載過程中，介紹馬華、新華、泰華、菲華與印華文學的文章中都曾透露了這個特質。舉例來說：

> 戰前的新加坡華文文學，受到中國文壇的巨大影響，實際上只能算是中國文學的支流。戰後，

---

62 《香港文學》在一九八〇年代一至六十期的刊載過程中，有關華文文學的專輯共有十三期，其中東南亞地區便占了十期。這十三期分別為馬來西亞華文作品特輯（第一期）、加拿大華文作品特輯（第二期）、新加坡華文作品特輯（第三期）、美國華文作品特輯（第四期）、泰國華文作品特輯（第八期）、菲律賓華文文學作品特輯（第十一期）、泰國華文文學作品特輯（第三十六期）、新加坡女作家作品特輯（第四十期）、馬來西亞女作家作品特輯（第四十七期）、新加坡微型小說特輯（第四十八期）、澳門文學作品專輯（第五十三期）、印尼華人文學作品特輯（第五十六期）和新加坡青年作家作品特輯（第五十八期）。

經過一九四七年「馬華文藝獨特性」以及「僑民文藝」的論爭，經過一九五三年的反黃運動，到一九五六年提出愛國主義的大眾文學的口號以後，新加坡華文文學終於脫離了中國文學的軌道，走上了獨立發展的道路。……戰後初期，有些詩人開始嘗試表現「此時此地」的生活。他們把南洋的椰風蕉雨、膠林礦山、風土人情，化成形象的絲線，織進他們的詩歌中，很富有熱帶的地方色彩。（陳賢茂，一九八六：六三—六四）

中國人移居最多的是東南亞各國，上述地區中獨泰國華僑人數居首。……傳統文化的根卻移植在另一種文化土壤之中，所結出來的果實，自然而然地便出現了區屬性的特色。……文化的薪火從終點起步續燃，而演變成海外華僑地屬性的「華文文學」。（李少儒、嶺南人，一九八七：九四）

一部印尼華僑史及其發展，包含著產生印尼華文文學的歷史條件和標誌了它的幾個不同的歷史階段的內容。……華僑移民出國的血淚史，每個華僑移民出國前在家鄉的生活遭遇，辛酸坎坷的出國歷程，和移民到印尼後艱苦奮鬥的生活事跡，都可以寫出有充實內容的文學作品來。（犁青，一九八七：八七）

這些文章皆承認中國文學在早期對他們的影響，但他們更側重的面向卻是在地脈絡的文學生成。

在上述的引文中，首先是《香港文學》第二十期的〈新加坡華文詩壇的歷史回顧〉，此文首先承認了新加坡的華文文學一開始是受到了中國五四的影響而發展起來，戰前新加坡詩人大多數是從中國來的，因此在詩中多數描寫了離愁思鄉的情懷，但同時也強調新加坡因為受到西方文化的影響，以及當地馬來民族歷史文化與風格習俗的陶冶，使得新加坡華文文學呈現了自己的獨特性。

第二十六期〈談中國文學移植泰國的演進〉，雖然提到期許泰華文學作為東南亞海外中國文學的另一支流，但卻更強調文學境遇性的層面。另外，第三十四期〈艱苦成長中的印度尼西亞華文文學（上）〉，這篇文章強調印尼也是華文文學的重要發展地之一，文中首先從印尼華文文學的前期，亦即印尼僑生文學時期談起，並思考促進印尼華文文學發展的歷史條件為何。犁青提到，早期華僑移動到印尼時，除了一般的移民之外，有些則是以豬仔，即契約工人的方式來到，華僑到印尼的出國史正如一部血淚史（犁青，一九八七：八六）。

這樣的論述帶出了印尼與其他地方一種跨國連結的文化想像之外，文中提到關於移動歷程的艱辛、移民到印尼後的生活，都可見於早期的口頭文學如〈過番歌〉或〈望夫怨〉等，或是如一九六〇年代管天來的小說《漂洋渡海》，一九七〇年代黃東平的長篇小說《七洲洋外》，這些文學想像都串聯了東南亞華文文學的底層想像、移動中的華文文學流動的方式，以及透過這樣的傳播方式如何有別於中國文學的發展。

文中談論到印華文學時，雖然承認中國文學對印華文學的影響，包括五四帶動的新思潮或者一些留新加坡的中國文化人有些潛入印尼，並在當地播下種子，先後影響和培育了一批印華文學的年輕作家與編輯人才，但同時卻也強調，印華文學的發展過程中亦受到其他地方的影響，比方香港、新加坡，以及一九七〇年代的臺灣，一九八〇年代在美國等地的華文文學，都給予印華文學顯著的影響。另外，在不同時期新加坡、馬來西亞、中國與香港等地的出版界也都培植了一批印華文學作者，並為其提供寫作園地（犁青，一九八七：八八—八九）。此文在論及印華文學的內容時，所觸及的印尼華僑的移民生活與經驗、華僑與印尼人民的生活互動，與反抗荷蘭殖民統治的鬥爭和參加印尼人民的獨立運動，這些都是強調了印華文學境遇性特徵的一個側面。

雖然這些強調以地方為本，有別於中國現代文學之外而發展的華文文學，有相當程度是因為當時的政治立場和本地政權的因素，使得比方像馬來西亞、新加坡、泰國與印尼等地會特別強調他們自身文學與在地性的相關，但在這樣的思考下卻也開啟了其他重要的延伸。這其中至少包括了對於過去的一種理解欲望、文學中心的轉移、產物轉變到生產者的角色定位、培植本地文學的發展，以及華文文學與當地文學的對話。如果我們回看《香港文學》在創辦初期的刊載，亦可見到類似的思考。

《香港文學》創刊號中收錄〈馬來文學及其發展路向：兼看華文文學的前途〉一文，強調文學的發展與社會的脈絡有緊密的關係，文中不只強調馬華文學有其獨立於中國文學的框架之外，更對馬華文學進行溯源，追溯二十世紀初馬華新文學的產生（方北方，一九八五：五三—五五）；第三期新加坡華文作品特輯的其中一篇文章〈新加坡文藝研究會〉介紹了此會在一九八一年創立的重要性與意義，文中提到：

> 作為一個文藝團體，我們認為：不只要了解現在，亦要知道過去，因為只有了解了過去前人走過的道路，吸取他們的養份，我們才會壯大，才會成長。（駱明，一九八五：七四—七五）

在這個理念底下，新加坡文藝研究會在一九八一年十一月主辦了一項華文文藝書刊展賣會，其目的在於「重視本地作品，鼓勵文藝創作」。當時會中所展出的內容主要有兩大項，包括了新馬戰前以及戰後的華文文藝書刊史料，以及二十一名已故作家的生平簡介，肖像素描及作品。其實當時不只馬來西亞與新加坡，臺灣、香港和其他東南亞各國，皆在當時產生了一種對於過去自身文學發展的理解與欲望，而在這個試圖理解過去的歷程中，我們也以可發現文學的中心不再是圍繞著中國。前述《香港文學》創刊號中的〈馬來文學及其發展路向：兼看華文文學的前途〉一文中便指出，現今華文文學發展的重鎮除了有中國之外，香港、新加坡與馬來西亞亦是一個中心的來源。華文文學中心的轉移，除了跳脫以圍繞中國為文學的發展想像之外，這樣的文學思考模式也促使各地華文文學有了由「中國文化的產物」轉變成「華文文學的生產者」，這種偏向主動發生而非被動納入的可能性。

四、小結：整合之外的視野

一九八〇年代至今，從臺港文學到世界華文文學的發展歷程，經歷了各種面向的討論，而在全球化與後殖民等概念的激盪下，陸續有學者開啟不同的思考路徑，重新想像國家／區域與文學間的對話關係。自二〇〇一年以來開始逐漸被學界討論的華語語系，在臺灣較常被我們引用與接收的主要來自於王德威和史書美的說法，他們提出「華語語系」的概念，這個詞彙是相較於華文文學可能帶有的侷限觀點。二〇〇四年史書美發表的〈全球的文學，認可的機制〉（"Global Literature and the Technologies of Recognition"），王德威二〇〇六年發表的〈文學行旅與世界想像〉，可視為是他們兩人分別提出華語語系的雛形，之後他們陸續以更多論述思考這個概念的形成。

王德威嘗試以華語語系的思考取代過去以國家文學為主的文學研究，他認為華文文學此一用法的指涉是以中國為中心所輻射而出的域外文學的總稱，由此延伸乃有海外華文文學、世界華文文學、臺港、星馬、離散華文文學之說。相對於中國文學，中央與邊緣、正統與延異的對比成為不言自明的隱喻。王德威提出華語語系的概念，強調眾聲喧嘩和不同歷史經驗的游移，嘗試打破世華文學可能表面上尊重各地創作自主性，但實則隱藏著收編意圖的可能。在王德威的討論脈絡裡，中國的華語語系亦是他所討論的範圍，他認為華語語系提供了不同華人區域互動對話的場域，而這一對話也存在於個別華人區域之內，比方中國江南的蘇童和西北的賈平凹，川藏的阿來和穆斯林的張承志（王德威，二〇〇六：一—二）。而史書美在討論華語語系文學時，強調的是將華語世界諸多的文化表現與成就，在英語世界得以正名，不再附屬於中國的／中國人這樣一個大一統的名稱下。在她的建構過程中，華語語系研究是弱勢跨國主義的形式之一，也是一種以地方為本的文化實踐（place-based practice）與多向批評（multidirectional critique），史書美認為各華語社群文化有各自特定的歷史（時間）和地理（空間）的組合，因此不能以一套論述概括，而且因為是在地的實踐，華語文化永遠是在不斷建構中，也在不斷消失中（史書美，二〇〇七：一四—一六）。

這些論點除了提供我們更多方法學與不同框架之外，其中個別的觀點也讓我們有機會在探討過去華文文學的發展時，重新思考各地的對話關係。如史書美在探討華語語系的過程中所凸顯的反離散、在地實踐以及境遇性文學等面向，皆幫助我們在重新思考一九八〇年代的香港華文文學時，跳脫只將重點放在香港與中國之間文學關係的傳承與轉化，而是一方面正視香港本地的文學如何和香港的殖民歷史、社會發展脈絡有緊密的扣連性，另一方面亦透過境遇性的特質，開啟與中國以外的各地華文文學進行相互參照彼此異同的可能。傳統中國學界在談論華文文學時，會特別強調大同與整合、延續中華文化，以及中華民族文化的凝聚力，如果我們重新回顧一九八〇年代香港文學場域，會發現香港當時提供了一個匯聚而非只是強調整合的空間，這個空間讓我們得以看見華文文學的發展，存在著以地方為本、境遇性文學以及跨界想像的特質，當香港在一九八〇年代與各地華文文學進行連結時，所勾勒出來的是一種有別於將各地華文文學大一統於中國文學底下的另類圖景。

從一九八〇年代香港文學場域作為一個匯聚華文文學的中介位置切入討論，這樣的探討方式除了讓我們有機會重新思考各地華文文學的對話關係之外，也複雜化了香港文學在一九八〇年代的發展。透過探討《香港文學》在一九八〇年代所展開的跨界想像，我們看見當時香港文學場域在嘗試連結跨區域與跨國華文文學的過程中，如何開啟有別於整合的路徑，並且更清楚看見香港所扮演的位置。在中國之外，許多華語社群在其本國境內並非主流，這些華語社群雖然分散各地，但卻時有聯繫，[63]特別是香港之於東南亞地區的華文文學，香港文學場域在當時便提供了這樣一個空間，讓這些地區的華文文學有發聲的管道與被看見的可能。以泰華文學為例，由香港運去的書報給予泰華文藝一定的養分，因此對於泰華人士而言，香港自戰後以來即是東南亞地區的文化城，是大多數人的精神糧食，甚至泰華的大小報刊也都倚賴香港這個輸出文化的文化城施濟（未名，一九八六：六二）。[64]香港文學場域在進行連結與匯聚的過程中，除了重新思考華文文學的境遇性特質以及展開跨界的想像之外，它同時也是一種擴大華文文學邊界和進行邊陲連結的一種嘗試。香港與臺灣、東南亞在文藝上的連結雖然在一九五〇、一九六〇年代早已有跡可循，但是一九八〇年代這些地方透過相互連結進而開展出來的意義，仍舊有其時代與歷史上的不同象徵。相較於一九五〇、一九六〇年代，一九八〇年代的相互連結更加側重的面向在於，如何有別於當時中國嘗試整合各地華文文學的想像，以及一九八〇年代香港文學在建構的過程中透過跨界的連結，產生除了處於中國與英國的夾縫位置之外，實則具備了更多的參照與對話空間。

引用書目

Cresswell, Tim. 2004. *Place: A Short Introduction*. Malden, MA: Blackwell Publishing.

Massey, Doreen. 1991. "A Global Sense of Place." *Marxism Today* 38: 24-29.

Shih, Shu-mei. 2008. "Hong Kong Literature as Sinophone Literature." *Journal of Modern Literature in Chinese*. 8.2&9.1: 12-18.

Shih, Shu-mei. 2011. "The Concept of the Sinophone." *PMLA* 126.3: 709-718.

中國新聞社。http://www.chinanews.com/common/footer/intro.shtml。

香港中華文化促進中心。http://www.hkipcc.org.hk/a/131293-cht。

---

63 在以華語為主要語言的移民社會中，華語文化不一定等同於中國文化，且有部分反中國或反殖民的文化心態（史書美，二〇〇七：一五）。

64 另外像新馬地區也與香港的文化輸出有許多交流，過去香港在一九五〇與一九六〇年代大量向新馬輸入各種文藝，如果先僅就文學層面的影響來看，當時不管是香港文藝期刊、文學書籍或者是香港作家，皆對新馬地區造成許多影響。以文藝期刊來說，比方《人人文學》、《文藝世紀》、《海光》、《伴侶》、《海光文藝》、《南洋文藝》、《海瀾》、《華僑文藝》、《當代文藝》等等在新馬皆有大量讀者，而香港在一九五〇年代中期大量出現現代主義的譯介，也跟著香港期刊流通至新馬一帶；香港文學書籍的部分，當時在新馬的書店或學校圖書館皆有許多香港的文學作品，包括侶倫、徐訏、曹聚仁、何達、黃思騁、舒巷城和陳浩泉等人的作品；另外，香港作家比方劉以鬯曾在當時至新加坡擔任報紙編輯，並在當地報紙副刊發表描寫南洋的小說（潘碧華，二〇〇〇：七四七—七六二）。

方北方。一九八五。〈馬來文學及其發展路向：兼看華文文學的前途〉。《香港文學》一。五三—五五。

王佐良。一九八五。〈譯詩與寫詩之間〉。《香港文學》二。一八—二四。

王德威。二〇〇六。〈華語語系文學：邊界想像與越界建構〉。《中山大學學報》（社會科學版）四六・五。一—四。

史書美。二〇〇七。〈華語語系研究芻議，或，《弱勢族群的跨國主義》，翻譯專輯小引〉。《中外文學》三六・二。一三—一七。

未名。一九八六。〈泰華文化的「奇蹟」〉。《香港文學》一九。六二—六七。

李少儒、嶺南人。一九八七。〈談中國文學移植泰國的演進〉。《香港文學》二六。九三—九五。

沈冬青。一九九四。〈觀看・反省・無聲的掙扎：虛構記憶城市的也斯〉。《幼獅文藝》四八六。四八—五二。

犁青。一九八七。〈艱苦成長中的印度尼西亞華文文學（上）〉。《香港文學》三四。八六—八九。

許迪鏘、朱彥容。一九八五。〈盧瑋鑾訪問記〉。《香港文學》三。二〇—二四。

陳智德。二〇一九。〈解殖之路：後過渡期的民間載體與香港文化〉。《根著我城：戰後至二〇〇〇年代的香港文學》。四六七—四八四。

陳德錦。一九九三。〈開放而嚴格——《香港文學》八週年紀念有感〉。《香港文學》九七。一五。

陳賢茂。一九八六。〈新加坡華文詩壇的歷史回顧〉。《香港文學》二〇。六三—六七。

馮偉才。一九八五。〈訪沈從文談《邊城》〉。《香港文學》九。二七—二九。

董啟章。二〇一一。〈製造香港〉。《在世界中寫作，為世界而寫》。臺北：聯經。六〇—六一。

劉以鬯。一九八五a。〈發刊詞〉。《香港文學》一。一。

劉以鬯。一九八五b。〈編後記〉。《香港文學》三。一〇〇。

劉以鬯。二〇〇二。〈從《淺水灣》到《大會堂》〉。《暢談香港文學》。香港：獲益。二四七—二五五。

黃奕瀠。二〇一〇。〈劉以鬯寫酒徒反省香港處境〉。《中時新聞網》八月一日。https://www.chinatimes.com/newspapers/20100801000792-260301?chdtv。

潘碧華。二〇〇〇。〈五、六十年代香港文學對馬華文學傳播的影響（一九四九—一九七五）〉。《活潑紛繁的香港文學：一九九九年香港文學國際研討會論文集》（下）。黃維樑編。香港：香港中文大學。七四七—七六二。

鄭振偉。二〇〇〇。〈給香港文學寫史——論八十年代的《香港文學》〉。《香港文學》一八一。一四—二二。

盧瑋鑾。一九八五a。〈戴望舒在香港〉。《香港文學》五。一五—一九。

盧瑋鑾。一九八五b。〈戴望舒在香港〉。《香港文學》二。一一—一七。

駱明。一九八五。〈新加坡文藝研究會〉。《香港文學》三。七四—七六。

戴望舒。一九三八。〈創刊小言〉。《星島日報・星座》一。八月一日。

戴望舒。一九四一。〈《蘇聯文學史話》譯者附記〉。《蘇聯文學史話》。高力里著。戴望舒譯。香港：林泉居。

戴望舒。一九四四。〈詩論零札〉。《華僑日報・文藝周刊》二。二月六日。

戴望舒。一九四八。〈跋西班牙抗戰謠曲選〉。《華僑日報・文藝》八七。十二月十二日。

關秀瓊、溫綺媚。一九八三。〈細談《淺水灣》：劉以鬯訪問記〉。《文藝》七。二六—二八。

第五章

本地文學的培植：《大拇指》與《素葉文學》

一、《大拇指》與《素葉文學》

相較於一九八〇年代的文藝刊物如《八方》和《香港文學》在創刊時所具備的宏觀視野，素葉出版社和《素葉文學》作為一個自發性且自費的出版社與文學刊物，其最初的創辦是立基在一個比較簡單的想法，亦即讓香港作家有一個發表的空間以及將作品集結出版的機會。[65]《素葉文學》沒有發刊詞，「素葉」的命名，其中一個意涵是因為經費有限，每本雜誌的頁數都不多，取其「數頁」的諧音，另外也象徵著《素葉文學》是一份素樸的文藝雜誌。素葉的素樸特質除了來自於刊物同人們簡單的理念之外，這個素樸的特點亦來自於這份雜誌的美術設計。《素葉文學》的美術顧問是畫家蔡浩泉，素葉叢書的封面由他設計，雜誌的版面也參考他的意見（何福仁，一九八五：九三）。讀者在素葉叢書或《素葉文學》上都會看到一個由葉子組成的簡單圖騰，這個樣式便是由蔡浩泉設計。[66]形成素葉具

---

65 《素葉文學》的創辦人之一許迪鏘曾憶及當時的心境，他提到《素葉文學》的創辦其實沒有什麼宏大的理想或願景，只是一群喜愛文學的朋友聚在一起，做自己力所能及又喜歡做的事情而已。如果素葉曾引起一點注意，大概在於其中竟無半點市場的盤算，所謂「純文學」，我相信是指除了文學，再沒有其他東西了（張貽婷，二〇一〇：八七）。

66 蔡浩泉（一九三九—二〇〇〇）長期替素葉文學叢書設計封面，並為《素葉文學》配圖，素葉的視覺風格可說是由他一手建立，除了素葉之外也曾替《星島日報》副刊畫插圖。蔡浩泉自臺灣師大學成回港之後，曾教書、替報章雜誌畫插圖、在報社供職，或為今日世界叢書設計封面等。一九八〇年代素葉同人曾為蔡浩泉辦過「蔡浩泉八二展」和「蔡浩泉八三展」兩次畫展，分別用宣紙和西洋畫板畫水墨（許迪鏘，二〇〇〇：二二四）。

備素樸特點的另一層面，則是展現在他們的編務風格上，第一期與第二期的出版沒有特別設計的封皮，而是直接以收在雜誌中的首篇文章作為封面。

素葉出版社的負責人周國偉在一次訪談中提到：

> 其實出書是保存資料最實際的做法，假如不出，很多作者過往的創作會佚散或湮沒。況且有些作者可能因工作或環境使他們不能花太多時間從事文學創作，但通過他們以往的作品結集，至少可以發掘到新讀者。就讀者而言，我們希望為他們提供不同風格的作品。當然主觀希望是對這圈子構成一種刺激，匯成一股力量，鼓勵創作。我們相信出書對作者本身和讀者都是積極的工作。（馬康麗，一九七九）

不管是素葉出版社或是《素葉文學》的創辦，他們的出發點雖然看似簡單，然而當時專門以香港作家作為出書對象的出版社非常少，這些書籍資料的出版以及文藝刊物的發行，替讀者帶來各種面向的香港文學，實則成為建構香港文學一條重要的路徑之一。素葉的成員與《中國學生周報》（一九五二年七月至一九七四年七月）、《大拇指》（一九七五年十月至一九八七年二月）或《羅盤》詩刊（一九七六年十二月至一九七八年十二月）的編者或作者多有重疊，包括許迪鏘、何福仁、西西、張灼祥、辛其氏、鍾玲玲等人。[67]當時《素葉文學》是採取輪值編輯制，每期的工作人員都不太相同，但在一九八〇年代這二十五期（一九八〇年六月至一九八四年八月）的編輯過程中，擔任主編的位置主要是許迪鏘和何福仁。何福仁曾這樣形容素葉：

如果沒有迪鏘的努力苦幹，也許早就垮掉了。差不多每一期的素葉，都經過他的剪剪貼貼。（何福仁，一九八五：九三）

許迪鏘和何福仁在過去皆有過相似的編務經驗，包括《大拇指》和《羅盤》，許迪鏘在《大拇指》的編務經驗，與何福仁、西西、張灼祥等人共事，習得了許多編輯上的編排細節，包括校對、貼版、出版程序等方法。

一九八〇年六月《素葉文學》創刊，一九八四年八月推出第二十四、二十五期合刊後，素葉暫時休刊，至一九九一年七月第二十六期作為復刊號，直至二〇〇〇年十二月為最後一期，一共發行六十八期。其中，在一九八〇年代共二十五期的發行過程中，《素葉文學》除了注重香港本地文學的發展以外，也同時開闢了一個譯介拉丁美洲文藝與諾貝爾文學獎得主及其作品的空間。在這個譯介的

67 一九七〇年代末期，參與創辦《大拇指》的幾位朋友，包括何福仁、西西、張紀堂、梁國頤和梁滇英等人，雖已從《大拇指》編務的最前線退下來，對文學的出版仍念念不忘。期間何福仁又和周國偉、康夫等人創辦《羅盤》詩刊。後來大家想到，辦期刊雖然可以為文學創作提供發表園地，但作品登出來，各散東西，隨刊物過期而消失，想要拿來重讀，很不方便，如果能夠將零散的作品結集出版，對閱讀和研究，應都有幫助，遂有成立一家出版社的構思（許迪鏘，一九九七：八三—八四）。

過程中，素葉提供給讀者的除了包括拉丁美洲的文學發展、魔幻寫實的藝術手法和相關作品的評鑑之外，素葉也同時透過引介拉美文學與各國文學作品的翻譯與評論過程，開拓香港作家在文學創作手法上的技巧運用，以及拉美文學與歐美、日本文學之於香港文學的參照意義。在這二十五期的刊載過程中，我們可以看到大部分的篇幅主要是香港作家的創作，收錄國外譯介的部分共有十二次，分別出現在第一、三、八、十一、十三、十四與十五合刊、十七與十八合刊、十九、二十與二十一合刊、二十二、二十三期，以及二十四與二十五期合刊。一九八二年拉美作家加西亞·馬爾克斯（Gabriel García Márquez）（臺灣翻譯為馬奎斯）獲得諾貝爾文學獎，《素葉文學》第十三期即以馬爾克斯的獨照作為封面，並以〈向加西亞·馬爾克斯致敬〉作為這一期的首篇文章，文中寫道：

> 他終於得獎了，得到今年的諾貝爾文學獎。……我們聽到這個消息時，大家都十分高興。自從一九六七年他發表了長篇小說《百年孤寂》，讀過的朋友無不嘖嘖稱奇，認為是近十年來最豐富、最有創意的作品。……把現實和夢幻，人和鬼，各種時間和空間一爐而冶，拓展了「魔幻寫實」的風格。魔幻是手段，寫實是目的。（一九八二：二）

這篇文章除了簡單介紹馬爾克斯，並且向讀者預告下一期將會推出完整的專號之外，也同時透露了馬爾克斯對於素葉同人帶來的影響，以及他們對於魔幻寫實的思考。十四、十五期的合刊由何福仁擔任主編，推出加西亞·馬爾克斯專號，首頁便以一張馬爾克斯坐在桌前沉思的照片展開這一期的主題，並在照片下方附上一九八二年馬爾克斯獲頒諾貝爾文學獎的得獎理由：「他的長、短篇小說以組織豐富的想像世界，揉合幻想與現實，反映出一整個大陸的生命和矛盾」。在這個專號中，主要可以分成三大部分，分別是對馬爾克斯與諾貝爾文學獎的介紹、素葉同人對於拉美小說和魔幻寫實的思考，以及西西對於馬爾克斯作品一系列的評論。諾貝爾文學獎頒給拉美作家，對於當時的香港起了鼓舞作用，這個鼓舞一方面在於原本不受矚目的文學終於被看見，另一方面，文學書寫的另類技巧受到了肯定。在這一期的專號文章中，何福仁對於拉美文學過去在出版與寫作的困境感同身受，並強調拉美文學並非是一時勃興起來的，而是在獨立前後以及二戰之後，經歷了政治變革與創作概念的轉變，這些特點其實也回應到香港自身的文學現象（何福仁，一九八二a：一七）。諾貝爾文學獎頒給拉美作家，象徵的是承認了當代拉丁美洲文學的成就，這對於當時香港文學的發展帶來了刺激與啟發，而這個啟發我們在此專號所收錄的〈座談會：啟示和感想〉一文中可以找到線索。在這個座談會裡多位素葉同人都提到，馬爾克斯開拓了寫實的可能性，他的小說帶給讀者一種獨特的說故事方法，展示了另一種觀看現實、理解現實的路徑，其魔幻寫實的書寫技巧或可激發香港作家運用在其他的文類創作。

在《素葉文學》之前，素葉同人有部分也參與了香港另一份綜合性刊物《大拇指》。《大拇指》同樣作為培植本地文學、推動香港文學創作的刊物，它在一九八〇年代的發行過程也值得我們留意。一九七五年十月《大拇指》創刊，一九八七年二月停刊，一開始是以周報的形式固定在每個星期五出版，之後改為半月刊和月刊。[68]《大拇指》的發刊詞引述豐子愷的話藉此象徵這份刊物的精神：

> 豐子愷說過：在一隻手中，大拇指的模樣最笨拙，做苦工卻不辭勞；討好的工作和享樂的機會未必輪到它，做事卻少不了它的一份。它的用途很多：流血時要它捺住，吃果子要它剝皮，進門要它撳鈴。現在我們要辦一份刊物，做起事來，就會發覺：如果要止住流血、如果要享用果實、如果要與別人溝通，到最後還是得用自己的手。借用「大拇指」的名字，不過是以此自勉吧了。（一九七五）

這份由也斯、西西、吳煦斌、何福仁、鍾玲玲、張灼祥、羅維明、舒琪、何重立、杜杜、適然、李國威等人參與創辦，後來許迪鏘、迅清、陳仕強、劉健威、范俊風、李孝聰、葉輝、惟得、小藍、凌冰、馮偉才、肯肯、陳進權、馬康麗、阮妙兆和江游等人在不同時期加入所編輯合辦的同人刊物，[69]在香港文學場域上的位置與意義，許多人會將它視為是《中國學生周報》的延續，《中國學生周報》於一九七四年停刊，《大拇指》於一九七五年創刊，除了在時間上有了一種承接的象徵之外，許多過去曾在《中國學生周報》發表過文章或擔任編輯的作者，後來也都加入了《大拇指》的編寫工作，而這兩份刊物在編輯風格上也有相近的取向。

二、描繪現實的方法

發刊長達近十二年，共二二四期的《大拇指》（一九七五年十月至一九八七年二月）在編輯規劃上採取多元的走向，開闢了文藝、書話、電影電視、藝叢、音樂、專題、時事、生活、校緣等版面，從版面的規劃與設計，我們得以看出《大拇指》除了強調文藝的推廣與培植，文化與生活時事也是這份刊物注重的面向。《大拇指》對於文藝的推廣與培植，除了展現在重視文藝創作與作品評論之外，一九七六年第二十期推出的短篇小說徵文獎也值得留意。迅清曾提及，這次的徵文獎不只鼓勵了小說的不同風格，也吸收了不少對文學有興趣的朋友加入編輯的工作，對文藝版的發展有了直接的影響（迅清，一九八五：九三—九七）。

對於小說的重視與推廣，另一個例子是《大拇指》自一九七七年第六十九期開始，規劃了一系列的小說展，這個小說展除了刊載小說之外，另外會搭配相應的攝影作品與兩篇評論，透過這樣的方式，除了讓讀者有機會閱讀到不同面向的香港小說之外，也鼓勵了香港評論的發展和小說創作，並透

68　《大拇指》於一九七七年二月一日第五十四期改為半月刊，一九八四年十月第一九七期改為月刊。二〇一三年成立臉書專頁（https://www.facebook.com/profile.php?id=100006474126945），並有「大拇指之家」部落格作為臉書文章存檔（http://thumb1975.blogspot.hk/）。

69　許迪鏘在一九九五年憶述《大拇指》的創辦過程時曾提到，《大拇指》是近二十年來最多人參與的同人刊物，總數至少在五十人以上（許迪鏘，一九九五：一〇九）。

過攝影作品讓小說除了文字之外也有了視覺文化的解讀可能與呈現。如果說一九七六年的小說徵文獎和一九七七年的小說展，是《大拇指》嘗試以小說這一種書寫形式探索創作與現實之間的關係，並強調文藝評論的重視，那麼後續出版的《大拇指小說選》更讓香港文學在保存與流傳上有了重要意義。一九七八年，《大拇指小說選》由也斯和范俊風負責編選、臺灣遠景出版社出版，從《大拇指》第一期到第八十二期刊載的五十九篇小說中選出了十八篇，書末並附有范俊風編的《大拇指》小說篇目，由此顯見《大拇指》早期對於小說的重視。

也斯在〈大拇指小說選序〉一文中指出，再現現實的方法有許多種，即便《大拇指》的文藝版多鼓勵偏向生活化的作品，但他也同時強調，描寫現實並非只侷限在某一種層次，也不會只有一種方法。在這樣的編選立場下，也斯進一步說明這本小說選所收錄的十八篇作品中，我們除了可以看見香港青年作者對現實的反映，也可以看到他們對基本人性問題的探討，其作品探觸了工廠或徙置區，也同時探向夢與神話（也斯，一九七八：一）。也斯在這篇序文中，明確地傳達出他對於現實、文學再現、敘事方法這三者之間的關係，這個立場除了顯現編者也斯與范俊風兩人在作品挑選的美學品味與標準之外，亦帶出了《大拇指》在刊載文學作品時的開放與嘗試。在這些充滿各種描繪現實的小說中，我認為《大拇指小說選》在當時至少替我們開闢了幾種觀看現實的方法與路徑，包括寫實的現實、鬼魅與魔幻的現實，以及詩意的現實。

在寫實的現實中，如小藍的〈來去〉和凌冰的〈夜攀鳳凰〉。〈來去〉以寫實的筆法呈現離散華人的移動，小說中除了透過「我」在香港接機的場景，呈現香港作為一個移民來去的空間之外，亦透過對照至香港定居的「我」與即將離港的姐夫偉濤，呈現香港這個地方之於華人的多重意義。香港一方面既是作為中國文革後的移居選擇，正如「我」在小說中提到：「我們全家在七二年獲准批出到香港定居。事情來的太突然，為了怕有什麼變化，我們走的時候很匆忙。」（小藍，一九七八：一九）；另一方面香港也是一個暫居的轉運站，梅表姐與姐夫偉濤懷著過客心情暫居香港，偉濤因為在香港生活不適應，決定到移民局申請簽證手續，遠赴馬來西亞生活。同樣以寫實的手法呈現的〈夜攀鳳凰〉，凌冰描述了香港的自然與山徑，帶出香港經濟城市之外的形象，如東涌碼頭、狗牙嶺、鳳凰山等地景。小說中「我」和男友業搭乘一艘繞過赤鱲角島、駛進東涌灣的渡輪，準備攀登位於大嶼山的鳳凰山，在攀登過程中除了藉由地圖的對照與實際攀登的經驗，顯現香港山徑的險峻與美景，亦呈現兩人在自然中的心靈對話。

有別於以寫實的筆法再現香港現實，《大拇指小說選》也收錄了以鬼魅與魔幻的筆法書寫現實，再現、捕捉香港的社會與空間。蓬草〈十三婆的黃昏〉描述住在徙置區的十三婆，一心守著屋內裝有金飾的木盒，最終被偷竊而感到絕望的人生。小說中除了透過描寫經常如野鬼般飄動的十三婆之外，亦藉由鬼魅、陰森的空間再現香港的徙置區：

> 在很短時間內，天黯黯的慘淡了神色，灰黃夕照覆罩在光禿禿的紅山嶺上，勾出模糊的輪廓，山下是二十多座一式一樣醜鄙粗劣的徙置房子，所僅賴以判別不同的便是在叢生著瘡癧的牆壁上，悸目驚心地漆著斗大的數目字。（蓬草，一九七八：三九）

小說最後以眾人聽見、看見十三婆的淒厲叫喊與絕望模樣此視角描述十三婆的悲慘人生，更加凸顯此篇小說以聽覺和視覺營造恐怖、鬼魅的現實。同樣涉及香港居住空間的另一篇作品，梁秉鈞〈找房子的人〉透過一對找房子的男女，描述香港的住房問題，以及香港作為一個過渡或定居的地方想像。有別於上述小藍的〈來去〉這一篇小說以「寫實的現實」呈現香港此地與定居者之間的關係，梁秉鈞夾雜寫實與魔幻的書寫策略，文中首先透過描寫這對男女的居住經驗，呈現香港的居住問題。他們幾乎住遍香港的每一區，住在山邊遇上山泥傾瀉、住在漁村豪雨水淹、住在機場旁飛機震破玻璃、住在電力廠對面發生爆炸、住在舊樓面臨拆卸、住的地方要建地下鐵路或是填海建馬場被迫搬遷（梁秉鈞，一九七八：二〇一），這些現實的荒謬感揭露了香港此地的不宜居，並延續到兩人在找房子的過程與多次搬家的經驗中，凸顯香港是一個過渡且不穩定的地方。

梁秉鈞使用寫實的筆法呈現人物和空間之間的關係之外，亦透過女人游泳時在水中遇見海草的糾纏、岩石的險峻、虛幻綠光的鰻魚、多彩的珊瑚與晶石，呈現在游泳過程中，女人在水底的魔幻想像與迷途體驗，皆呼應了現實中找房的過程。小說最後我們得以透過敘事者的角度揭示男子的內心，呈現了香港作為定居的可能：「這個早晨，收拾東西以後他們就再沿著海灘出發，若找到合適的房子，他們就留下來，撒下那些種籽」（梁秉鈞，一九七八：二〇九）。文末翻轉了香港只是一個過渡、暫居的地方想像，並帶出了在此地定居、延續生命的生活可能。

吳煦斌的〈獵人〉以倒敘、詩意的語言描述與獵人一起走進森林、體驗自然的生活。這篇小說透過大量的聽覺、視覺、味覺和觸覺呈現人類對於自然的感知，當我們隨著敘事者走進森林時，除了感到森林的魔幻之外，也看到人與自然、物種之間的關係，以及人類透過實踐與體驗形成對自然的理解。吳煦斌在小說中穿插獵人與父親的山林知識，如九月刺梨樹開花，河流會從山裡生長、把藍綠色的粉末塗在四肢與臉頰，好讓蛇和夜狼害怕（吳煦斌，一九七八：二一四—二一六），同時以「把革袋裡的種籽撒在地下，森林便會打開它的門」這一類詩意的語言呈現獵人的山林認知，將森林的生命力以擬人化的方式呈現自然的各種活力。《大拇指》陸續推出的小說徵文獎、小說展，以及《大拇指小說選》的編選，皆讓我們看到了香港在一九七〇年代末期，如何藉由小說這個文類反思各種形式再現現實的可能。

《大拇指》除了提供香港本地作家一個創作園地、進行文藝的推廣之外，如果我們從刊物中所刊載的作品來看，《大拇指》不只把視角放在香港本地的文學，它亦拓展了香港與臺灣之間的連結。一九七〇年代《大拇指》曾引介包括黃春明、七等生、王禎和、林海音、琦君和李雙澤等人的創作，創刊號更開闢了「瘂弦小輯」，由西西、小灰和何福仁特別撰文討論。《大拇指》的臺港連結除了評介臺灣的文學作品、作家和文學現象之外，另一個值得留意的面向是刊載創作者的旅臺經驗。綜觀這些旅臺遊記，即便文本的旅行目的地不是北部，臺北和桃園機場也經常因為作為一個轉運站而被多次再現於文本當中。

一九七八年《大拇指》第八十八期刊載了葉維廉的〈誰能超世累、共坐白雲中——宜蘭太平山行〉，葉維廉對於太平山的體驗，是從一個太平山的神祕傳聞開始，據去過太平山的人描述：「纜車突破雲層，飛升入天，扶風直上九千里，披雲帶翠，衣振萬星」（葉維廉，一九七八）。十年之後他在一次機緣下終於有機會親自體驗太平山之美。這篇文章在描述蘭陽的風景時，從「離開了吐著毒塵的大怪物——臺北——的蠶食」寫起，之後依次由上山的順序與路徑帶領讀者感受太平山。行經北部橫貫公路，當車子在山腳曲折迴行的時候，葉維廉以入眼即景以及由顛簸山路帶來的身體感受，以詩穿插在散文中，呈現蘭陽的溪與山：

疊疊的山谿
彷彿是
爭先恐後的巨靈
你從這邊推過去
我從那邊推過來
逼得那不由自主的
蘭陽溪
不得不發揮她蛟龍的威力
把山岳
往兩旁大力的扇形一撥
再猛力衝向
太平洋

（葉維廉，一九七八）

路經了蘭陽溪之後，車子經過了一座廢棄火車站，那裡曾經是木材的轉運站。葉維廉想像著它過去曾經繁忙的樣貌。在遙想著過往的羅東之際，車子持續開在前去太平山的雲路上。到達登山的第一站仁澤之後，他們一行人轉搭纜車，這個不同的交通工具也帶來了不同的視覺與身體感受，離地的興奮與驚喜感，在葉維廉筆下將之形容為如噴泉的花衝向高深的藍天與樹林。在這個高度轉換的過程中除了飛躍的上升感之外，他也連結了自己與山林之間的關係。

纜車之後他們轉搭火車，葉維廉描述，原本是站在場外高處俯視，如今轉而變成玩具火車中的乘客，透過不同的移動方式，帶出了主體與自然之間各種不同層次的關係。在繼續前進之前，他們先在太平山公園停留，相較於之前多是描述移動過程的感受，此處則是將更多焦點放在視覺上的體驗，包括葉木的濃密與色彩變化，以及古檜根幹的纏繞翻騰。在太平山公園留宿一晚，接續他以日記的形式寫下他的山人日記，描述夜半因溫差變化所感受到的寒冷、天未亮之前所見到的雲山。這篇宜蘭記行記錄了整趟入山過程中不同空間感的體驗、在散文中穿插現代詩與日記，文章最後更思考到人為何要登山？除了想更認識自然之外，也是為了更確認自己的位置，重新認知自我的一種方式。此外他更進一步思索，這些讓登山者得以前進與連結的索道，以及讓太平山各峰得以相連的，是那些建立索道的人，在寫景之外也帶進了勞動的關懷。

一九七九年刊載於《大拇指》第一〇二期雯石的〈寶島遊〉，則是一篇夏天的遊記隨筆。這一趟寶島遊一路經過桃園、臺北、臺中、臺南、高雄和花蓮，透過在臺灣各地的旅遊，除了呈現香港人眼中的臺灣之外，雯石也在這個觀看臺灣的過程中不時和香港進行對照，包括臺北西門町之於旺角、臺中中華路之於通菜街。剛離開桃園機場前往臺北的途中，雯石在乘車移動的過程所見到的臺北盡是複式、昏暗的樓宇，甚至聯想到了馬尼拉。而當離開桃園進入臺北，交通繁忙的景象又是另一番風景。雯石這篇簡短的遊記隨筆記錄了一九七〇年代末期臺灣各地的樣貌，雖然只是速寫，但這些印象與感受卻同時帶出臺灣的政治權力如何鑲嵌進日常生活，比方散文中提到，無論是忠烈祠或大學堂內，蔣公銅像幾乎都會出現在每一座宏偉建築（雯石，一九七九）。

類似於雯石的〈寶島遊〉，梓樺的〈臺灣點滴〉也以桃園機場、臺北市為例記錄臺灣行，並不時和香港的狀況進行對照。文中一開始先從地緣位置說起臺灣和中國的關係，作者認為臺灣作為中國的一部分，應該是彼此關聯血脈相同，但兩地其實互不相通。作者從現代化建設、交通運輸、美食水果以及日常生活等面向呈現香港人眼中的臺灣。其中提到臺北的乘車經驗與街道觀察尤其有趣，梓樺憶述搭乘計程車時司機的飆速和危險行徑，司機開了車門，腰部以上的身體全伸出車外，口吐「鮮血」，原來是把嘴碎了的檳榔吐出。或者看到街頭「音樂車」慢慢行駛在路上，人們在後頭丟垃圾、西門町鬧區中傳教士的沿路宣教（梓樺，一九八一）。這篇短文從一開始談到臺灣和中國的關係，之後所憶述的臺灣經驗卻凸顯並回應了臺灣的在地性。

地方的想像與真實感受這兩者之間的斷裂或對話，往往是透過旅行這樣的身體實踐而不斷被生產出來。俞風在一九八四年刊載於《大拇指》的兩篇遊記散文〈走路往金城〉、〈載我去花蓮〉，以及青林的〈粉紅色燈下的華西街〉即呈現了這樣的臺灣印象。〈走路往金城〉描述到臺南尋訪安平古堡與億載金城，途中迷了路走了近一小時泥濘的路，文中將這一段繞路迷途的過程，連結了臺灣的曲折歷史（俞風，一九八四a）。〈載我去花蓮〉書寫農曆新年與友人們在日月潭停留之後決定前往花蓮。但這篇散文卻未寫直接書寫花蓮，而是把焦點放在前往花蓮之前的這一段經驗。新年假期前往花蓮的旅客絡繹不絕，俞風花了多數的篇幅描寫與當地司機的殺價以及因觀光所帶來的哄抬房價。這一趟實踐走訪花蓮的經驗，和俞風想像著的花蓮是楊牧的「每一片波浪都從花蓮開始」，產生了巨大的斷裂以及對於地方浪漫化的崩解（俞風，一九八四b）。

青林的〈粉紅色燈下的華西街〉也是從一個想像開始。作者聽說華西街是一個娼妓聚集的地方，充滿了昏暗、流氓與恐怖陰森的氣氛。在春節晚會的歸途中，作者與朋友們在臺北市漫遊，一路走向了這個想像的地方。但真正走到華西街，放眼所見到卻與想像產生斷裂，那是一條繁華喧囂的大道，充滿了各式攤販，直到走進華西街的窄巷，他們才看見招攬客人的娼妓（青林，一九八四）。相較於描寫臺灣本島，葉娓娜的〈澎湖多風〉這篇遊記則將視角放在離島澎湖。這篇散文記述了她在澎湖的一日，澎湖的大風與冬雨考驗著旅人，作者在文中多處透過身體感官描繪了澎湖的地方特色，包括公車玻璃窗一路嘩嘩澎澎的聲響、平原上衰頹歪倒的黃草，散文藉由聽覺、視覺帶出澎湖的多風（葉娓娜，一九八四）。文章末段寫到在風雨中等待公車以及回到飯店後的疲倦感，有別於呈現旅行的愉快經驗，澎湖的在地景觀與自然天候讓這趟離島之旅有了另類的身體經驗。

三、培植本地文學及其外

《素葉文學》於一九八〇年創刊，一九七八年底素葉出版社成立，一九七九年出版了素葉叢書第一、二輯。素葉是由一群文學愛好者自行集資組織而成的同人出版社，他們以出版香港作者的文學創作和評論為宗旨，當時素葉同人有感於許多文學都散佚於報刊上，過眼即湮滅無聞，而當時香港作者的作品結集出書也很不容易，所以決定成立一個出版社，專門出版香港作家的作品（許迪鏘，一九九五：一〇九）。歷來素葉出版了許多香港重要的文學作品，包括西西、何福仁、鍾玲玲、鄭樹森、淮遠、辛其氏、古蒼梧、也斯、吳煦斌和綠騎士等人的文藝創作或評論。素葉出版社成立不久之後，《素葉文學》創刊，《素葉文學》在目錄編排上也時常會將出版社的書訊連同書籍的封面一同刊載，素葉出版的叢書有許多封面皆由《素葉文學》的美術編輯蔡浩泉所設計，這樣的編排方式除了達到宣傳效果之外，其實也讓版面的編排更具獨特性。一九七九年素葉出版的第一本書是西西的《我城》，《我城》原本是西西以阿果為筆名，在一九七五年連載於《快報》的一系列文章，小說中透過城市中的小人物阿果和阿傻，帶出「你原來是一個只有城籍的人」以及「天佑我城」的感嘆，揭示了香港本土意識的身分認同，《我城》作為素葉出版的第一本書，更蘊含著素葉所象徵的本土意義。

在一九八〇年代總共發行二十五期的《素葉文學》，除了譯介國外作品與相關評論、文學評介與訪談之外，這份雜誌的特點之一，便是刊載了許多香港作家的文藝創作。過去討論《素葉文學》的論述重點，多數都會提及這份刊物所具備的本土性，本土性所指涉的主要是扎根本土，替本土作家提供一個自由的創作環境，以及《素葉文學》在編輯組成、參與撰稿、編輯風格和理念上和《中國學生周報》與《大拇指》的繼承。但除此之外，我還想把此份雜誌放回一九八〇年代這個時空脈絡，透過探討當時刊載在《素葉文學》的文藝創作，思考這份雜誌與一九八〇年代香港文學建構之間的關係。當時刊載在雜誌中的創作文類包括詩、小說、散文、戲劇、繪畫和隨筆，創作的主題包括描寫中港關係、香港在地生活、身分與認同的思考和各種移動經驗等等，這些文藝作品提供我們思考當時的香港作家如何想像香港和香港之外的地域，以及他們之間的關係。《素葉文學》作為一份由香港作家自費出版的同人雜誌，過去多數的評論會將其定位在建立香港本土色彩的位置，以一九八〇年代一至二十五期的刊載過程中來看，我們的確可以發現香港作家包括西西、伍淑賢、關夢南、鍾玲玲、迅清和金炳興等人，皆曾在此刊物發表過書寫有關香港地景或在地日常生活的文本，但除此之外，其實在一九八〇年代的這二十五期當中，有不少文本反而是透過散文與詩書寫他們遊歷中國的見聞，或是以小說的形式思考中國。

辛其氏的小說〈飛〉，描述住在村裡的劉傑，在面對促進四化與農業機械化等建設的大環境下，對於經濟發展的不確定。小說一開始描寫到一個冬天的傍晚劉傑結束工作的身影：

> 同伴們都已經離開工地，走得老遠，劉傑因為風沙迷了眼，落在最後頭，他赤著腳丫子，在冷硬的公路上走著，泥鏟放在右邊肩頭，並且吊得有一雙沒有鞋帶的黃布鞋，隨著人行的節奏左右

搖擺，他那灰色的工作服，領口破了，袖彎處兩塊深藍的補釘，全身已洗得泛白，而且褲管上黏上了灰泥巴塊。（辛其氏，一九八一：二八）

雖然這段敘述尚未寫到建設的工程，但是人物的勞動與國家的建設發展在此已形成對比。劉傑居住的大肚村座落在深圳和廣州的中間，為了讓國家多發展一個旅遊重點，大肚村開始配合興建道路的國家工程。雖然公路帶來了交通便利，然而村裡的農民其實心裡都明白，這條新路的建立並不是特別為他們而設立的。某個夜晚村子舉辦了通路慶祝大會，一位縣城觀光旅遊局派來的幹部向大家演說：

回來祖國參觀的人越來越多，乘坐各種交通工具都有，旅遊局已經簽署了一份大型空調觀光車由深圳開往廣州的合約，所以大肚村是個中途站，港澳同胞外國來賓都有機會下車休息休息，解個溲甚麼的，這個嘛……就是說我們要對骨肉同胞多多關注……我的意思是有距離的關注，路政部的同志已經完成他們光榮的任務。……上頭的計劃是在路旁興建一所供外賓及港澳同胞使用的衛生間，提供種種方便，以期客人都好像回到家裡一樣親切。（辛其氏，一九八一：三〇）

從他的話語中反諷地揭露出農村的公路建設並非為了當地人民的便利，而是建基在經濟發展與國家區域整合的計畫之下。小說最後，一位來自香港的觀光客到工地與勞動中的農民們攀談，過程中道出在看似有許多發展機會的香港，實則也有土地空間、稅收與殖民地制度等等這些屬於香港自身的困境。透過描寫中國，一方面反思中國在改革開放之後選擇的國家道路，另一方面也藉由這個反思回看香港的問題。

除了小說之外，刊載在《素葉文學》有關中國見聞的散文或新詩也都透過對中國的描述或遊歷經驗帶出批判的視角。關夢南在〈探親〉這首詩中，以中國改革開放之後，逐漸興起的中港兩地探親現象為主題，但他嘗試與探親熱潮原本可能被賦予團聚的這個正面意義拉開距離，他在詩的起首時便寫到：

> 摯愛的親朋
> 謝謝你們熱情的探訪
> 現在　容許我們把門關上
> 容許我們
> 也歇一歇吧

當這個距離拉開之後，作者重新思考兩地的重新接合除了熱情之外，還可能存在著其他什麼情緒，他在詩中回溯了過去中國這二十年來的創傷，並站一個同情與理解的位置上看待過去的歷史，作者帶著這樣的同情與理解的視角，思考近年中國居民大量移動到香港所帶來的種種問題：

> 所以　我們願意

讓出空間的一部分
願意擠更擠迫的巴士
找更難找的工作
願意讓有病的孩子
去輪候醫院的病床
但　摯愛的親朋
謝謝你們熱情的探訪
與容許我們
把門關上
暫時的關上
容許我們坐下來
靜一靜
想一想
絕情的背後
是否有一個貧窮的黑影
（關夢南，一九八一：二二）

關夢南將探親的移動經驗與中港兩地資源分配、共享的問題結合在一起，在具備同情的理解與接納之後，試圖以一種冷靜的方式共同思考造成不公平的制度與社會背後所存在的問題。

相較於小說或新詩的創作，《素葉文學》裡頭涉及到中國見聞的散文則比較偏向一種紀錄的書寫。何福仁和許迪鏘作為素葉的成員之一，皆曾在此份刊物陸續發表他們前往中國遊歷的經驗，包括何福仁的〈新疆之旅〉、〈東北行〉和許迪鏘〈除了看不到雪〉等文章。〈東北行〉以日記體裁的方式書寫，用日期作為分段的標題。此篇散文記述何福仁與其他素葉友人們從香港出發一路經過瀋陽、哈爾濱、長春、吉林的東北見聞。〈東北行〉看似只是一篇記錄素葉同人旅遊的散文，但實際上也透露了想像中國的方式和觀看的視角。文中雖然大部分是描述東北各地的景色，但卻不時穿插著香港的片段，文章一開始關於旅行的第一日寫道：

一九八一年十二月十九日

午後五時上機，香港近日的天氣，彷如初夏，出發那天，降溫至十二、三度。……香港沒有雪，至少我在這裏由幼至長，活了許多年了，一直沒有看見過霏霏滿天的雪花。而我一直夢想過一個白色的聖誕。（何福仁，一九八二b：二）

何福仁在東北行之前，對於哈爾濱的想像是一座冰天雪地的冬日冰城，從南方出發的大家也都為了做足禦寒工作而在行前添置了雪衣：

> 單就買雪衣雪褲，我們九個人從港島赤柱浩浩蕩蕩，擾攘到九龍旺角，東挑西揀，高興熱鬧，旅行儼然已經開始了。（何福仁，一九八二b：二）

這些香港片段標示著由香港位置出發的中國想像，但即便散文中流露出對於中國邊疆的未知與期待，作者卻並未因此寫成一篇追尋中國文化、讚許中國天地幅員遼闊的文章，反而，透過一種紀實白描的書寫手法，一些看似知識性的陳述，間接帶出了有別於中原正統的中國故事，比方當他們一行人抵達松花江邊的防洪紀念塔時，何福仁如此憶述：

> 據黑龍江縣志說，滿語松阿哩黑烏拉，意即天河，松花江就發源於長白山顛的天池。今人考證，可另有一種說法，認為松花是女真語「尚加」、「上江」、「粟」、「從」等語的音變，意思是「白色」，換言之，松花江的含義，是白色的江，白江云云。（何福仁，一九八二b：二）

在這趟始終未能見到雪的東北旅程中，這篇散文除了保留了素葉同人西西、何福仁、周國偉、蔡浩泉和許迪鏘等人，在結了冰的松花江上溜冰以及在東北體驗寒冷的記憶之外，透過何福仁筆下的紀錄，我們也看見這個從香港位置出發的中國遊記所顯現出的一種從邊緣看邊緣，有別於中原正統的中國想像。如果說何福仁的〈東北行〉記錄了東北旅程的景物、素葉友人們的東北體驗與香港位置，那麼許迪鏘的〈除了看不到雪〉則可算是此文的後記與補充。許迪鏘在文中亦同樣描述東北行感受，但相較於〈東北行〉，〈除了看不到雪〉訴諸更多的是有關於異文化相逢時所產生的矛盾與反省。許迪鏘在此文直言他們在吉林的旅程並不愜意，並且提及在參觀少年宮時，一群由三歲到十多歲不等的小孩手裡拿著花束，伴隨著鑼鼓聲大喊「歡迎叔叔、歡迎姨姨」，在寒風中叫了幾分鐘後客人才入內參觀，許迪鏘感嘆這個在歷史上充滿血淚的土地，人民如今面對觀光客滿是笑臉的違和感（許迪鏘，一九八二：一九）。過去不管是在討論一九八〇年代的香港文學作品或是探討《素葉文學》，有關中國見聞這一類的創作皆較少被注意，然而，其實當時建構香港文學的方式除了描寫香港在地日常生活之外，以透過實際的觀看、行走中國、直接體驗的方式回應歷史，從香港位置出發描寫中國見聞的遊歷經驗也是其中一個不可忽略的路徑之一。

四、小結：本土性與世界性

過去《大拇指》和《素葉文學》在香港文學場域的討論中，多半會強調這兩份刊物在培植本地文學或是本土性的建構這兩個特點。在文學發展的意義上延續了《中國學生周報》，於一九七五年創刊的《大拇指》，在中後期的文藝版陸續舉辦了小說獎、詩獎與小說展，開創了一條與《中國學生周報》不同的道路。文藝版鼓勵多樣化的創作，不贊成單調劃一的寫法，而希望通過不同的方式挖掘生活的面貌。小說獎也是同樣的編選準則，希望創作兼顧形式與內容（迅清，一九八五：九三—九七）。《大拇指》在一九七六年至一九七八年間，陸續透過小說徵文選、小說展以及編選出版《大拇指小說選》

的嘗試，挖掘了香港文學如何藉由小說這個文類再現現實的各種可能，其中，自第六十九期開始舉辦的小說展，《大拇指》除了刊載了十多篇小說，針對這些創作推出相應的評論之外，亦搭配攝影作品，讓文學呈現的方式結合論述與視覺文化，豐富了小說文本本身的詮釋與閱讀延伸。

一九七八年的冬天，一群喜愛文藝的人聚在張灼祥家中，開始為一個小小的出版社命名（何福仁，一九八五：九一）。素葉出版社的成立，最初的發想是希望替香港的文學創作者出版書籍，當時許多在香港從事創作多年的作者，如西西、綠騎士等人的作品均未曾結集成書，書籍的出版讓香港本地作家的創作得以保存、延續，並且透過這些作品的出版與流傳，讓香港文學有機會讓更多讀者看見（馬康麗，一九七九）。素葉出版社的創立初衷，在一九九七年許迪鏘憶述香港文學發展的過程時也能找到。在香港辦期刊雖然可以為文學創作提供發表園地，但作品的刊登處不一，加上隨著刊物的過期，這些要再被大眾接觸的機會也隨著時間而減少，建基於這樣的想法，素葉出版社希望能將零散的作品集結出版，如此對閱讀與研究都有所幫助（許迪鏘，一九九七）。素葉出版社的成立，可以說是嘗試轉換、改變再現香港文學的方法，相較於編輯報紙或雜誌，出版社的成立無疑讓香港文學在傳播與延續的意義上有了更進一步的發展。一九八〇年六月，素葉出版社的叢書工作稍微穩定時，素葉同人們著手出版《素葉文學》雜誌。相較於叢書的出版偏向靜態、是個人作品的整理與展現，雜誌則傾向於動態的發展，提供了不同的作者耕耘（何福仁，一九八五：九三）。

然而，除了本土性之外，世界性也是閱讀《大拇指》和《素葉文學》時值得留意的部分。《大拇指》文藝版一向以較開放的編輯方針，容納不同嘗試的文藝作品，推介外國文學例如諾貝爾文學獎得主專輯。《大拇指》所走的路是很明顯的，文學雖然占了絕大多數，但其他的藝術和生活也同樣可以在此份刊物中看見。正如迅清在回顧創辦了九年的《大拇指》時，曾敏銳地指出「為什麼我們不可以用其他的方法表達對事物的看法？」依靠、掌握文字使我們反省這個世界，但通過其他媒介才能使我們接觸到更廣的世界的脈動（迅清，一九八五：九四，九七）。本土性之外的世界性亦可見於《素葉文學》，《素葉文學》曾翻譯了拉丁美洲文學、東歐文學與少量前英殖民地文學作品。而其中對於拉美文學的重視與譯介，除了可與香港文學自身發展進行參照之外，拉美文學所帶來全新的文學形式，亦帶給香港文學在寫實主義之外的視野與刺激。此外，《素葉文學》除了刊載偏向生活化的散文與小說，建立了其本土性的文學風格，一九八〇年代刊載於《素葉文學》的中國遊記散文，其所透露出的中港關係、對於中國文化的歷史記憶以及中國性，亦讓《素葉文學》的本土性保持了更加多元、開放的意義（王家琪，二〇一四：四五—五〇；二〇一五：七七—一一五；二〇二〇）。在本土性之外，若我們從刊載的文本和相關規劃的專輯來看，《大拇指》評論臺灣作家與作品、再現遊歷臺灣的經驗與地方想像以及推介外國文學，或是《素葉文學》在刊載中國遊記散文、譯介西方文學和引介魔幻寫實所開展出來的世界性，其實也是這兩份刊物在當時試圖開展的重要面向。

引用書目

《大拇指》編輯。一九七五。〈發刊詞〉。《大拇指》一。一版。

《素葉文學》編輯。一九八二。〈向加西亞．馬爾克斯致敬〉。《素葉文學》一三。二。

也斯。一九七八。〈「大拇指小說選」序〉。《大拇指小說選》。也斯、范俊風編。臺北：遠景。一—三。

小藍。一九七八。〈來去〉。《大拇指小說選》。也斯、范俊風編。臺北：遠景。一—二八。

王家琪。二〇一四。〈《素葉文學》研究〉。香港：香港中文大學中國語言及文學課程哲學碩士論文。

王家琪。二〇一五。〈從八十年代初香港作家的中國遊記論本土的身份認同：以《素葉文學》為例〉。《臺大中文學報》五〇。七七—一一五。

王家琪編著。二〇二〇。《素葉四十年：回顧及研究》。香港：中華書局。

何福仁。一九八二a。〈灰姑娘——拉丁美洲小說的勃興〉。《素葉文學》一四、一五。一六—一七。

何福仁。一九八二b。〈東北行〉。《素葉文學》五。二—四。

何福仁。一九八五。〈素葉〉。《香港文學》五。九一—九三。

吳煦斌。一九七八。〈獵人〉。《大拇指小說選》。也斯、范俊風編。臺北：遠景。二一一—二四二。

辛其氏。一九八一。〈飛〉。《素葉文學》二。二八—三一。

迅清。一九八五。〈九年來的《大拇指》〉。《香港文學》四。九三—九七。

青林。一九八四。〈粉紅色燈下的華西街〉。《大拇指》一八八。九版。

俞風。一九八四a。〈走路往金城〉。《大拇指》一八八。三版。
俞風。一九八四b。〈載我去花蓮〉。《大拇指》一九〇。三版。
馬康麗。一九七九。〈一個年輕的出版社：素葉〉。《大拇指》九六。二版。
張貽婷。二〇一〇。〈「動盪年代」的再回首：專訪《素葉文學》創辦者許迪鏘先生〉。《幼獅文藝》六八二。八五—八八。
梁秉鈞。一九七八。〈找房子的人〉。《大拇指小說選》。也斯、范俊風編。臺北：遠景。一九七—二一〇。
梓樺。一九八一。〈臺灣點滴〉。《大拇指》一四三。九版。
許迪鏘。一九八二。〈除了看不到雪〉。《素葉文學》六。一八—一九。
許迪鏘。一九九五。〈在流行與不流行之間抉擇——由《大拇指》到素葉〉。《素葉文學》五九。一〇八—一〇九。
許迪鏘。一九九七。〈在文學大道上走碎步〉。《讀書人》二七。八三—八五。
許迪鏘。二〇〇〇。〈回首阿蔡〉。《素葉文學》六八。二二四—二二五。
雯石。一九七九。〈寶島遊〉。《大拇指》一〇二。六—七版。
葉娓娜。一九八四。〈澎湖多風〉。《大拇指》一八六。三版。
葉維廉。一九七八。〈誰能超世累、共坐白雲中——宜蘭太平山行〉。《大拇指》八八。六—七版。
蓬草。一九七八。〈十三婆的黃昏〉。《大拇指小說選》。也斯、范俊風編。臺北：遠景。三九—

五四。

關夢南。一九八一。〈探親〉。《素葉文學》二。二二。

第六章

嚴肅與通俗之間：《博益月刊》

一、《博益月刊》的城市文學、文化與視聽媒介

一九八七年九月，由黃子程主編、李國威擔任總編輯的《博益月刊》創刊。[70]《博益月刊》在發行二十三期（一九八七年九月至一九八九年八月）的過程中，從其刊載與規劃的內容來看，皆展現了這份刊物嘗試並置嚴肅與通俗的路線。黃子程在創刊號中曾這樣提及此份刊物的宗旨與關懷：

> 《博益月刊》是一份文化文學的刊物。我們志在文藝。我們的文藝創作是多方面的，永不單調，力求趣味多，雅俗兼容。我們也志在文化。特別是城市文化生活的話題，以之討論，各抒己見，為這個城市蓬勃的文化活動提供一個探索與交流的園地。（黃子程，一九八七：一）

《博益月刊》在其創刊號採用了黃永玉畫筆下，以一個人字形在天空翱翔的五隻雁作為封面。黃子程在往後回憶當年創辦《博益月刊》的回想時特別談到，當年以這幅畫作為這個封面的設計，便是寓意這份文藝雜誌，是為人而編、為人而寫（黃子程，二〇〇五：一八）。從其發刊辭或是日後的回

70　一九八一年四月，博益出版集團有限公司成立，由電視廣播有限公司創辦，之後出售給南華早報集團，二〇〇八年結束營業。《博益月刊》即為博益集團之下，於一九八七年推出的文學刊物。博益在一九八〇年代曾帶動中文袋裝書熱潮，並陸續推動倪匡、黃霑、林燕妮等香港通俗作家作品。《博益月刊》雖作為一份由商業機構支持下出版的文化刊物，但它仍是當時香港民間文化的重要載體之一（劉俊，二〇一六：五六；陳智德，二〇一九：四七〇）。

想，皆可見到《博益月刊》聚焦的重點除了希望拓展香港的城市文化之外，也立意這份刊物成為一份城中人所共同擁有、討論的文化空間。

這份刊物雖然只維持了近兩年的發行時間，但內容豐富多元，刊載的類別在整體上大致可以分為四類，分別是文藝創作、文藝評論與介紹、視覺藝術，以及文化評介與推廣。相較於其他文藝刊物的定位與走向，《博益月刊》的特殊性在於，它既有如同時代的《香港文學》、《香港文藝》、《新穗詩刊》和《詩雙月刊》強調文藝的創作與保存，透過刊載文學創作、推介中港臺的作家作品、舉辦小說創作獎，或是另闢「當年佳作」重詮香港經典作家作品，《博益月刊》亦具備著如《年青人周報》、《明報月刊》、《百姓》和《號外》等刊物在議題規劃上的文化彈性。《博益月刊》注重城市文化各種面向的開展，包括開闢各種與城市相關的專輯討論、以城市攝影呈現香港的視覺文化，以及帶出電臺與電視，這兩種與大眾視聽媒介相關的日常流行文化，強調香港作為一個城市所可能具備的文藝能量，凸顯香港城市文化的多元發展。

《博益月刊》最初的內容（第一至第四期），多以文藝創作為主，以文化隨筆為副，後來至第五輯開始加入特輯（黃子程，一九八九a）。以創刊的「當年佳作」此欄位為例，過去一九五〇－一九七〇年代期間，香港出版過一些重要的刊物，如《中國學生周報》、《好望角》和《盤古》等，並出現過一定影響力的作家和作品，《博益月刊》希望透過這個專欄讓讀者重溫、認識這些出色的作家（沈舒，二〇二一：七六）。[71]然而，作為一份商辦的文藝雜誌，《博益月刊》希望擁有更廣大的讀者與市場，因此在編輯方向特別注重趣味，在文學的類別上也希望越豐富越好，除了一般基本的文類如小說、散文、新詩、評論之外，亦有漫畫、書信與各類文化藝術。黃子程特別提及，這種方式無非在於「打開社會的文學大門」（黃子程，二〇〇五：二〇）。[72] 一九八〇年代末期，香港報刊上有關文化專題的探討，包括《號外》、《大公報》自一九八八年開闢的「情趣五日談」、《星島晚報》所附送的《星期日雜誌》、《經濟日報》的文化版，以及副刊中有文化評論與文化觀察，針對這樣的現象，黃子程觀察到這些文學形式都彰顯了在雜文、小說之外，報刊編輯開始在內容的策劃中，如何以有趣的文化探討另闢蹊徑（黃子程，一九八九b）。在此脈絡下，《博益月刊》自第五期開闢了「電臺文化」，至後續陸續策劃的「城市浪人」、「亦舒現象」、「專欄文化」、「香港懷舊篇」和「電視文化特輯」等文化專輯，逐漸奠定了此份刊物的基礎。這樣的定位與走向獲得不少讀者的來信支持，而在此份刊物上撰稿的一些作者也認為這類的文化特輯提供讀者更寬廣的閱讀趣味（黃子程，一九八九c）。

相較於純粹刊載純文學或完全走向通俗與消費文化的路線，《博益月刊》嘗試走的是一條偏向文學通俗化與活潑化的道路，側重趣味與文化觸覺，但在此通俗的道路上又絕非流於庸俗（黃子程，

71　《博益月刊》分別在第一、二、三、五、十、十三這幾期開闢「當年佳作」專欄，依序介紹了亦舒、舒巷城、陳炳藻、綠騎士、侶倫和杜杜。黃子程提及，選擇這些作家是因為他熟悉且欣賞他們的作品（沈舒，二〇二一：七六—七七）。

72　為了打開銷路與文藝普及化，黃子程曾發信給中學至各學校演講文學創作與欣賞，推廣香港文學與文藝刊物，並替高中生主持文學講座，先後舉辦過二十多場，雖然學生反應熱烈，但對銷路影響不大，《博益月刊》每月只售出約一千本左右。黃子程主編至第十九期，其後由李國威接任（黃子程，一九八九d；沈舒，二〇二一：七八）。

一九八九d；沈舒，二〇二一：七六）。對比於一九八〇年代追求實驗性與提升香港文藝的《八方》，或是期望在全球華人文學中能發揮橋梁作用的《香港文學》，《博益月刊》標榜「生活感」，力圖做到雅俗兼容（黃傲雲，一九九〇：一三）。正如編輯黃子程在〈兩本文藝〉一文中曾比較《博益月刊》和《八方》這兩份刊物，他提到這兩本文藝刊物基本上都要求作品必須具有認可的質量和水平，但其認可在不同的讀者群中有不同的標準。其中，《博益月刊》的特殊性在於它不排斥嚴肅作品，但也兼容通俗與趣味的文章（余雁，一九八七）。〈兩種文藝〉這篇發表於一九八七年《博益月刊》創刊初期的文章，初步定調了此份刊物的定位，而至一九八九年，黃子程更進一步以《博益月刊》和《八方》這兩本刊物為例進行比較，從文章類型的刊載路線差異談起，藉此強調《博益月刊》的通俗特質：

> 文藝通俗化的路其實沒什麼準則可言，老實說，我是以朋友編的刊物《八方》作為借鏡，常常用這兩份刊物的分別作為嚴肅和通俗的分水嶺。事實上，發表在《八方》的作品都是典型的文學作品，從形式到內容，有一派嚴謹的作風，我知道，裡面的作品，都是不宜在《博益月刊》中發表的。……我們清楚自己主編的刊物，一定要跟《八方》不同，我想刊載人人容易看得懂的東西，這「容易」就是我底通俗的意思了。（黃子程，一九八九e）

雖然黃子程並未在此清楚定義「通俗」，但他在這篇文章的後半段列舉了不同作家發表於《博益月刊》的文章，並指出他們文章的共通點，比如他舉例葉特生文章的白描與通俗、西西評介海峽兩岸的短評具備清楚的解說，其獨特且敏銳的視角寫出了淺白且具可讀性的評論。由此我們得以判斷，黃子程嘗試在《博益月刊》尋找的通俗路線，並非以撰稿人本身是否長期書寫純文學的作品，而是依據撰文內容的「易讀性」與「普世性」。《博益月刊》在一九八〇年代透過通俗、生活化的方式呈現城市文化，除了發展出其獨特的走向之外，如果我們將《博益月刊》放在當時的香港社會發展框架下來看，亦可見其補充了一九八〇年代香港作為一個全球城市這個定位在文化意義上所折射出來的面貌。

一九八〇年代東亞城市在超大城市的陸續出現、打造全球化城市的熱潮興起，以及跨國與跨區域的連結日漸增加這三種現象的發展脈絡下急速大都會化，當時的香港即為東亞重要的金融貿易節點，並經常以亞洲國際都會作為號召，宣揚其城市身分（黃宗儀，二〇〇八：二一三）。香港作為一個全球城市，其被再現的方式多半會彰顯其在東亞所具備和扮演的策略性經濟位置，並和經濟貿易、全球化資本主義、商品流動等現象連結（Lui and Chiu, 2009: 93; Beaverstock, Taylor, Smith, 1999: 448-449）。然而，當一九八〇年代，香港在迎接一個新的歷史階段，這個象徵著全球化時代的來臨，其所能被再現的城市形象或觸發的議題，除了僅圍繞在全球城市於經濟結構上的改變，或是強調跨區域經濟合作之外，在文化形式上可能開展出一個什麼樣的城市想像？

阿巴斯（Ackbar Abbas）在其著名的《香港：文化與消失的政治》（*Hong Kong: Culture and the Politics of Disappearance*）一書中，曾透過電影、建築和文學創作，以及不斷變化的城市文化和空間之間的多重關係，探討香港主體在一個其命名為消逝的文化空間中的文化自我創造。阿巴斯在書中提出，一直以來香港始終存在著逆向幻覺（reverse hallucination）的問題，亦即對存在之物的視而不見，香港擁有文化，只是不易被指認，然而，這樣的逆向幻覺到了一九八〇年代逐漸產生了變化。香港的文化在當時可以這樣描述，從只看到沙漠的逆向幻覺，逐漸過渡到消逝的文化。弔詭的是這個文化是建基在消逝之上（Abbas, 1997: 6-7）。一九八〇年代的香港除了作為一個全球城市之外，一九八四年中英聯合聲明的簽署、一九八九年的天安門事件皆意味著香港面臨新的轉折，在擔心帶有民主色彩的香港生活方式即將消失的時刻，這個消逝引發了人們對香港文化前所未有的強烈興趣。

建基於阿巴斯的理論框架，文化形式往往投射了一座城市的欲望、恐懼與情感，我在這一章嘗試以《博益月刊》，這份以「城市文化」作為定位的文藝刊物為例，藉由探討刊物中出現的城市短篇與城市小品等文藝創作、攝影作品中圖文並置的視覺文化，以及保存了城中人時代記憶與文化的視聽媒介電臺與電視這三大類刊載內容，反思一九八〇年代《博益月刊》嘗試建構香港文學與再現城市的幾種路徑。

二、城市短篇、城市小品與城市攝影

一九八〇年代以來，以都市為主題的香港文學研究已有所累積，包括梳理一九三〇、一九四〇年代早期文學中的都市描寫和現代性的表現；一九五〇年代南來文人對香港都市的看法和變化；一九六〇年代現代主義文學對都市的表現；一九七〇年代本地成長的一代作者藉由都市題材展現本土意識；一九八〇年代以來從後殖民和後現代性等研究都市經驗等（王家琪，二〇二〇：七六）。相較於此，此研究嘗試從一九八〇年代香港在作為一個全球城市並處於一個消逝的文化空間切入思考，《博益月刊》如何以文學和文化媒介呈現香港城市文化。透過對《博益月刊》的城市文化探討，一方面有助於我們挖掘在既有的香港城市研究多以作家作品進行討論之外，《博益月刊》作為一份刊物，如何從文學與文化展現其對於城市想像的回應，另一方面，相較於香港的城市文學多以現代主義、後現代主義等形式進行探討，《博益月刊》中以寫實主義和超現實主義的方式再現香港城市的作品，這些書寫將有助於我們拓展對於香港城市書寫形式的理解。作為一份志在文藝、強調城市文化的刊物，城市的想像與形塑是《博益月刊》聚焦的重點。《博益月刊》共二十三期的發刊過程中，我們幾乎在每一期的目錄編排上都可以看到以「城市」作為欄目所刊載的文章，包括城市短篇、城市小品、城市攝影和城中文化等類別。在這些欄目中，再現城市的路徑主要是以文學創作和視覺文化這兩種方法呈現。以下，我會從城市短篇、城市小品、城市攝影這三個層面，探討《博益月刊》如何再現城市。

（一）城市短篇：非理性與城市奇談

以「城市短篇」為主題的小說中，有多篇皆以都市奇談的書寫策略呈現。充滿超現實主義的〈異鄉人的夜訪〉，開篇以一隻停在三明治上的蒼蠅揭開城市的空間，對比於腹脹如鼓仍不斷尋找食物的蒼蠅，城市中的另一個空間是一位躺在碌架床下層，已絕食七天堅持自殺的老婦文梅。這篇小說描述文梅在臨死之際見到卡謬，並與之展開關於人生的對話。他們談論薛西弗斯、人生的荒謬、存在的虛無與幻象，在一來一往的對談中，文梅也間接批判了一九八〇年代香港城市的底層現實：

> 找我？我又不認識你！噢，我明白了，你不是閻羅王派來的，你大概是什麼議員之類。我警告你們，即使你是港督，我也不給面子。要搞安老計畫，旺角後街鐵籠子裡有大批對象，我已經有歸宿，不要想再在我身上作文章，撈油水！（陳方，一九八七：三〇）

這段恍惚中的對話，除了批判政府推行的政策之外，透過文梅口中旺角後街鐵籠子此一居住空間的指出，也帶出了香港的居住與土地問題。小說結尾殘酷地描寫到那隻因太飽而昏厥在蘋果上的蒼蠅慢慢甦醒，繞屋而飛循著氣味尋找下一個食物來源，最終停在文梅的屍體上。對比文梅和卡謬說的那一段話，作者彷彿以文中那隻永遠吃不飽的蒼蠅暗諷香港政府。

李英豪的〈食人鰭〉敘述忍受不了丈夫外遇的妻子霍太，將家中原先飼養的一批溫和神仙魚換成嗜血的食人魚，透過刻意讓魚群飢餓，將食人魚丟進浴缸內，趁機咬傷浸泡於水中熟睡的丈夫（李英豪，一九八八：九五—九八）。這篇小說除了以銀光、血紅的色彩、隔著玻璃露出一陣令人感到寒氣的鱗片，以及尖銳的牙齒等感官描述魚缸內的食人鰭，藉此烘托城中人對於婚姻關係的憤恨，同時也透過霍太溫馴的表面與復仇的內心所產生的斷裂呈現城市的人際疏離。

同樣以城市奇談的方式再現香港的小說，〈錯體鈔票〉描述位在香港島南端一處的大屋內，藏有一張身體錯位、顏料錯色的錯體鈔票，這張稀有的鈔票，一開始由一個男人交給他熟識的女人，女人一心想將這張鈔票送給心愛的情人，爾後拿到這張鈔票的情人，又想將它送給長期陪伴在他身邊的妻子，這張錯體鈔票便隨著城中人各種不同的情感羈絆與欲望而四處流轉到不同的人手上。故事的高潮發生在當這張鈔票流轉到一位老人手上時，突然遇到搶匪，誤以為這張錯體鈔票是垃圾而將之撕毀丟入大海：

> 大風一吹，紙碎片飛揚在空中，先後飄落在海面。這張價值連城的鈔票，載著它那錯了位的圖案和人類的各種情感，沉進了浩瀚的汪洋大海中。（李男，一九八八：五七）

這篇小說以一張流轉四處的錯體鈔票，再現人類的欲望，藉由情感的流轉，它正如阿巴斯在談論香港文化時所謂的錯失感（déjà disparu），這張錯體鈔票所象徵的欲望還未成形卻不斷地消逝。這個消逝在文本中除了指向故事表層，那張錯體鈔票最終沉入大海之外，也指涉了城市中的夢、發達、幻想和償還的難以持續，〈錯體鈔票〉的消逝主題更如同一則寓言，暗喻著即將面臨九七回歸的香港本身。

二十世紀中期以來，香港新的文化身分多圍繞在香港現代城市的建立而展開（趙稀方，二〇〇三：一八一），相較於許多香港小說早期對於都市化的批判，強調現代性對於鄉土的入侵與破壞，以及物質化與精神價值的錯置，刊載於《博益月刊》以「城市短篇」為主題的小說，則更加側重於城市人內心欲望與現實之間的衝突與矛盾，並擅長以非寫實的筆法，模糊現實與想像的界線，將各種心理狀態、情感和奇想並置。上述這三篇小說，皆使用了城市奇談或愛情這一類通俗的元素，談論有關消逝的主題，並將潛伏在城市各個角落的幻想與匱乏，透過一件荒謬、非理性的事件發生，一方面拆解城中人的情感與欲望，另一方面暗喻香港的社會現實。

（二）城市小品：日常、生活方式與城市空間

如果說城市短篇是以小說此一文類，透過城市人的欲望、情感再現了有關城市的奇想，那麼城市小品這一類別中的散文，則是多藉由城市中的日常、生活方式與城市空間的想像，開展生活在城市中的各種可能。

黃維樑的〈遁入清閑〉一文，對比香港城市的快與慢，透過想像行走在城市中的移動過程與停頓，重新反思城中生活的日常與速度。文章一開始他即以香港城市的各種「趕」，帶出城市中慣有的急促節奏：

> 在香港，這城市中的城市，生活的節奏實在急促。上班前趕搭車，在寫字樓趕工作，中午吃飯趕佔位子。下班之後呢？趕買一份馬經，或在趕赴馬場。看周潤發的戲，趕七點半；聽徐小鳳的演唱，趕八點。（黃維樑，一九八七：一二〇）

這篇散文開篇的描述，便帶出香港城中人不論是上班、飲食甚至在體驗休閒娛樂的過程中都在趕。在這個大家習以為常的「趕日常」之外，作者開始思索一種「慢日常」的可能，他想像如果在中環銀行區內設有一座畫廊和博物館，城市中的人將可能從藝術中得到暫時的解放，或是在鬧市中多設立公園、在市中心開闢行人專用街道，提供人們自由瀏覽街景。值得留意的是，黃維樑設想出一種新的城市生活方式與慢日常，並非是發生在香港的郊野綠地，而是直接在這個象徵香港資本主義結構密度最高的商業中心中環設立藝術機構，或是在市中心提供行走在城市中的人們，一個暫時停留或好好觀看香港城市街道的區域。這一種對於城市空間的想像，不僅讓城中人在移動的過程中，打破城市空間原先被賦予的主流定義，也提供了人們在日常生活中一種新的城市體驗。

同樣以步行作為反思城市生活方式與空間的還有梁鑅的〈漫步中環〉。這篇散文並置了中環的日與夜，呈現出中環在不同時間的不同面貌。

> 晚上的中環是浪漫的，是嫣紅的。深秋的畢打街，更令人感動。從一個二十八歲的男人的角度來看，日間的中環則是灰白、規規矩矩、煞有介事般正經。我來中環，已有兩年多了。（梁鑅，一九八八：四〇）

讀者一開始並不知道，何以深秋的中環夜晚會帶給作者如此不同的感受，但透過他的腳步，我們逐漸看到他走進一間五〇年代的懷舊餐廳，一邊喝著不加糖的凍檸水，一邊讀著新聞剪報。而同樣坐在這間畢打街上的懷舊餐廳內的，是另外一群笑談男女事和工作的中環人。在這樣的談笑聲中，穿插著在店裡播放的樂曲《歲月流聲》，敘事者「我」開始在這個中環人慣常的交際與懷舊的音樂這兩種聲音的流動之下，反思自己到中環這兩年多來的心情：

> 五十年代，是一種生活方式。飽經戰亂的人，不管是年青還是年老的，想必有那種柔和而憂患，進取而又達觀的情懷吧。我這樣想。三十年後，除了低通脹和賺得「四小虎」的名堂外，今天我們有的只是：投機、野心、閃縮、窩囊和暴發戶式的豪邁，成龍也好、聯合交易所也好，都是那麼短促、具體但卻不現實。（梁鑠，一九八八：四〇）

中環之於香港，這個地方經常被導向的意涵總是與經濟、貿易連結，但是透過作者選擇行走與停留的路線，他提供了另一種城市觀點，以及一種另類的城市生活想像與身分。這篇散文所開展出來有關於城中人的生活方式與身分，和《博益月刊》在第六期所開闢的「城市浪人」特輯恰巧有了相應的地方。「城市浪人」此特輯標示出城市人的建構與想像，城市浪人不只是一種身分，它更是在香港城市中的一個階層、一種位置或是一種生活方式。[73]

相較於一九六〇年代的學生運動與反叛，一九八〇年代的新世代或知識分子則朝向保守與建制，崇尚物質享受與獨善其身的價值觀。這些傾向解釋了過去十年來雅痞（yuppie）這個階層在西方興起的樣貌，象徵了一九八〇年代知識分子的典型形象。他們擁有專業知識、講究生活的品味與享受、懂賺錢和消費。雅痞這個詞彙其實帶有嘲諷意味，指涉那些意志薄弱或出賣革命理想，對建制投懷送抱的叛徒。他和嬉皮（hippie）有相近的特點，亦即都是理想主義者對一個令他們徹底失望的社會所進行的消極抵抗。這個名詞在香港真正流行起來是一九八〇年代中期左右，有趣的是這個由美國傳進來的名詞到了香港，則轉變成知識分子趨之若鶩的名牌階級，而對於這個身分與階級的追求，也弔詭地同時反映了他們對美國文化與美國夢的嚮往（林達達，一九八八a：一一四）。

「城市浪人」這一個特輯從各種角度思考雅痞和城市浪人的差異與特性，包括外型衣著、身材特徵、格言、崇拜的偶像、興趣、慣性閱讀和喜愛的電影。相較於雅痞的衣著總是名牌，城市浪人則是經常以介乎隨便和老土的襯衫、球鞋、牛仔褲和白色底衫的形象出現。這些分類刻板化了這兩類城市人的特性，但我們也可以從這樣的分類看出，當時香港對於雅痞與城市浪人的想像與建構。相較於雅痞，這個特輯提出了香港新世代的另一種樣貌，亦即選擇自由，不受限於穩定工作的城市浪人，這個身分標籤帶出了創造與追尋這兩種城市價值與核心，在高度資本主發展的社會下，城市浪人的生活與工作方式提供了一個另類的路徑與身分位置。

除了透過生活方式與日常的移動經驗重新想像城市之外，城市小品中的散文有一類則觸及到人在城市中對於建築與空間的體驗。〈地〉和〈高樓的心理學〉這兩篇散文，皆以香港城市高樓的特質與

73 《博益月刊》第六期與林達達合作的「城市浪人」特輯中，林達達以「流動才是生命」此一觀點，高度評價了四處體驗人生的浪人特質，以及城市浪人對於自由的嚮往。編輯黃子程曾提到，這期的特輯迴響特別多（黃子程，一九八九c）。

視野，帶出香港城市的空間感。海滴的〈地〉以旅居日本和巴黎的居住經驗，傳達貼近地面、可與人平視齊高的建築，如何更能真實體會人際之間的互動，反襯在香港居住於高樓的離地經驗（海滴，一九八七：七〇—七一）。作者藉由對比日本、巴黎和香港的建築形式，以及居住空間所帶來的視覺與聽覺感受，即便這篇散文不長，但仍精確地呈現空間與居住視野的差異，如何影響城市中人與人之間的關係。

同樣描述居住在城市高樓的人，黎活仁〈高樓的心理學〉透過描寫住在高樓的人往窗外俯瞰的視野對於這座城市的想像。香港城市中的「自然景觀」是被左右樓宇切割而成的，城市人雖然緊閉門戶，但在這個建築密集的都市空間中，人們卻以一種奇異的方式連結著：

> 可是晨風仍然傳送著左鄰右里的烤麵包香氣；午晚弄膳時分，樓上樓下一起噴出油煙；萬家燈火之際，天空中又滿佈沾有肥皂的水蒸氣。（黎活仁，一九八七a：一一八）

對比於上一篇〈地〉對於城市高樓所帶來人際間的疏離與冷漠，〈高樓的心理學〉則嘗試從另一個角度重新思考，香港城市空間的特殊性所引發的另類人際連結。因為密集的建築形態與距離，導致城市中的人們在日常中經常共享著同樣的氣味甚至是濕度。〈高樓的心理學〉除了對由香港高樓望出去的視野進行了細緻的描述，文章中段更透過在高樓上俯瞰維多利亞港與東區走廊的過程，憶述身分與移動之間的問題。

維多利亞港兩岸差不多是平行的，加上視線被左右樓宇阻斷，「自然」於是成為一個長方形的立體。……我的浪漫主義源於父親的南遷，他一直營營役役，始終沒空回歸，當然我也如常填寫南中國某縣為籍貫，這個地方我只在地圖上見過。我的孤舟是否應該有個故園呢？……眼前這個長方形的空間，是一個陳列在玩具部的交通模型，從二十樓俯瞰，夜深的東區走廊還有不少模型車在走動，我很自然就回憶起自己的童年。……東區走廊的交通並不是東流的逝水，車輛不斷從東走到西，又從西走到東，公路的時間是循環不息的，也是相對靜止的。（黎活仁，一九八七a：一一八—一一九）

相較於父輩傳承的籍貫只是一個存在於地圖上的地名，站在高樓往下眺望的視野，作者視線所觸及的香港地景反而真切，而文本中的凝視香港，除了保存了香港的在地生活與童年記憶之外，在凝視之中，由城市高樓所見的視覺描寫也一併帶出城市的流動，並置了時間的動與靜，以及空間的近與遠所形成的特殊感受。

因為城市建築而構成人對於時空的特殊感知，黎活仁在另一篇城市小品〈溫室的詩學〉則以一種更為魔幻的方式呈現。溫室原本指涉的是專門用來栽種植物的建築物，透過玻璃或塑料等材質的特性，可依照日光發出的能量而加溫，讓溫室中的環境有利於植物生長。這篇散文透過在城市走路的移動經驗，將朝向便利與舒適的香港現代建築設計與規劃比喻為溫室，思考香港城市空間在現代性的規劃下，空間結構如何影響城市人的心理感知：

> 購物中心的中央，是一個類似溫室的設計，冷氣吸掉了陽光散發出來的熱氣，寒冷的陽光又驅走了黑暗，照明了溫室通道內的擺設，常綠的室內灌木。……溫室的夢想，是垂直上升與下降的夢想……溫室不再是狹小的空間，而是隨著柱的運動，在心理上形成比宇宙更為寥廓的空間。……現代建築的柱，都甚少雕飾，反而升降機的設計越來越顯得突出，因為升降機直接提供了垂直上升的實際上的快感。（黎活仁，一九八七b：五六—五七）

在進入這座現代溫室之前，作者其實從地鐵站出口走進購物中心之前，已經開始對香港的現代建築與空間進行思考。文章一開始我們看到他的移動路徑：

> 下班回家途中，往往會經過一個與地鐵出口相連的購物中心。（黎活仁，一九八七b：五六）

商場之於當代香港幾乎已是這座城市的空間象徵，作為一個商場城市（mall city），商場的存在不只是一個消費空間，其更影響著香港的社會文化發展。Stefan Al 曾精確地指出，在香港，購物中心不會孤立存在，它們往往附著在住宅區和交通樞紐上，深入地下與地鐵系統進密相連，它確立了消費主義的文化，在這我們可以看到許多城市中的日常生活（Al, 2016）。黎活仁在散文中透過日常的移動路徑與觀察，除了點出香港的建築設計與規劃，亦即地鐵與購物中心的相通與便利性，同時也揭示購物商場在香港城市的無所不在。

黎活仁接續以樑柱、升降梯這些現代設備，想像購物中心所搭造出來的溫室，文中更以一個有關於升降梯的漫畫故事為例，講述現代城市建築與設備所帶來的想像空間與奇幻感：

> 有一個初訪大城市的老鄉眼見一個老婦走進升降機，不久之後，馬上變成一個花枝招展的少女走出來，老鄉以為眼前的溫室就是時光隧道，不禁大喜，於是毅然踏足那個未知的世界。（黎活仁，一九八七b：五八）

城市中的空間規劃與現代設施，帶來了時空壓縮，時間與空間本身在城市中的商場彷彿也被商品化、景觀化，並成為城市中一種獨特的另類體驗。

（三）城市攝影：視覺文化與觀看香港的方法

前述提到，《博益月刊》再現城市的路徑除了文學創作之外，視覺文化亦是另一個重要的呈現方法。在共二十三期的發行過程中，有十六期都收錄了以城市攝影為主題類別的攝影作品，其中又以香港攝影師李家昇拍攝的照片占多數。[74]

74 李家昇，一九五四年生於香港。一九七〇年曾和關夢南共同編輯出版《秋螢詩刊》，之後轉向視覺藝術，一九七八年與妻子黃楚喬設立攝影工作室，開始從事廣告攝影工作。一九八〇年代以來，李家昇陸續在《攝影畫報》、《攝影藝術》、《博擅於捕捉城市風景的李家昇，在《博益月刊》這一系列的城市攝影，除了呈現他的攝影作品之外，更以照片搭配文字敘述的方式，說明攝影背後相關的故事，也因此讓讀者對於這些城市風景的捕捉有更深一層的理解。創刊號中刊載了李家昇的四幅攝影作品，包括〈半睡的建築物〉、〈鏡子裡的風景〉、〈和水泥三合土的關係〉、〈島〉，其中有兩件作品皆是以城市中的建築為主題。〈半睡的建築物〉以建築物在光影投射下所形成的明暗，以及建築物不同切面上所呈現的直線線條，展示城市的動態樣貌。〈和水泥三合土的關係〉則是一張正在興建中尚未完成的城市建築，在這張照片下方李家昇也提及了他的攝影觀：

> 我的風景是主觀的。……每天走在路上、坐在公共汽車，風景不斷移動，使我想有系統地去拍攝一些照片……風景是私人和主觀的。正如某天下午你和朋友閒談的時候，把半截康樂大廈放入一杯未放糖的咖啡裡。（李家昇，一九八七a：三八）

他認為如果只是拍一張客觀的風景照，那麼這張照片並無法超越眼前真實的風景，但如果是帶著私人且主觀的視角，那麼照片本身便有了意義和故事。換言之，對李家昇而言，透過攝影並非再現真實，而是充滿日常生活與記憶的軌跡。也因此，我們在其他期的城市攝影系列當中，也可見到李家昇的作品經常是透過光影明暗的捕捉強調照片中的主觀情感，並且將時間感帶進攝影本身。

《博益月刊》第九期，〈塗在灣仔一幅破牆的伊利沙伯雅頓〉讓我們看到城市中國際品牌可能被再現的方式。香港作為一個全球城市，充滿著來自世界各國精品的販賣與展示，李家昇嘗試捕捉這些象徵國際資本、跨國流動的商品存在於這個城市的各種可能。在這篇文章中收錄了他的攝影作品，包括〈所羅盤廢屋和 Elizabeth Arden〉、〈在灣仔附近的 Maxi〉和〈花園道上的 Chanel〉，李家昇捨棄了直接拍攝國際商品本身，而是將名牌化妝品當作顏料，平塗在一系列以黑白風景照呈現的香港城市各個角落。透過這樣的呈現，商品不再只是一個品牌象徵，而是和歷史感或生活的痕跡有了疊合的可能，並在交織著現代與過去的時空中，藉由顏色、物件的衝突美感與不尋常，捕捉現代商品與城市舊區的並置，再現了全球與在地的壓縮。

除了風景與攝影的主觀感受，以及在這個主觀感受下，每一張照片本身所可能帶有的記憶、歷史與情感之外，我們在《博益月刊》這一系列的城市攝影中，更可以看見李家昇的攝影方法。他強調拍攝香港需要有自己的視覺方法與視象風格，以李家昇自己的主觀攝影觀點為例，他在《博益月刊》的不同期數中皆提供了各式攝影的方法與視角，包括散點透視、留白的意義、遠近法，以及巴士的視覺訓練法。

他拍照的其中一種觀景方法，是將左右兩個空間平均分割，讓它們互相產生各自的關係，打破平日慣性的聚焦視覺方法，李家昇認為散點的透視也許可以讓風景產生完全不同的角度（李家昇，

益月刊》和《星晚周刊》等刊物撰寫與攝影相關的專欄文字，多次獲得國際獎項，並於不同時期擔任香港藝術機構重要職務。相關資料可參考「李家昇博物志」http://www.leekasing.net/。

一九八八a：一三三）。他的照片很多時候會刻意保留一大截天空，天空在他的攝影理論中如同一張白紙，和要放進去的東西產生著強烈的關係與感情（李家昇，一九八七b：三四）。如果說留白的畫面和照片中其他被捕捉的物件之間存在著意義，那麼攝影過程中鏡頭與景物之間的距離遠近，也同樣是李家昇留意的地方。〈東之邊緣視覺遠近法〉是一幅專業攝影師看東區展覽的作品，李家昇選擇拍攝維園，因為它是位處東區的邊緣。這件作品透過維園中遠景與近景的動植物而組成，在畫面上讓人產生了遠近的空間與距離感，也讓觀者重新對東區或維園有了新的想像。

這些解構慣常視角的攝影方法，除了表現在他的作品之外，很多時候其實是源自於他的日常生活。他在〈巴士照相學〉這篇文章中曾提到：

> 有一段日子我坐公共汽車的時候總是帶著照相機。……這四十分鐘有時俯衝，有時跌撞，卻把你的腦袋你的眼睛從平靜的平行線上撞了出來。……我稱這個拍照方式叫「視覺練習法」。巴士在路上奔馳，現代和不現代的風景在你眼前滑過。（李家昇，一九八八b：一〇〇—一〇三）

李家昇從住處到工作的地方需要四十分鐘的車程，在巴士上的這四十分鐘，衝擊、改變了他慣常使用的視覺與攝影習慣。在移動的車上觀看城市的距離、高度和空間感，皆和平時站在定點拍攝的視點不同。透過在城市中的移動經驗，巴士作為一種交通工具，其所具備的特殊視角讓李家昇發展出一種「滑過」的攝影美學，以及捕捉城市流動的方法。

三、流行文化與視聽媒介

（一）聲音作為敘事傳播的媒介：電臺

相較於文字媒介與視覺文化，視聽媒介與城市之間的關係，也在《博益月刊》占據了重要的位置。一九二八年，香港第一個廣播電臺（臺號GOW）由政府成立，一九四八年，香港廣播電臺正式成立，香港廣播史上曾叱咤一時的「麗的呼聲」，也於一九四九年啟播，短短兩年時間用戶已由原本的七十戶增加至三萬戶，在一九五〇年代的高峰期，平均四個香港人就有一人是麗的呼聲的聽眾，電臺的發展也因此成為香港流行曲成長的重要媒介（陳嘉玲、陳倩君，一九九七：三—四）。

《博益月刊》第五期由林達達主訪，特別推出的電臺特輯中，分別收錄了一篇引言、三篇訪問和一篇綜論。[75]其中訪談篇分別訪問了香港電臺中文臺臺長吳錫輝、商業二臺節目主任湯正川，以及獲得香港電臺DJ大賽的青年選手。吳錫輝認為如今媒介之間的界線是模糊的，因此電臺往往也會與電視有相互連結的地方，這個界線的模糊除了是因為大眾媒體的多元性所導致之外，也同時是電臺因

75 《博益月刊》早期製作文化專題的旗手為此刊物的特約編輯林達達。畢業於港大的林達達早年在《青年人周報》撰寫影評、文藝小品，後來陸續擔任《號外》文化版編輯、《南華早報》影評專欄作者，並與友人籌辦剖析普及文化的刊物（黃子程，一九八九a）。

應時代潮流所做出的相應策略。相較於此，商業二臺的湯正川則有另外的看法。相較於商業電臺，香港電臺還另外設有電視部，在節目製作與構思上越趨近於電視，湯正川認為，電臺應該有自己獨特的文化和節目政策（林達達，一九八八b：一七五）。《博益月刊》第五期的訪談製作，分別從香港電臺與商業電臺這兩種不同的視角，帶領讀者思考一九八〇年代的香港，這個當影像正大行其道的時代，電臺媒介如何與其他媒介共處，及其所開展出來的生存路徑與方法。

除了透過了解不同性質的電臺其所賦予這個媒介的位置與價值之外，我們在這一期的專輯製作中，也可看到電臺作為一種消費媒介，其與大眾之間的關係。雖然電臺在一九八〇年代已逐漸被視覺媒介所取代，但也正因為其所具備的純粹聽覺，它與大眾之間的關係仍因為「隨意與零碎性」、「想像空間」和「溝通性」這些特質產生日常的連結。林達達在〈私語話電臺〉一文中曾提到，電臺提供大眾可以一邊收聽一邊做其他的事，在極度繁忙的香港社會裡，這也是一般人收聽電臺的習慣。在娛樂事業日趨世俗化與盲目相信曝光的年代，幾乎只有電臺可以保持一種神祕浪漫的氣氛（aura）。在這個想像的空間中，電臺作為大眾傳播媒體，其與聽眾之間的關係相較於電視或電影有更強烈的感情濃度（emotional intensity）（林達達，一九八八c：一八一—一八二）。電臺作為一種以聲音作為傳播媒介的媒體，音樂的播放經常得以讓受眾者產生認同的可能，費里夫（Simon Frith）在討論流行音樂時曾提到，聽眾在消費、享受流行音樂時，可能會產生創造認同、經營情感、組織時間，以及鞏固自我意識等經驗（張美君，一九九七：五〇）。

一九八〇年代電臺相較於電視、電影來說已不是主流的大眾娛樂，但電臺卻仍有其獨特性，透過聲音賦予大眾諸多的想像與記憶。《博益月刊》除了在第五期推出電臺特輯之外，其實在每期固定的「城中文化」欄目中，經常會推出「電臺輪唱」的主題，邀請有電臺經驗的人撰稿分享。早期因為沒有電視的競爭，所以電臺的話劇節目或單人講述的小說節目深受市民歡迎，但隨著一九七〇年代彩色電視進入一般大眾家庭，以及一九八〇年代錄音器材與錄影帶等各種科技媒介的多樣化型態選擇，電臺也開始在型態上進行調整，出現了許多具備個人風格的音樂節目主持人。雖然不同時代有其相應的媒介，並逐漸取代電臺作為日常娛樂的位置，但電臺這個純粹靠「聲音」去想像故事的媒介仍有其獨特性。

時任香港電臺的節目主任曾智華便曾以自己的經驗與記憶出發，提到電臺之於他的影響：

> 戰後出生的一代，大都和電臺同步成長。五、六十年代，電視及其他娛樂事業並不流行。電臺，成了絕大多數市民生活的一部分。……幼時居住於舊唐樓，住著數伙人。冷巷有牀位數個，其中之一租給一名電臺迷，整天將收音機開得大大的。是故，三歲時，我已開始能跟著唱播出的歐西流行曲，如 Paul Anka 的 I Love You Baby 之類，至今隻字未忘。（曾智華，一九八八：七七）

在曾智華的憶述中，我們看到了電臺透過聲音所生產的傳播，如何在唐樓這樣的居住空間形成最大效應，並藉由電臺這個媒介，從私人、小我的成長經驗與情感出發，連結至香港的時代記憶。同樣透過聲音傳播和溝通性的電臺特質也可見於另一篇「城中文化」欄目中電臺輪唱的主題文章〈站到邊緣回望時〉。歐陽應霽在談到自己第一個主持的音樂節目《邊緣回望》時，曾提到自己的聲音第一次在空氣中傳到別人耳中的記憶，藉此帶出城市中，人與人之間的聯繫如何藉由聲音、電臺這個慢熱的媒介而產生連結。

電臺此媒介除了與個人經驗、私密、小我的記憶相關之外，回到此專輯首篇由林達達執筆的文章，我們可以更清楚看到，電臺之於香港流行與消費文化的位置，以及《博益月刊》在第五期何以特別推出電臺特輯的緣由：

> 我們認為在這些急景殘年、夕陽斜照的「危城歲月」裡，收音機的地位會越來越特殊、越來越重要。我們生活於一個不安全的時代裡，沒有「將來」，只有「未來」……為了抗拒因前景不明而滋生的不安全感，他們只好求助於古老的回憶，而收音機，正如照片一樣，是關於記憶的媒介，過去與現在的橋梁。（林達達，一九八八d：一七〇）

這篇文章除了點出電臺作為一種消費媒介所具備的特質之外，值得留意的是，電臺所承載的古老回憶和作為記憶媒介的象徵，更與一九八〇年代香港對於前景的未明不安，及其所投射出的懷舊意義產生了連結。《博益月刊》第五期開闢的媒介特輯，透過「電臺」開啟了此份刊物以文化為導向的走向，正如編輯黃子程留意到，林達達在〈私語話電臺〉一文中指出了電臺之於電視、電影的特殊性在於電臺聽眾的「隱蔽者」位置，以及電臺此媒介的聆聽想像必須建立在真實的基礎上，唯有真實的情感才得以引發聆聽者想像上的共感（黃子程，一九八九ａ）。透過這個專輯的規劃，不只象徵了《博益月刊》自創刊以來首次開闢專輯的編輯轉向，並由此開展電臺此媒介所隱含的想像與情感，及其所帶出的文化空間與香港體驗。

（二）文化生產與跨國流動：電視

一九四九年「麗的呼聲」啟播中英文頻道，一九五七年香港第一間有線電視臺「麗的映聲」開播，它同時也是全球第一個華人地區的電視臺，但當時因為收費高昂，電視並未普及於大眾。直到一九六七年十一月，香港電視廣播有限公司（ＴＶＢ）正式成立，由於是第一家商營的免費無線電視臺，所以又稱「無綫電視」，免費電視臺的出現，讓市民們只須購買電視機便能欣賞節目。它標誌著香港娛樂進入一個新的里程碑，這個新媒體的產生徹底改變過去固有的娛樂模式（黃國恩，二〇一八：七—八）。若電視的興盛期出現在一九七〇和一九八〇年代初期，那麼《博益月刊》在一九八〇年代後期談論電視的意義與特殊性何在？如果我們把時間的向度拉開來看，儘管一九八〇年代中後期，出現卡拉ＯＫ、演唱會、錄影帶等新類型的娛樂模式與視聽媒介，社會品味也漸漸多元，商業電視趨向企業化，失去早期的活力，但就商業的本質上而言，一九八〇年代實則是商業電視的成熟期，是電視機器收緊運作而有效率地全面生產的時期（吳俊雄、張志偉，二〇〇一：一〇〇；馬傑偉，二〇〇一a：一四八）。

《博益月刊》第十二期推出電視文化特輯，討論了香港有線電視所可能開展的影視空間，以及佳視、亞視和TVB等無線電視。在這一期的特輯當中，讀者除了可以理解香港電視在歷史上的發展之外，也可見到香港電視的跨國流動。昔日香港流行文化發展蓬勃時，香港一度成為東南亞流行文化的主要輸出地，香港電視劇、粵語片及粵語流行曲在華南文化圈更是大受歡迎。一九八〇年代，香港無線電視每年製作二千到三千小時的節目中，當中就有一千小時的節目向二十五個國家輸出（陳凱螢，二〇一五）。第十二期的電視文化特輯裡，一篇由《博益月刊》主編黃子程訪談的文章中，資深電視人劉天賜曾提到，當科技越來越進步、地方邊界越顯鬆綁的未來，世界越來越小，香港需要越來越大。他以香港電視劇集的傳播為例，相較於中國、臺灣、新加坡和馬來西亞都有華語節目，但唯獨香港無線電視劇集在海外華人圈大受歡迎，其中一個主要的因素，是源自於當時香港創作的自由度和彈性的製作空間（張煥聘，一九八八：一七九—一八八）。

香港電視發展的跨國流動除了展現在劇集的傳播之外，第十二期的電視文化特輯也特別凸顯了香港電視節目在製作過程中，如何根植本地，承襲異質文化的面向。一九七三年以一棟位於香港街道七十三號的大樓，包租人與房客的日常生活拍攝而成的《七十三》，或是一九八六年香港電視推出《城市故事》，透過三個不同典型的家庭人物互動再現香港，皆是承襲美國處境喜劇（situation comedy）。處境喜劇源自於一九四〇年代的美國，當時因為受限於場景、人力和製作成本的限制，因此發展出一種專靠設計在微妙處境（delicate situation）中的喜劇（資料室，一九八八：一七〇）。

值得留意的是，自一九七〇年代以來，香港電視作為流行文化所具備的跨國流動特質，到了一九八八年以後，在內容製作上更朝向國際化的走向。《博益月刊》除了在第十二期推出電視特輯之外，讀者在每期固定的「城中文化」欄目中，也可見到以「電視針」為名的主題所開展出有關電視文化的討論文章。林起瑩在〈電視圈八九趨勢索引〉一文中，分別以「邁進國際化」、「人才名牌化」、「類型專業化」和「節目口水化」這四個趨勢反思香港電視的發展，並將其放在九七倒數這個時代脈絡下討論。其中，相較於後三項比較是從電視類型的轉變作為切入的角度進行探討，邁向國際化這一個指標，不僅指涉一九八〇年代香港電視的內容轉向，更觸及到此轉向背後，當時香港社會的焦慮情感及其確保香港作為一個全球城市的欲望。

林起瑩觀察到，當時《歡樂今宵》連續五晚進行跨國傳真實錄，呼應了當時香港的移民風氣；亞視和無線新聞部不約而同遠赴越南；無線的國際華裔小姐競選、世界歌唱比賽，以及亞視的亞洲小姐皆以是香港為中心所進行的跨國選美與競賽。林起瑩直指「衝出香港」幾乎是每個節目的最佳口號（林起瑩，一九八九：一六六）。這些現象皆顯現了香港在一九八〇年代，嘗試從流行文化的跨國性與流動，確保其在九七前的國際位置。電視看似作為一種消費娛樂商品，但透過這個媒介的製作與傳播，也經常呼應著香港文化空間的變化。

除了從電視的國際化走向，揭示在此跨國互動的背後，是其作為全球城市的位置與欲望，以及對於面對九七的焦慮情感與移民行動之外，此電視文化特輯也透過電視語言的形成，流行用語所帶出的集體記憶與社會現象，揭示電視作為一種視聽媒介如何形塑社會語言與情感。作為大眾媒體，電視除了帶來娛樂之外，其內容經常是反映或投射大眾日常生活或社會環境的現狀，因此電視劇中的某些詞彙也時常成為時下的流行用語。這些流行用語除了反映並形塑香港一九八〇年代的社會之外，也涉及了文化翻譯、語言混雜和身分認同等豐富的面向。一九八八年《博益月刊》資料室曾整理了一份電視語言表，當中包括茄哩啡、飛out、爆show、阿燦等詞彙，其中，阿燦這一個流行用語即深刻影響著一九八〇、一九九〇年代的香港社會，再現了香港人如何透過詞彙的使用區辨中港兩地的他我差異身分。

一九七九香港無線電視推出電視劇《網中人》，其中由廖偉雄飾演的程燦是一個從大陸偷渡到香港的角色，劇中將他的形象形塑為愚昧、好吃懶做。《網中人》在香港的受歡迎，也連帶使得劇中的阿燦用語後來流行於香港社會，用來指涉從大陸到香港的新移民。相較於香港人所象徵的進步、現代、有品味，阿燦所代表的新移民則代表了落後、前現代與沒有格調。馬傑偉在分析電視時，曾以這部電視劇為例，指出連續劇集的重複性、個人化和角色主導等特性，皆有助於港人／阿燦這樣二元的身分分類建構，並將他們變成在社會流傳的公眾面貌。換言之，電視在其文化生產的過程中，建構了文化身分，而當人們在解讀這些現象時，也反過來影響大眾的生活方式與身分歸屬感（馬傑偉，二〇〇一b：一五四—一五五）。《網中人》的流行帶動了阿燦此詞彙，之後，在一九八〇年代初期的電視劇《阿燦當差》當中，也同樣使用了阿燦、燦妹這一類帶有貶意的流行用語。

四、小結：再現城市的方法

《博益月刊》中的文學創作，透過城市人的情感欲望、城市的空間，以及現代建築和設備所帶來的奇異時空感受，建構了一九八〇年代香港城市的想像。城市短篇藉由非寫實主義的筆法，拆解城市中各種小人物的內心欲望與矛盾情感，從超現實主義的視角揭示社會現實。城市小品則多數觸及人與城市之間的關係，跳脫香港城市作為商業與經濟中心的侷限，透過城中人的生活方式、日常性與步行於城市的身體實踐，重新反思城市空間，創造出個體對於社會的主觀感受。同樣以自我在城市中的體驗出發，李家昇的攝影透過重構城市建築、跨國資本商品的流動，展現全球與在地的壓縮，並透過城市中的移動方式，發展出一套捕捉城市瞬間的流動攝影美學。

和城市文化密切相關的，另有電臺和電視這兩種視聽媒介，除了每期固定的「城中文化」欄目中經常會出現電臺和電視的討論，《博益月刊》更特別於第五期與第十二期，分別推出「電臺」和「電視文化」的媒介特輯，這兩種大眾流行文化皆帶出了媒介與記憶之間的關係。如果說電臺是一種比較偏向私人小我的個人經驗與情感，並包含著面對九七伴隨而來對於時代的懷舊，那麼電視的流行及其承襲美國處境喜劇，進而發展出的城市故事，以及一九八〇年代後期香港電視的國際化走向，則是帶出了電視發展的跨國流動。電視看似只是作為一種大眾日常的消費娛樂，但透過這個媒介的製作與傳播，也經常因此產生與香港社會現實相關的現象，電視劇中流行用語所帶出的集體記憶與日常互動，凸顯出電視作為一個視聽媒介如何形塑並影響著社會語言和情感。《博益月刊》作為一份文學與文化並重的刊物，提供了城市中各種文化形式的表現，跳脫了全球城市只能與經濟進行連結的單一思考，由文學創作、視覺文化所開展出來的情感、體驗香港城市空間與觀看香港的方法，皆在不斷地解構香港既存的城市空間規劃，並藉由日常的移動經驗對香港城市進行重構。作為大眾流行文化的視聽媒介，電臺與電視所帶出的時代記憶與社會現象，則顯現出城中人的懷舊、焦慮情感、身分認同，以及維持全球城市位置的渴望。

引用書目

Abbas, Ackbar. 1997. *Hong Kong: Culture and the Politics of Disappearance.* Minneapolis: University of Minnesota Press.

Al, Stefan, ed. 2016. *Mall City: Hong Kong's Dreamworlds of Consumption.* Hong Kong: Hong Kong University Press.

Beaverstock, J.V., P.J. Taylor, and R.G. Smith. 1999. "A Roster of World Cities." *Cities* 16.6: 445-458.

Lui, Tai-lok and Stephen W. K. Chiu. 2009. "Becoming a Chinese Global City: Hong Kong (and Shanghai) Beyond the Global-Local Duality." *Shanghai Rising: State Power and Local Transformations in a Global Megacity*. Ed. Xiang-ming Chen and Zhen-hua Zhou. Minneapolis: University of Minnesota Press. 93-121.

王家琪。二〇二〇。〈香港文學的都市論述及其邊界〉。《中國現代文學》三八。七三—九二。
余雁。一九八七。〈兩本文藝〉。《文匯報》。九月十七日。
吳俊雄、張志偉。二〇〇一。〈引言〉。《閱讀香港普及文化一九七〇—二〇〇〇》。吳俊雄、張志偉編。香港：牛津大學出版社。九九—一〇二。
李男。一九八八。〈錯體鈔票〉。《博益月刊》六。五三—五七。
李英豪。一九八八。〈食人鱠〉。《博益月刊》八。九五—九八。
李家昇。一九八七a。〈風景〉。《博益月刊》一。三六—三九。
李家昇。一九八七b。〈和天空的關係〉。《博益月刊》三。三四—三七。
李家昇。一九八八a。〈景觀二分法〉。《博益月刊》一二。一三三。
李家昇。一九八八b。〈巴士照相學〉。《博益月刊》一五。一〇〇—一〇三。
李家昇博物志。http://www.leekasing.net/。
沈舒。二〇二一。〈回憶舒巷城——黃子程談《博益月刊》及舒巷城〉。《城市文藝》一一三。七五—七八。
林起瑩。一九八九。〈電視圈八九趨勢索引〉。《博益月刊》一八。一六六—一六七。
林達達。一九八八a。〈引言：周圍走好過向上爬？Yuppie 以外的另類選擇〉。《博益月刊》六。一一二—一一五。
林達達。一九八八b。〈湯正川的聲音與憤怒〉。《博益月刊》五。一七五—一七七。

林達達。一九八八c。〈私語話電臺〉。《博益月刊》五。一八〇—一八三。
林達達。一九八八d。〈引言——古老的記憶〉。《博益月刊》五。一七〇—一七一。
海滴。一九八七。〈地〉。《博益月刊》四。七〇—七一。
馬傑偉。二〇〇一a。〈電視不死〉。《閱讀香港普及文化一九七〇—二〇〇〇》。吳俊雄、張志偉編。香港：牛津大學出版社。一四一—一五一。
馬傑偉。二〇〇一b。〈文化認同的邏輯〉。《閱讀香港普及文化一九七〇—二〇〇〇》。吳俊雄、張志偉編。香港：牛津大學出版社。一五二—一五六。
張美君。一九九七。〈回歸之旅：八十年代以來香港流行曲中的家國情〉。《情感的實踐：香港流行歌詞研究》。陳清僑編。香港：牛津大學出版社。四五—七四。
張煥聘。一九八八。〈節目是否慳水慳力？——資深電視人劉天賜解剖「無線」〉。《博益月刊》一二。一七八—一八八。
梁鑠。一九八八。〈漫步中環〉。《博益月刊》一四。四〇—四一。
陳方。一九八七。〈異鄉人的夜訪〉。《博益月刊》四。二八—三二。
陳凱螢。二〇一五。〈在本土與世界之間：香港電視業的過去、現在與未來〉。《故事》。十一月十日。https://reurl.cc/2grDWO。
陳智德。二〇一九。《根著我城：戰後至二〇〇〇年代的香港文學》。新北：聯經。
陳嘉玲、陳倩君。一九九七。〈序論：文化不過平常事〉。《情感的實踐：香港流行歌詞研究》。陳清僑編。香港：牛津大學出版社。一—二三。
曾智華。一九八八。〈我與電臺的不解緣〉。《博益月刊》一四。七六—七七。
黃子程。一九八七。〈發刊辭〉。《博益月刊》一。一。
黃子程。一九八九a。〈特輯的開路先鋒〉。《文匯報》二月三日。
黃子程。一九八九b。〈有趣的文化現象〉。《文匯報》一月二十九日。
黃子程。一九八九c。〈百家爭鳴的文化評論〉。《文匯報》二月四日。
黃子程。一九八九d。〈走通俗的路〉。《文匯報》三月十四日。
黃子程。一九八九e。〈通俗道路的共振〉。《文匯報》三月十五日。
黃子程。二〇〇五。〈關於《博益月刊》的回想〉。《文學世紀》五．一〇。一八—二〇。
黃宗儀。二〇〇八。〈序論：全球化與東亞大都會的文化身分想像〉。《面對巨變中的東亞景觀：大都會的自我身分書寫》。臺北：群學。一—一七。
黃國恩。二〇一八。《電視汁撈飯：跳進劇集歌大時代》。香港：非凡。
黃傲雲。一九九〇。〈從難民文學到香港文學〉。《香港文學》六二。四—一四。
黃維樑。一九八七。〈遁入清閑〉。《博益月刊》一。一二〇—一二一。
資料室。一九八八。〈電視語言〉。《博益月刊》一二。一六八—一七五。
趙稀方。二〇〇三。《小說香港》。北京：生活．讀書．新知三聯書店。
劉俊。二〇一六。〈論香港文學（生產）的「馬賽克」形態——以文學制度／機制為視角〉。《香港文學》三八一。四八—五九。
黎活仁。一九八七a。〈高樓的心理學〉。《博益月刊》一。一一八—一一九。
黎活仁。一九八七b。〈溫室的詩學〉。《博益月刊》三。五六—五九。

結語

重返的意義

二〇一四年香港學界陸續出版了《香港文學大系一九一九—一九四九》系列叢書，這套按類別區分共十二卷的大系，除了提供讀者對於二十世紀上半葉的香港文學發展有一個清晰的了解之外，此套書籍的出版，亦是累積了過去香港持續耕耘有關文學史書寫前置作業的一個重要成果。在此大系的總序中，陳國球提到早期幾種境外出版的香港文學史疏誤太多，香港文藝界乃有先整理組織有關香港文學的資料，然後再為香港文學修史的想法（陳國球，二〇一四：一），他在文中分別以絢靜在《星島晚報．大會堂》的〈香港文學大系〉，和也斯在《信報》的文章〈且不忙寫香港文學史〉為例，說明主張編撰香港文學大系的聲音，自一九八〇年代開始已陸續出現：

> 在鄰近的大陸、臺灣，甚至星洲，早則半世紀前，遲至近二年，先後都有它們的「文學大系」由民間編成問世。香港，如今無論從哪一個角度看，都不比他們當年落後，何以獨不見自己的「文學大系」出現？（絢靜，一九八四）

> 在編寫香港文學史之前，在目前階段，不妨先重印絕版作品、編選集、編輯研究資料，編新文學大系，為將來認真編寫文學史作準備。（也斯，二〇〇一）

一九八〇年代香港對於文學史的書寫已有想像，但更重要的並非即刻生產出一部香港文學史，而是蒐集眾多散佚與未經整理的史料，透過考察校正與整理編撰，建立更為完善的文學資料檢索，這些工作累積包括文藝雜誌中刊載的史料與論述整理、各式文類的編選、作家作品與大事年表的整理和出版等等。除此之外，從過去至今，在學院機構中展開的計畫或資料庫的建立，亦有助於作為未來書寫香港文學史的參考資料。[76]這些歷來活動的執行與史料的整理已有一定的累積，我們除了持續挖掘、建立香港文學的史料之外，回到史料本身重新審視香港文學在各個時期的發展歷程，尋找新的討論框架，亦是現今我們須要回應學術社群的研究路徑之一。

近十年來香港文學場域對於重新反思香港文學與香港歷史新增了許多討論與活動，這其中至少包括《香港文學大系一九一九—一九四九》、《香港文學大系一九五〇—一九六九》系列叢書的出版與後續評論、香港文學評論學會的創辦及其後舉行的系列活動、香港口述歷史的建檔與彙編、與香港文學文化相關的數位媒體或紙本刊物啟動文學評論平臺，嘗試重新思考香港歷史等重要進展。

除此之外，相關研究也具體展現在香港本地或國際間的學術體制。朱耀偉在香港大學設立了香港研究課程，並編選《香港研究作為方法》，嘗試以香港的社會與文化發展、殖民過程與歷史經驗為例，開展香港論述的各種可能。二〇一五年七月，由呂大樂、趙永佳與方志恒等人在香港教育大學成立香港研究學院，以「世界香港」作為方向，思考以香港為主體的議題，如何放在全球與跨國城市的脈絡下討論。香港研究學院除了積極推動香港研究培訓課程之外，也有計畫性的出版一系列香港研究讀本，這一系列叢書提供中英文兩種版本，英文版由 Palgrave Macmillan 出版，中文版則由香港本地大學出版社推出；位在加拿大的英屬哥倫比亞大學（University of British Columbia，簡稱ＵＢＣ）所推動的共研香江（Hong Kong Studies Initiative）計畫，推動許多與香港文學、電影、文化、社會與歷史發展的活動，並開設廣東話課程。二〇一七年一月UBC推出香港史課程，希望藉由分析香港的文獻史料與影像資料，反思香港在本土與全球之間的議題；二〇二一年新加坡南洋理工大學的香港研究中心（Hong Kong Research Hub）展開一系列與香港文學、社會運動與文化生產等相關議題的研討會和講座；二〇二二年英國布里斯托大學（University of Bristol）歷史系成立了香港史研究中心（Hong Kong History Centre），透過培育新世代的研究者、蒐集歷史檔案與建立數位典藏等方法持續推動香港歷史研究，二〇二四年更推出與香港學會（Society for Hong Kong Studies）聯合製作，共十集的訪問與影像紀錄《香港史・記》；二〇二三年臺灣中央研究院社會學研究所成立了香港主題研究小組，除了串聯各地香港研究學者，舉辦「當香港研究走向全球」學術研討會之外，更著重香港研究書籍與

76 一九八〇年代起，香港中文大學中文系持續致力整理香港文學資料，曾出版多種與香港文學有關的學術著作，其後更將香港文學列為重點發展項目，舉辦各種課程及活動。為了更有效地運用資源，中文系於二〇〇一年七月成立香港文學研究中心。與此研究中心有相關合作的還包括香港中文大學圖書館，香港中文大學圖書館有豐富的香港研究資料，二〇〇〇年正式啟用全球第一個香港文學資料網路平臺「香港文學資料庫」，對於有心致力於香港文學研究的學者們提供了許多寶貴的資源；二〇〇二年獲得盧瑋鑾教授捐贈藏書及其研究資料，成立香港文學特藏，專門收藏香港文學資料，藏品包括單行本、期刊、手稿、信札、照片、資料檔案及其他文物文獻，極具參考價值。成立於二〇〇一年的嶺南大學人文學科研究中心，也在中心各項計畫的執行、研討會的舉行和學報的發行過程中，累積了許多有關於一九五〇—一九六〇年代冷戰與香港文藝、現代主義的在臺港流轉以及香港電影與文化等重要資料。相關資料可參考，香港文學研究中心 http://hklrc.hk/zh-hant/about-us、香港文學資料庫 https://hklit.lib.cuhk.edu.hk/about/、嶺南大學人文學科研究中心 https://commons.ln.edu.hk/chr/。

檔案的建置。

二〇一八年三月，由香港中文大學出版社所推出的中英文學術期刊《香港研究》（*Hong Kong Studies*）創刊號問世，這本刊物出版的重要意義在於，它是全球第一本以香港作為主要研究對象的學術期刊。《香港研究》藉由跨領域與不同學科的對話，這本期刊嘗試提升香港研究在國際學術界的位置，並開展更多與香港議題有關的研究。當香港本地研究在被中國議題與強調國際化這兩種學術生態的擠壓下，這些持續推動的課程、學術期刊或相關活動，皆讓香港研究有更多學術空間的開展。

香港文學研究除了以「借來的時間與空間」、「消逝的政治」、「都市文學與身分想像」這幾種概念進行探討，或是將香港的位置放在失城與浮城的想像框架之外，與此同時也陸續出現許多不同面向的思考。這些不同面向的討論，除了早期一九八〇、一九九〇年代以來，黃維樑的《香港文學初探》、《香港文學再探》，王宏志、李小良和陳清僑合著的《否想香港：歷史·文化·未來》，黃繼持、鄭樹森和盧瑋鑾所寫的《追跡香港文學》；兩千年以來劉以鬯的《暢談香港文學》，陳智德的《解體我城：香港文學一九五〇—二〇〇五》、《根著我城：戰後至二〇〇〇年代的香港文學》，以及陳國球的《香港的抒情史》、《香港·文學：影與響》等書之外，近年有關於香港文學的討論，包括《雙程路：中西文化的體驗與思考（一九六三—二〇〇三）——古兆申訪談錄》、《結緣兩地：臺港文壇瑣憶》、《香港文化眾聲道一》、《香港文化眾聲道二》、《香港文學大系一九一九—一九四九》系列與《香港文學大系一九五〇—一九六九》系列，皆以豐富的文獻史料追索香港文學的發展脈絡。

其中，《雙程路》和《結緣兩地》在內容上有不少直接聚焦在一九八〇年代香港文學的討論，並且強調香港作為一個連結與中介的位置。前者是由盧瑋鑾與熊志琴對古兆申的訪談錄，後者是熊志琴對鄭樹森的訪談整理。這本兩書皆提供我們許多重要的文學線索，透過他們實際的文學參與經驗、與各地文藝人士或異文化的交流碰撞、在不同時期移動到不同地域的路徑，在這些路線的流轉之間，透過訪談與對話的方式，將一九八〇年代香港文學場域的動態具象立體化，透過不同的角度與歷史位置，這兩本書都開展了一九八〇年代臺灣、香港和中國三地互動的特殊定位與歷史意義。

建基在這些重要的論述與思考上，這本書嘗試回到文獻史料和歷史脈絡本身，重返一九八〇年代香港文學的建構過程。當時不論是嘗試打造理想文化中國的《八方》；以香港為中介，連結各地華文文學的《香港文學》；提供香港本地作家發表園地並重思本土意義與現實的《大拇指》與《素葉文學》；或是並置嚴肅與通俗文學，形塑香港城市與視聽文化想像的《博益月刊》，他們都以不同的方式建構香港文學，並有其各自的結構與組成，這些不同的路徑以及當時各個刊物所開啟的議題，就像是一條條線索，提供我們拼湊出一九八〇年代香港文學發展的其中幾種面向。在這個過程中所產生的跨界連結雖然並非完全始自於一九八〇年代，然而這樣的文學實踐在一九八〇年代卻有其重要的意義與脈絡。香港文學的建構是一個歷史過程，文學的認可除了需要時間與作品本身的累積，相關論述的提出或是文學詮釋權的爭取，都是組成這個建構過程的一部分，當我們在重探一九八〇年代香港文學的時候，除了必須留意當時香港文學如何被討論之外，也須要把這些不同位置的論述者與文藝刊物放進歷史過程來檢視。

我們在這些文藝刊物看見當時文學建構的過程與複雜性，其所開展的議題至少包括文化中國與理想的追尋、華文文學的連結、本土建構與翻譯世界、青年與新世代對文學的反思、通俗與嚴肅文學的並置，以及從流行文化再現香港城市。我在書中由跨界的路徑主要開展出三個面向：歷史經驗的交錯與參照、關係的思考，以及不同媒介與文類的跨越。這三個面向折射出的，分別是地域的歷史累積與文學發展過程、文學的邊界與對話，以及文學再現的中介與方法。

《跨界想像：1980年代香港文學的建構》主要透過探討五份文藝刊物的位置與文學建構策略，嘗試勾勒出一九八〇年代香港文學場域的面貌。在目前針對一九八〇年代香港文學的現有討論中，不管是以中國文學作為主流、母體的想像框架，或是以單一作家作品進行論述，都可能在不同的討論層面上，侷限了香港在一九八〇年代文學建構過程中的複雜性，以及跨境區域間的對話與交錯。我以跨界想像重新思考一九八〇年代香港文學的建構，強調文學發展的流動性，以及當時香港如何與不同地域之間形成對話與連結。藉由重返一九八〇年代的香港，這本書一方面強調文學邊界的多孔性，另一方面也凸顯在這個對話關係中各個區域的境遇性實踐。

不少評論在論及一九八〇年代的香港文學時，都會強調當時面臨九七回歸的不安情緒，加上一九八九年中國發生的天安門事件，更讓香港居民引發諸多失城危機的情感與移民潮，然而一九八〇年代的香港文學是否只存在著這一個面向？透過重返一九八〇年代香港文學場域，並以跨界想像作為思考框架，本研究除了跳脫專注在認同焦慮或中英夾縫之間的二元身分想像之外，透過跨界的思考，也得以讓我們思索當時香港作為一個中介位置所開啟的各種文學建構路徑。這既是一種擺脫傳統中國論述底下，以地區文學為支流，最終流向以中國文學作為主流這類的論述方式，但同時亦非為了彰顯香港文學作為主體，而刻意忽略中國現代文學與香港文學之間的關係。

重返既是一個面對中國因素的時刻，亦同時開創了一個背離中國因素的轉折空間。一九八〇年代以來，當中國學界嘗試積極論述香港文學的同時，香港文學場域也以各種方式重新想像香港和中國之間的地緣政治，以及香港文學和中國現代文學的對話關係。香港文學的建構過程中，透過面對中國因素在香港的存在與影響，除了豐富香港文學本身的發展歷程之外，也開啟了一條提供中國現代文學參照的道路。而在面對中國因素之餘，其實也同時產生了另外一個背離中國因素的路徑，當時香港作為一個匯聚各地華文文學的空間，它在思索自身文學的發展過程中，如何將臺灣經驗放進香港文學的未來發展參照，或是透過引介東南亞各國的華文文學時，透露出境遇性對於單一、正統中華文化想像的質疑與挑戰，在這個背離中國因素而展開的對話空間中，也連帶地凸顯了跨區域批判的重要性。回到我的研究來看，這也回應了香港研究之於臺灣的意義，臺灣須要看見香港嗎？理解香港對於臺灣的重要性何在？當臺灣或香港在思考自身文學、文化與社會發展時，除了中國因素之外，如果納入香港因素或臺灣因素，對於現有的研究會開創出何種視野？這些其實都是一連串相關的問題，也是「香港研究」未來在臺灣發展過程中必須不斷思考，並且持續修正，調整觀點的重要議題。

面對中國因素這個課題，對於臺灣和香港而言一直以來都持續存在，如果我們終究無法迴避中國因素，那麼臺灣更加無法繞過香港，我們反而須要正視、理解香港。近年臺港兩地的社會運動與文化交流提供了一個契機，讓兩地有更多彼此參照、相互理解的對話機會。如果我們現在回過頭看，一九八〇年代當中國改革開放、香港主權確定九七即將回歸中國，以及臺灣逐漸走向解嚴的自由開放，當時三地的交流逐漸走向頻繁，其實是臺灣認識香港一個重要的時刻，但在由九七回歸這個事件所引發的香港學熱潮興起之下，當時的認識很容易變成一種潮流的追逐，面對九七的倒數與逼近，大家難免投以再見鍾情（love at last sight）的方式注目香港（Abbas, 1997: 23）。

透過重返一九八〇年代，這一個象徵著香港文學建構初期的重要歷史階段，除了是我嘗試從香港文學場域出發，重新詮釋香港文學的建構過程，尋找新的思考框架，探究香港在當時如何和臺灣、東南亞以及中國在一九八〇年代形成交錯與對話之外，經由這樣的研究路徑，亦可能擴大臺灣文學和香港文學的討論範疇，將臺灣因素和香港因素放進彼此文學史的思考脈絡中。一九八〇年代香港文學的討論需要有更多研究持續關注，但這個注目的方式，是回到文獻史料本身，透過相關論述的參照，進而開展更多討論。

引用書目

Abbas, Ackbar. 1997. *Hong Kong: Culture and the Politics of Disappearance*. Minneapolis: University of Minnesota Press.

也斯。二〇〇一。〈且不忙寫香港文學史〉。《信報》副刊九月二十九日。二四版。

陳國球。二〇一四。〈《香港文學大系一九一九—一九四九總序》〉。《中國文哲研究通訊》二四．二。一一二五。

絢靜。一九八四。〈香港文學大系〉。《星島晚報・大會堂》五月十日。

香港文學研究中心。http://hklrc.hk/zh-hant。

香港文學資料庫。https://hklit.lib.cuhk.edu.hk/about/。

嶺南大學人文學科研究中心。https://commons.ln.edu.hk/chr/。

後記

一九八〇年代，作為全球城市的香港，是一個重新面對自我定位與世界的重要歷史階段。當時誰在談論香港文學？它以什麼方式被討論？在臺灣研究香港文學的意義是什麼？我帶著這樣的疑惑，逐步展開一九八〇年代香港文學的研究。

這本專書改寫自我的博士論文，書中除了刪除博論第六章〈香港小說中的邊界政治〉，改以文藝刊物作為全書重點與探討對象，讓此書的呈現更具清晰立體的框架和聚焦之外，亦新增《大拇指》和《博益月刊》這兩份文藝刊物的探討。博士論文中有關於《八方文藝叢刊》、《香港文學》和《素葉文學》的討論，原先散見於各章的議題思考，專書則改為各章獨立討論，並修改、新增部分論述與內容。這些調整除了能夠更深入探討這五份刊物之外，亦可更加凸顯一九八〇年代不同文藝刊物的文學建構路線與編輯位置。

全書書稿原始論文出處、新增內容與發表資訊如下：

一、導論修改自博士論文〈緒論：如何理解香港文學〉，修改為專書後新增有關文學邊界的思考，強調跨界想像的方法與應用。部分論述曾以〈注目：重探一九八〇年代香港文學〉、〈臺灣文學與香港因素：以一九八〇年代臺灣探親小說為例〉，分別發表於《臺灣文學研究》第六期（二〇一四）和《臺灣文學研究彙刊》第二十三期（二〇二〇）。

二、第一章和第二章修改自博士論文第二章〈一九八〇年代香港文學場域〉和第三章〈香港文學的建構〉，修改為專書後新增一九八〇年代海外對於香港文學的討論，補充《大拇指》、《香港文藝》、《新穗詩刊》和《博益月刊》這幾份刊物在當時的文藝路線。

三、第三章和第四章修改自博士論文第三章〈香港文學的建構〉、第四章〈中國現代文學在香港〉和第五章〈香港文學場域的跨界想像〉，修改為專書後調整討論架構，將重點聚焦在《八方》和《香港文學》的編輯走向與跨地域參照。部分內容曾以〈一九八〇年代香港文學場域的跨界連結：以《八方》、《香港文學》為例〉一文，發表於《思與言》第五十六卷第二期「香港文學再追跡」專號（二〇一八）。

四、第五章修改自博士論文第三章〈香港文學的建構〉，修改為專書後新增有關《大拇指》與《大拇指小說選》的討論，並強調《大拇指》和《素葉文學》這兩份文藝刊物皆同時具備本土性與世界性的特質。部分內容曾以〈再現臺灣：《大拇指》的旅臺遊記〉一文，發表於香港文學評論學會網路平臺（二〇一九）。

五、第六章〈嚴肅與通俗之間：《博益月刊》〉為書稿全新章節。

六、結語修改自博士論文第七章〈重返的意義：中國因素的面對與背離〉，修改為專書後新增近年來各地對於香港研究的具體成果，並回應現今學術社群對於反思香港文學的方法與路徑。

本書以跨界想像作為研究方法，強調香港在同一個歷史階段與社會發展過程中，和其他多樣異文化和跨地域的複雜比較與影響關係，並帶出文學邊界的多孔性和境遇性實踐。透過跨界的路徑重返一九八〇年代香港文學的建構，我在書中提出「歷史經驗的交錯與參照」、「關係的思考」，以及「媒介與文類的跨越」這三個研究問題與聚焦重點。

這份研究歷年獲得國科會（科技部）獎勵人文與社會科學領域博士候選人撰寫博士論文、教育部補助博士論文改寫為學術專書，以及國科會人文社會科學研究中心補助出版，特此感謝。撰寫學術專書期間，感謝匿名審查委員提供諸多寶貴的建議，這些意見讓這本書有機會以更完善的方式呈現。感謝編輯委員，感謝聯經出版公司陳逸華編務總監和編輯群耐心地與我溝通出版與編輯事宜，也感謝前總編輯涂豐恩先生。

《跨界想像：1980年代香港文學的建構》能獲得熊志琴教授與陳智德教授的序文，是我莫大的榮幸，也是對這本書最棒的祝福，我由衷感謝。

這份研究陪伴我歷經多年的時光，最終能由聯經出版，並以學術專書的方式呈現到讀者面前，我充滿感激。我要感謝在清華大學讀書的日子裡，邱貴芬教授開啟了我對學術研究的視野與熱情。博士論文得以順利完成，感謝指導老師楊芳枝教授提供我許多研究方法與理論論述的思考，感謝考試委員李瑞騰、林淇瀁、黃宗儀、應鳳凰四位教授提供我許多重要的意見，這些老師們的指導與建議，皆為這份研究指引出更多發展空間。感謝李瑞騰教授，在我擔任中央大學人文研究中心博士後研究員期間給予的支持與協助。

二〇一三年在香港浸會大學交換期間，我有幸拜訪盧瑋鑾、熊志琴、古兆申、許迪鏘、樊善標、鄭樹森、李婉薇、陳智德與陳國球等教授，感謝他們慷慨與我分享香港文學的看法，並願意提供我諸多重要的思考線索。感謝在學術路上經常鼓勵我的劉柳書琴、王右君、黃美娥、陳建忠、李育霖、丘延亮、陳芷凡、張俐璇等教授。謝謝林肇豊、羅景強、馬世豪、岑學敏等朋友，他們多年來和我分享、討論香港文學與文化。

感謝我的父親、母親、弟弟和丈夫，因為他們的支持與陪伴，我才能持續且自在地從事我所熱愛的研究。

二〇二五年　新竹　　陳筱筠

跨界想像：1980年代香港文學的建構

2025年6月初版　　定價：新臺幣450元

著者	陳筱筠
叢書主編	沙淑芬
副總編輯	蕭遠芬
校對	王中奇
內文排版	菩薩蠻
封面設計	沈佳德

出版者	聯經出版事業股份有限公司
地址	新北市汐止區大同路一段369號1樓
叢書主編電話	(02)86925588轉5310
台北聯經書房	台北市新生南路三段94號
電話	(02)23620308
郵政劃撥	帳戶第0100559-3號
郵撥電話	(02)23620308
印刷者	世和印製企業有限公司
總經銷	聯合發行股份有限公司
發行所	新北市新店區寶橋路235巷6弄6號2樓
電話	(02)29178022

編務總監	陳逸華
副總經理	王聰威
總經理	陳芝宇
社長	羅國俊
發行人	林載爵

行政院新聞局出版事業登記證局版臺業字第0130號

本書如有缺頁，破損，倒裝請寄回台北聯經書房更換。　ISBN 978-957-08-7685-7 (平裝)
聯經網址：www.linkingbooks.com.tw
電子信箱：linking@udngroup.com

國家圖書館出版品預行編目資料

跨界想像：1980年代香港文學的建構/陳筱筠著．初版．
新北市．聯經．2025年6月．288面．14.8×21公分
ISBN 978-957-08-7685-7（平裝）

1.CST：香港文學　2.CST：文學評論　3.CST：文學史

850.382　114005195